수레바퀴 아래서

세계교양전집 29

수레바퀴 아래서

헤르만 헤세 지음

정다은 옮김

올리버

헤르만 헤세Hermann Hesse

• 차례 •

1장

　요제프 기벤라트 씨는 중개업과 도매업을 했다. 동네 사람들보다 뛰어나거나 남다른 면이라곤 없었다. 여느 사람처럼 다부지며 건장한 체구를 타고나고, 사업 수완이 좋은 데다 뻔뻔스러울 만큼 돈을 뼛속까지 숭배했다. 자그마하지만 정원이 딸린 집과 가족묘도 있었다. 그의 종교 의식은 제법 깨어 있지만 그리 독실하지는 않으며 신과 정부를 적당히 존중했다. 중산 계급이 지켜야 하는 확고한 예의범절을 맹목적으로 따르기도 했으며, 술을 입에 대지도 않는 건 아니지만 고주망태가 되도록 마시는 법도 없었다. 미심쩍은 거래를 한 적은 있으나 법의 테두리는 절대 벗어나지 않았다. 자신보다 가난한 이들은 '없는 것들', 부유한 이들은 '으스대는 것들'이라며 경멸했다. 상인 협회의 일원인 그는 금요일마다 '독수리' 술집으로 볼링을 치러 갔다. 빵 굽는 날과 스튜나 소시지 수프를 먹는 날에도 늘 빠지지 않았다. 평소에는 싸구려 시가만 태우다가도 저녁 식사 후와 일요일에는 질 좋은 시가를 피웠다.

　내면에는 속물근성이 여러모로 꽉 들어차 있었다. 심성에는 진작 먼지가 잔뜩 쌓였다. 이제는 낡고 보잘것없는 가족 정신과 외동아들을 향한 자부심, 가난한 이에게 어쩌다 선심 쓰듯 베푸는 인심만 드문드문 남았다. 지적 능력이라 할 만한 구석은 노련함을 타고났으며 셈이 밝다는 점뿐이었다. 읽는 활자라고는 신문뿐이었으며, 즐길 거리가 필요하면 시민 협회에서 해마다 무대에 올리는 아마추어 연극으로 마음을 달랬다. 가끔은 서커스도 보러 갔다. 이름과 사는 곳을 주변 사람과 바꾼다 한들 달라질 일은 아무것도 없었다. 기벤라트 씨의 영혼에도 깊이 뿌리 박힌 감정이 있었다. 바로 자신보다 우월한 권력이나 사람을 불신하는 마음이었다. 기벤라트 씨는 도시의 여느 가장과 마찬가지로 순수하고 자유로우며 섬세하고 정신적인 모든 것에 본능적으로 적대감을 품으며 시샘했다.

기벤라트 씨 이야기는 이만하면 됐다. 깊이 있는 풍자 작가만이 이 남자의 얄팍하고 무의식적인 삶의 비극을 풀어낼 수 있는 법이니까. 하지만 이 사람에게는 아들이 하나 있었으니, 그 아이 이야기를 더 풀어봐야겠다.

한스 기벤라트는 의심할 여지 없는 신동이었다. 다른 아이들 틈에서 우아하고 남다르게 걷는 모습만 봐도 쉽사리 알 수 있었다. 숲이 울창해 '검은 숲'이라 하는 슈바르츠발트의 작은 마을에서 이런 인물이 나는 일은 드물었다. 이 좁은 마을의 바깥세상을 내다보고 영향을 끼칠 만한 인물은 지금껏 아무도 없었다. 진지하고 총기 어린 이마와 우아한 걸음걸이를 이 아이가 어디에서 물려받았는지 아는 이는 오직 신뿐. 어머니에게서 물려받았으려나? 어머니는 세상을 떠난 지 오래되었다. 늘 병약하며 불행했다는 점만 빼면 한스 어머니의 특이점을 기억하는 사람은 아무도 없었다. 아버지는 생각해 볼 가치조차 없었다. 꼭 하늘에서 팍팍 튀던 신비로운 불꽃이 8, 9세기 동안 유능한 시민은 많이 길러냈어도 인재나 천재는 단 한 번도 빚어낸 적 없던, 오래되고 작은 마을로 뚝 떨어진 듯했다.

현대 교육을 받은 관찰자가 허약한 어머니와 가문의 오랜 역사를 눈여겨봤다면 아이가 넘치게 똑똑하다는 건 곧 가문이 몰락할 징조임을 짐작했으리라. 하지만 다행히도 이 자그마한 마을에 그만한 수준이 되는 사람은 없었다. 더 젊고 똑똑한 관료와 교사만이 잡지 기사를 보고 '현대적 인간'의 존재를 둘러싼 불확실한 이야기를 접했다. 이 마을에서는 《차라투스트라》에 나오는 연설을 알지 못해도 배운 사람 같은 인상을 풍기며 지낼 수 있었다. 굳건하며 행복한 결혼 생활을 하는 가정이 많았으며, 마을 사람들은 도무지 고칠 수 없을 만큼 고루하게 생활했다. 안락하게 지내는 부유한 시민은 대부분 지난 20년간 기능공에서 공장주로 지위가 올라간 사람들이었다. 이들은 관료 앞에서 모자를 벗고 예를 갖추며 인맥을 쌓으려 했다. 하지만 뒤에서는 가난뱅이나 펜을 굴려대는 머슴이라며 헐뜯었다. 그러면서도 가장 큰 야망은 아들을 공부시켜 관료로 만드는 것이었다. 안타깝게도 그런 야심은 언제나 한낱 아름다운 몽상에 그치고 말았다. 자식들이 끙끙대며 계속 낙제한 끝에 라틴어 학교만 겨우 마치곤 했기 때문이다.

그러나 한스 기벤라트의 재능을 두고는 모든 이가 한목소리를 냈다. 선생과 교장, 이웃 주민과 마을 목사, 동급생뿐 아니라 모두가 한스는 눈에 띄게 총명하며 특출난 아이라고 선뜻 인정했다. 따라서 한스의 미래 계획은 촘촘히 짜여 있었다. 부유한 부모 밑에서 태어난 게 아니라면 슈바벤 지역에서 뛰어난 남학생에게 허락된 진로는 좁다란 길뿐이었다. 주州 시험에 합격하고 나서 마울브론 신학교에 입학한 다음, 튀빙겐 신학 대학에 들어가는 것이었다. 그

후에는 성직자가 되어 설교단에 오르거나 학자로서 강단에 설 수 있었다. 해마다 사십에서 오십 명 남짓한 남학생이 이처럼 평온하며 안전한 길에 첫발을 내디뎠다. 야위고 학업에 지쳐 있으며 최근에 입교식을 마친 소년들은 주의 지원을 받아 다양한 인문학 과정을 밟아 나갔다. 8년에서 9년 후에는 두 번째 발걸음을 떼고 더욱 기나긴 삶의 여정에 나서야 했다. 주에서 후하게 베풀어 준 은혜에 보답해야 하는 시기였다.

주 시험은 몇 주 뒤에 볼 예정이었다. 주에서는 이렇게 해마다 열리는 헤카톰베hecatomb(고대 그리스에서 신에게 소 100마리를 제물로 바치는 제사로, 매우 힘든 시험이라는 의미 – 역주) 기간에 국가의 총명한 인재를 선발한다. 그래서 도시와 마을의 수많은 가족은 시험을 치르는 수도를 향해 한숨을 푹푹 내쉬며 기도를 읊조린다.

한스 기벤라트는 이 작은 마을에서 험난한 경쟁에 내보내기로 한 유일한 후보자였다. 대단한 영광이었다. 하지만 한스에게는 그만한 자격이 있었다. 한스는 매일 오후 4시에 학업을 마치고 나면 교장에게 그리스어 수업을 더 받았다. 6시에는 마을 목사가 마음 넓게도 한스에게 라틴어와 종교를 복습해 주었다. 일주일에 두 번, 한스는 저녁 식사를 마친 뒤에 수학 선생에게 한 시간 동안 추가 수학 수업을 받았다. 그리스어 시간에는 불규칙 동사를 공부한 후 불변화사로 표현하는 문장의 연결 방법에 중점을 두었다. 라틴어 수업에서는 분명하고 간결한 문체를 갈고닦으며 다양하고 섬세한 운율을 다듬는 기법을 통달하는 것이 특히 중요했다. 수학 시간에는 복잡한 문제를 해결하는 방법에 특히 초점을 맞추었다. 선생은 이렇게 해결 방법을 끌어내는 과정이 겉으로 보이는 것처럼 앞으로의 학업에 별 도움이 안 되는 건 아니라고 힘주어 말했다. 냉철

하고 설득력 있으며 탄탄한 논리력의 기초를 다진다는 면에서 여러 주요 과목보다 도움이 되기 때문이다.

마음의 짐을 덜고 지적 노력 때문에 정신적 욕구를 채우지 못하는 일이 없도록 한스는 매일 아침 등교 한 시간 전에 입교식 준비 수업에 참석해야 했다. 독일 신학자 요하네스 브렌츠의 교리 문답서로 공부하고 질문과 답을 외우며 암송하는 수업은 젊은이의 영혼에 종교적 생활이라는 상쾌한 입김을 불어넣어 주었다. 유감스럽게도 한스는 새 활력을 얻는 시간에 받을 은총을 줄여나갔다. 교리 문답서에 그리스어 및 라틴어 어휘와 연습 문제를 스리슬쩍 숨겨 두고는 세속적 학문에 내내 매진한 것이다. 그렇다고 불편함과 두려움을 느끼지 않을 만큼 양심 없는 위인까지는 아니었다. 교구 감독이 성큼성큼 다가오거나 부르기라도 하면 매번 겁을 먹고 움찔했으니까. 대답해야 할 때면 이마에 땀이 송골송골 맺히곤 했으며, 심장도 쿵쾅쿵쾅 뛰었다. 하지만 한스의 대답은 흠잡을 데 없이 정확했다. 발음도 마찬가지였다. 이는 교구 감독이 아주 중요하게 생각하는 부분이었다.

낮에 이 수업 저 수업을 들으며 차곡차곡 쌓인 작문이나 암기, 복습이나 예습 과제는 집으로 돌아온 후, 아늑한 등불 아래에서 저녁 늦게 끝마칠 수 있었다. 담임 선생은 평화로운 집에서 차분히 노력하면 특히나 효과가 좋고 도움이 된다고 했다. 보통 화요일과 토요일에는 10시가 되어야 과제가 끝나고, 다른 요일에는 11시나 12시를 넘겼다. 아버지는 불 켜는 데 등유를 너무 펑펑 쓴다며 좀 툴툴댔다. 그러면서도 공부하는 아들을 흐뭇하고 대견하게 바라보았다. 어쨌든 우리 삶의 일곱 번째 부분을 이루는 일요일 자유 시간에도 한스는 학교에서 다루지 않은 작가의 글을 읽으며 문법을 복습하길 강력히 권고받았다.

"물론, 적당히 해야 해. 적당히 해야지! 일주일에 한두 번 산책하는 것도 꼭 필요하단다. 효과가 정말 좋거든. 날이 좋으면 책을 챙겨 바깥에서 읽어도 좋아. 그렇게 공부하면 얼마나 편안하고 상쾌한지 알게 될 거다. 무엇보다도 기운을 내렴!"

선생이 말했다.

그래서 한스는 있는 힘껏 기운을 내며 그때부터 산책 시간을 활용해 공부했다. 한스는 밤을 새워 지친 얼굴과 가장자리가 푸르스름하며 피곤한 눈으로 조용하며 소심하게 걸어 다녔다.

"기벤라트가 가능성이 있다고 생각하십니까? 합격하겠죠?"

한 번은 담임 선생이 교장에게 물었다.

"합격할 겁니다. 분명 합격할 거예요. 한스는 무척 총명한 학생입니다. 한번 보세요. 한스는 그야말로 지능이 뛰어난 아이입니다."

교장이 기쁨에 넘쳐 외쳤다.

지난주 사이, 한스의 지성은 눈에 띄게 뚜렷해졌다. 움푹 들어가고 불안한 눈빛이 잘생기고 우아한 얼굴에서 희미하게 번뜩였다. 정신을 드러내는 잔주름도 아름다운 이마에서 씰룩였다. 가녀리고 여윈 팔과 손은 축 처져 있었다. 꼭 르네상스 시대 이탈리아 화가 보티첼리의 그림처럼 나른하고 우아해 보였다.

때는 코앞으로 다가왔다. 한스는 내일 아침에 아버지와 슈투트가르트로 가야 했다. 그곳에서 신학교라는 좁은 문에 들어갈 자격이 있음을 주에 보여줘야 했다. 막 교장을 찾아가 작별 인사도 했다.

"오늘 저녁에는 더 공부하지 말게. 약속하게. 또렷한 정신으로 슈투트가르트에 도착해야 한다네. 한 시간 산책하고, 잠자리에 일찍 들도록 해. 젊은 사람은 잠을 좀 자야 하거든."

평소처럼 한바탕 훈계나 들을 줄 알았는데 그렇게나 큰 배려를 받자 한스는 깜짝 놀랐다. 한스는 학교 건물을 나서며 안도의 한숨을 내쉬었다. 키르히베르크의 커다란 보리수나무가 늦은 오후 햇살의 열기에 희미하게 빛났다. 시장 광장에 있는 커다란 분수대 두 개가 물을 후드득 튀기며 반짝반짝 빛났다. 검푸른 전나무가 우거진 산은 들쭉날쭉한 지붕 뒤로 뾰족 솟아올랐다. 문득 이런 풍경을 오랫동안 본 적이 없다는 생각이 들었다. 모든 것이 유난히도 아름답고 매력 있게 느껴졌다. 사실 머리가 아팠지만, 오늘은 더 공부할 필요가 없었다.

한스는 광장을 느릿느릿 가로질러 역사 깊은 시청을 지나 시장 골목으로 걸어갔다. 그런 다음 대장간을 거쳐 오래된 다리로 갔다. 잠시 왔다 갔다 하며 느긋하게 시간을 보내다가, 마침내 널찍한 난간 위에 털썩 앉았다. 몇 주에서 몇 달 내내 하루에 네 번씩 이곳을 지나치면서도 다리 옆의 작은 고딕 양식 예배당은 별로 눈여겨보지 않았다. 강이나 수문, 둑이나 물레방아도 쳐다보지 않았다. 수영할 물가가 있는 초원이나 버드나무가 줄지어 선 강기슭도 마찬가지였다. 그곳에는 가죽 공장들이 딱 붙어 있었다. 강은 호수만큼 깊고 초록빛이 감돌며 잔잔했다. 뾰족뾰족한 버드나무 가지는 물속에 축 늘어져 있었다.

한스는 이곳에서 숱하게 보낸 시간을 떠올려 보았다. 반나절 혹은 하루 동안 수영하고, 잠수도 하고, 노를 휘휘 젓고, 낚시도 했다. 아, 낚시! 낚시하는 법을 까맣게 잊을 뻔했다. 작년에는 시험 때문에 낚시를 못 하게 돼 꺼이꺼이 울기도 했다. 낚시! 오랜 학창 시절 중 가장 행복했던 순간은 바로 낚시하던 때였는데. 한스는 엷게 드리워진 버드나무 그늘에 선 채, 물레방아 둑 가까이에서 물이 낮고 고요하게 떨어지는 소리에 귀를 기울이곤 했다! 강물 위로 빛이 아른거렸다. 낚싯대는 찰랑찰랑 흔들리고, 낚은 물고기를 끌어당길 땐 설렘이 밀려왔다. 시원하며 통통히 살이 올라 꿈틀대는 물고기를 손에 쥐노라면 이루 말할 수 없는 만족감이 들었다.

한스는 팔팔한 잉어와 송어, 돌잉어와 맛 좋은 누치, 작고 색깔이 고운 연준모치를 많이 잡았다. 한스는 강물을 한참 바라보았다. 초록빛에 물든 강가를 보자 사색에 잠기며 슬픔에 젖었다. 아름답고 자유로우며 제멋대로 굴던 어린 시절의 즐거움이 아득히 멀리 있는 것 같았다. 한스는 아무 생각 없이 주머니에서 빵 한 덩이를 꺼냈다. 그런 다음 크고 작은 덩어리로 돌돌 뭉쳐 물속에 풍덩 집어 던졌다. 덩어리가 가라앉자 물고기가 냉큼 낚아채는 모습을 지켜보았다. 처음에는 피라미와 살기가 다가와 작은 덩어리를 게걸스레 먹어 치웠다. 그러더니 굶주린 주둥이로 큰 덩어리를 앞쪽에 여기저기 밀어 두었다. 그러자 좀 더 큰 송어가 천천히 슬금슬금 헤엄쳐 왔다. 등이 어둡고 넓적해 강바닥과 잘 구별되지도 않았다. 송어는 덩어리 주위에서 조심조심 헤엄치더니 둥근 주둥이로 별안간 꿀꺽 삼켜 버렸다. 느릿느릿 흐르는 강에서 따뜻하며 축축한 기운이 솟아올랐다. 밝은 구름 몇 조각이 초록빛 물 위로 희미하게 비쳤다. 둥근 물레방아 톱니바퀴가 삐걱삐걱 돌아갔다. 양쪽 둑은 시원하고 낮게 울리며 콸콸 쏟아졌다. 한스는 다시 지난 일요일로 생각을 돌렸다. 입교식을 치른 날이었다. 엄숙한 분위기와 감동이 흐르는 와중에 속으로 그리스어 동사를 외우고 있었다. 요즘에는 그런 적이 많았다. 학교에서도 지금 해야 하는 공부보다는 전에 했거나 나중에 할 부분을 생각했다. 시험에는 도움이 될 거다!

한스는 마음이 뒤숭숭해져 일어났다. 다음 목적지를 정하지는 못했다. 누군가 어깨를 꽉 움켜쥐며 굵고도 친근한 목소리로 말을 걸어왔다. 한스는 화들짝 놀랐다.

"안녕, 한스. 나랑 좀 걸을래?"

구두장이 플라이크 아저씨였다. 한스는 가끔 아저씨와 함께 저녁을 보내곤 했다. 하지만 이제는 아저씨를 찾지 않은 지 제법 오래되었다. 지금도 함께 걷고 있으면서 독실한 경건주의자인 아저씨가 하는 말은 듣는 둥 마는 둥 했다.

아저씨는 시험 이야기를 꺼내며 한스에게 행운을 빌어 주고, 격려도 해 주었다. 하지만 아저씨가 정말로 전하고 싶었던 말은 따로 있었다. 시험은 외부적이며 우연한 사건일 뿐, 떨어져도 부끄러워할 것 없다는 얘기였다. 아저씨는 그런 일은 누구에게나 일어날 수 있다고 말했다. 한스가 그런 일을 겪더라도 신이 모든 영혼을 위해 계획을 세워 두었으니, 신의 선택에 따른 길을 걷게 되리라는 점을 명심하라고 했다.

한스는 플라이크 아저씨와 함께할 때마다 약간 찜찜했다. 한스는 자신감 넘치며 당당한 성품의 아저씨를 무척 존경했다. 하지만 아저씨와 기도하는 형제들을 두고 사람들이 우스갯소리를 해대면 본의 아니게 같이 웃어댔다. 게다가 한스는 비겁한 자신이 부끄럽기도 했다. 날카로운 질문을 던진다는 이유로 한동안 아서씨를 피했으니까. 한스가 교사의 총애를 받으며 자라더니 좀 우쭐대자, 아저씨는 한스를 이상한 눈초리로 바라보았다. 꼭 망신이라도 주려는 것 같았다. 그렇게 호의로 이끌어 주던 아저씨는 한스의 영혼과 점점 멀어져 갔다. 소년다운 고집이 절정을 이루며 자존감에 손대는 것에 신경을 바짝 곤두세우던 시기였기 때문이다. 한스는 지금 아저씨 옆에서 걷고 있으면서도 아저씨가 자신을 얼마나 걱정하며 다정히 내려다보는지 알아채지 못했다.

두 사람은 크로넨 골목에서 목사와 마주쳤다. 아저씨는 목사에게 침착하고 태연하게 인사했다. 그러고는 별안간 서둘러 자리를 떴다. 목사는 '현대적인' 사람인 데다 부활을 믿지 않는다는 평판이 자자했기 때문이다. 이제는 목사가 한스의 손을 잡았다.

"잘 되어 가니? 다 끝날 무렵이라 기분이 좋겠구나."

목사가 물었다.

"네, 좋습니다."

"그래, 잘 해내렴! 우리가 너한테 기대가 크다는 걸 알잖니. 난 특히 네가 라틴어 성적을 잘 받길 바란단다."

"하지만 떨어지면…."

한스는 수줍게 말했다.

"떨어진다니?"

목사는 화들짝 놀라며 멈춰 섰다.

"떨어지는 건 전혀 말이 안 돼. 완전히 불가능하지. 엉뚱한 생각을 하는구나!"

"그냥 그럴 수도 있을 것 같아서요…."

"한스, 그럴 리 없어. 그럴 리 없단 말이다. 그런 생각은 하지도 마. 아버님께 안부 전해 드리고, 자신감을 가지렴!"

한스는 자리를 뜨는 목사를 지켜보았다. 플라이크 아저씨의 자취도 살폈다. 아저씨의 말은 무슨 뜻이었을까? 마음을 올바르게 먹고 신을 두려워한다면 라틴어는 썩 중요하지 않다고 했다. 아저씨한테나 쉬운 일이겠지. 게다가 이제는 하고많은 사람 중에 목사까지 보태다니. 떨어졌다간 다시는 목사 앞에 얼굴도 못 내밀 판이었다.

한스는 우울감에 사로잡힌 채 집으로 갔다. 그런 다음 작고 비탈진 정원에 섰다. 정원에는 썩어 문드러져 가는 정자가 있었다. 이미 오래전에 발길이 끊긴 곳이었다. 한스는 그곳에 우리를 지어 3년간 토끼를 길렀다. 지난가을에는 시험 때문에 토끼를 떠나보내야 했다. 정신을 딴 데 팔 여유가 없었기 때문이다.

한동안 정원을 찾은 적도 없었다. 텅 빈 우리는 낡아빠져 보였다. 벽 모퉁이에 쌓인 석순은 폭삭 무너졌다. 나무로 만든 작은 물레바퀴는 휘고 부서진 채 수로 옆에 나동그라져 있었다. 우리를 지어 재미나게 놀던 시절을 돌이켜보았다. 고작 2년이 흘렀을 뿐인데도 한없이 오래된 느낌이었다. 한스는 자그마한 물레바퀴를 집어 들어 다시 펴 보려 했다. 하지만 완전히 고장 나고 말았다. 한스는 물레바퀴를 벽에다 내팽개쳐 버렸다. 이런 건 다 없어졌으면 좋겠다. 이미 다 끝나 버린 일이니까. 그때 학교 친구 아우구스트가 문득 떠올랐다. 아우구스트는 물레바퀴와 토끼 우리를 만드는 일을 도와줬다. 두 사람은 오후 내내 이곳에서 놀면서 새총으로 사냥했다. 몰래 숨었다가 고양이도 쫓아다녔다. 천막을 치고는 간식으로 생 순무를 아작아작 씹어 먹기도 했다. 그러다가 공부 때문에 시간이 없어졌다. 아우구스트는 1년 전에 학교를 그만두고 기계공 밑에 들어가 수습생이 되었다. 그때 이후로 아우구스트는 한스를 딱 두 번 보러 왔다. 물론 아우구스트 역시 예전보다 덜 한가했다.

구름 그림자가 골짜기를 후다닥 가로질러 지나갔다. 태양은 벌써 산자락 가까이에 우뚝 솟았다. 한스는 아주 잠시 땅에 털썩 주저앉아 펑펑 울고 싶었다. 하지만 그 대신 헛간에서 손도끼를 가져와 앙상한 팔로 획획 휘두르며 토끼 우리를 와장창 박살 냈다. 판자가 쩍 갈라지며 못이 와작와작 휘었다. 작년에 쓰던 썩은 토끼 먹이 조각이 땅에 툭 떨어졌다. 한스는 모두 퍽퍽 후려쳤다. 토끼와 아우구스트, 그리고 어릴 적에 하던 놀이를 그리워하는 마음을 으스러뜨리듯이.

"뭐 하는 짓이냐?"

아버지가 열린 창문 틈새로 말했다.

"땔감 만들어요."

한스는 말을 더 잇지 않고 손도끼를 옆으로 확 내던졌다. 마당을 지나 길가로 달려가 강 상류로 향했다. 마을 밖 양조장 가까이에 뗏목 두 대가 묶여 있었다. 한스는 따사로운 일요일 오후에 뗏목을 타고 강 하류로 몇 시간씩 둥둥 떠다니곤 했다. 뗏목 위에서 통나무 틈새로 첨벙대는 물소리를 듣노라면 마음이 들뜨면서도 졸음이 꾸벅꾸벅 밀려왔다. 한스는 헐렁헐렁 묶인 채 둥둥 뜬 뗏목 위로 펄쩍 뛰어올라 버드나무 더미에 털썩 누웠다. 그러고는 속도가 빨라졌다가 느려졌다 하면서 뗏목이 떠내려간다고 상상해 보았다. 뗏목이 다리와 열린 수문 아래에 있는 초원과 들판, 마을과 시원한 숲의 끝자락을 지나간다. 한스는 뗏목 위에 누워 있었다. 모든 게 예전과 똑같다. 카프베르크에서 토끼 먹이를 가져오고, 둑에 있는 가죽 공장 정원에서 물고기를 잡으며, 머리도 아프지 않고 걱정 하나 없던 시절처럼 말이다.

한스는 피곤하고 싱숭생숭해져 저녁을 먹으러 집으로 돌아왔다. 슈투트가르트로 시험 보러 갈 날이 코앞이라 아버지는 엄청나게 들떠 있었다. 책은 챙겼는지, 검은 정장은 펼쳐 놓았는지, 가는 길에 문법책을 볼 생각은 없는지, 기분은 괜찮은지를 열두 번은 물어보았다. 한스는 짤막하게 톡 쏘듯 대답하며 저녁을 깨작깨작

먹었다. 그러고는 곧바로 아버지에게 저녁 인사를 했다.

"잘 자라, 한스. 푹 자야 해! 내일 여섯 시에 깨워 줄게. 단어집 잘 챙겼지?"

"네, 사전 잘 챙겼어요. 안녕히 주무세요!"

한스는 불도 켜지 않은 채 작은 방 안에 한참을 앉아 있었다. 시험 준비를 하는 내내 유일한 축복은 바로 자기만의 작은 방이었다. 방 안에서는 마음대로 할 수 있었다. 방해받지도 않았다. 한스는 이곳에서 기나긴 저녁 시간을 보내며 카이사르, 그리스 철학자 크세노폰, 문법, 사전, 수학 문제와 씨름했다. 피로와 잠, 두통과 고군분투하며 끈질기게 도전했지만, 포기하고 싶을 때도 많았다. 하지만 그 몇 시간이 잃어버린 어린 시절의 모든 즐거움보다 더 값지게 느껴지기도 했다. 한스는 꿈처럼 기묘한 시간에 자부심과 도취감, 확실한 승리감에 흠뻑 취해 있었다. 학교와 시험을 넘어 더 높은 존재로 선택받는 꿈을 품었다. 대담하며 경이로운 예감에도 사로잡혔다. 자신은 정말 특별한 존재이며, 볼살이 통통하고 마음씨 좋은 친구들보다 우월하다는 생각이었다. 언젠가는 머나멀고 높은 곳에서 그들을 내려다볼 터였다. 바로 그 순간, 이 방에서 자유롭고 시원한 공기를 들이마시기라도 하는 것처럼, 한스는 안도의 한숨을 내쉬었다. 꿈과 소망, 기대감에 부푼 채 침대에 앉아 어스름한 밤을 보냈다. 커다랗고 피곤한 눈망울 위로 눈꺼풀이 스르르 덮이다가 다시 번쩍 떠졌다. 한스는 눈을 깜빡깜빡하다 다시금 꾹 감았다. 창백한 고개가 가녀린 어깨 위로 툭 떨어졌다. 가는 팔은 녹초가 되어 축 처졌다. 한스는 옷을 입은 채 잠들고 말았다. 고요한 어머니 같은 잠의 손길이 불안한 아이의 가슴 속 파도를 살살 달래며 잘생긴 이마에 자글자글한 잔주름을 싹 펴 주었다.

전례 없는 일이었다. 교장이 그렇게나 이른 시간에 역으로 몸소 찾아왔다. 까만 프록코트를 입은 아버지는 설렘과 행복, 자부심에 푹 빠졌다. 가만히 서 있지도 못할 지경이었다. 아버지는 안절부절못하며 교장과 한스 주위를 발끝으로 살금살금 맴돌았다. 잘 다녀오라며 아들이 좋은 결과를 얻기를 빌어 주는 역장과 역무원의 인사에도 응했다. 그러면서도 작고 뻣뻣한 여행 가방을 계속 오른손에 쥐었다가, 왼손에 쥐었다가 했다. 오른팔 밑으로 우산을 끼고 있었지만, 가방을 이 손 저 손 옮길 땐 두 무릎 사이에 꽉 끼웠다가 몇 번씩 툭 떨어뜨렸다. 그럴 때마다 아버지는 가방을 내려놓았다가 우산을 집어 들었다. 아들과 슈투트가르트행 왕복 기차표를 끊은 사람이라기보다는 막 미국을 향해 떠나려는 사람처럼 보였으리라. 한스는 느긋해 보였지만, 걱정되는 마음에 목이 꽉 메어왔다.

기차가 역에 멈춰 서자, 아버지와 아들이 올라탔다. 교장이 손을 흔들었다. 아버지는 시가에 불을 붙였다. 작은 마을과 강이 골짜기 아래로 서서히 사라져 갔다. 슈투트가르트로 떠나는 여정은 두 사람 모두에게 그야말로 고행길이었다.

슈투트가르트에 도착하자, 아버지는 갑자기 생기가 넘치며 쾌활해졌다. 사근사근하면서도 세상 물정에 밝은 사람 같아 보였다. 작은 마을 사람이 며칠간 수도에 올 때 느낄 법한 설렘에 들뜬 셈이었다. 하지만 한스는 더 말이 없어지며 불안해졌다. 도시 풍경을 보고 깊은 두려움에 사로잡혔다. 낯선 얼굴과 뽐내듯 우뚝 솟고 호화로운 집, 끝이 보이지 않을 정도로 길게 뻗어 있는 길, 말이 끄는 전차와 거리의 소음 때문에 겁이 나며 힘이 들었다. 두 사람은 숙모 집에서 지냈다. 낯선 공간, 다정하며 수다스러운 숙모, 오랫동안 무의미하게 앉아 있어야 하는 분위기, 아버지의 끝없는 격려 때문에 한스는 기가 꽉 죽고 말았다. 한스는 낯설어하며 어쩔 줄 모르는 마음으로 방 안에 앉아 있었다. 낯선 환경과 유행하는 옷을 차려입은 숙모, 무늬가 커다란 벽지와 시계, 그리고 벽에 걸린 그림을 바라볼 때, 혹은 북적대는 길가를 창문으로 내다볼 때, 한스는 완전히 배신당한 기분이 들었다. 꼭 옛날 옛적에 집을 떠나온 것만 같았다. 그토록 기를 쓰고 공부해 온 모든 내용을 까맣게 잊은 것 같기도 했다.

한스는 오후에 그리스어 불변화사를 마지막으로 한 번 더 들여다보고 싶었다. 하지만 숙모가 산책하러 나가자고 했다. 한스는 초록빛 초원과 쏴쏴 소리 나는 숲 따위를 마음속에 잠시 그려보고는 나가겠다고 쾌활히 답했다. 하지만 이내 대도시에서 걸을 때 느끼는 즐거움은 고향에서와는 색다르다는 점을 깨닫게 되었다.

아버지는 도시로 나갔기에 한스와 숙모는 단둘이 산책하러 갔다. 그러나 아래층으로 내려가는 길에 괴로운 순간을 맞닥뜨리고 말았다. 한스와 숙모는 뚱뚱하고 오만해 보이는 여자를 2층에서 마주쳤다. 숙모는 여자에게 무릎을 굽히며 인사했다. 그러자 여자는 수다를 한바탕 늘어놓았다. 그렇게 15분이 넘는 시간이 흘렀다. 한스는 옆쪽에 비켜서서 난간에 바짝 붙었다. 여자가 키우는 강아지가 한스를 향해 킁킁거리며 으르렁댔다. 한스는 여자와 숙모가 자기 얘기를 하고 있다는 사실을 어렴풋이 눈치챘다. 낯설고 뚱뚱한 여자가 손잡이 달린 안경으로 자꾸만 자기를 머리부터 발끝까지 뜯어보았으니까. 거리에서 몇 걸음도 채 안 걸었을 때, 숙모는 어떤 가게로 들어갔다. 그러더니 한참이 지나서야 다시 모습을 드러냈다. 그동안 한스는 거리에 소심하게 서 있었다. 지나가는 사람들은 한스를 홱 밀쳤다. 거리의 소년들은 야유를 보냈다. 숙모는 돌아와서 한스에게 초콜릿 바를 건넸다. 초콜릿은 딱 질색이지만, 한스는 예의 바르게 감사 인사를 건넸다. 두 사람은 다음 모퉁이에서 말이 끄는 전차에 올라탔다. 이제는 사람이 바글바글한 전차에 몸을 싣고 거리에서 거리를 달가닥달가닥 지나갔다. 그러다마침내 드넓은 대로와 정원에 다다랐다. 분수대에서 물이 철벅철벅 튀었다. 양식에 맞춰 지은 화단에는 꽃이 활짝 피었다. 아담한인공 연못에서는 금붕어가 헤엄쳤다. 한스와 고모는 이리저리 돌아다니며 다른 행인 틈에서 빙빙 맴돌았다. 숱한 얼굴들, 우아한원피스와 그렇지 않은 옷, 자전거와 휠체어와 유아차가 눈에 들어왔다. 뒤죽박죽 섞인 소리를 들으며 따뜻하고 먼지 자욱한 공기를훅 들이마셨다. 드디어 벤치에 앉았다. 옆자리에는 다른 사람들이있었다. 숙모는 내내 재잘거리다가 이제 한숨을 푹 내쉬었다. 그런다음 한스에게 다정한 미소를 지어 보이며 초콜릿을 먹으라고 권했다. 한스는 먹고 싶지 않았다.

"세상에, 부끄러워서 그러는 건 아니지? 그러지 말고 얼른 먹어!"

한스는 주머니에서 작은 초콜릿 바를 끄집어냈다. 잠시 은박지를 만지작거리다가 벗겨내고는 아주 작은 조각을 드디어 잘근 깨물었다. 초콜릿을 좋아하지는 않지만, 감히 숙모에게 말하지는 못했다. 초콜릿 조각을 삼키려는데, 숙모가 사람들 틈에서 누군가를알아보더니 총총 자리를 떴다.

"여기 잠깐 앉아 있어. 금방 갔다 올게."

한스는 안도의 한숨을 내쉬며 이 기회를 틈타 잔디밭에 초콜릿을 퉤 내뱉었다. 그런 다음 박자에 맞춰 다리를 달랑거리며 사람들 무리를 빤히 쳐다보다가 비참한 기분이 들었다. 한스는 불규칙 동사를 다시 한번 외워 보려고 했다. 하지만 이내 거의 다 잊어버렸다는 사실을 깨닫고 엄청난 충격에 휩싸였다. 다 까맣게 잊고 말았다! 바로 내일이 주 시험인데!

숙모가 돌아왔다. 올해 118명이 주 시험을 볼 텐데, 그중 36명만 합격할 거라는 소식을 들었단다. 한스의 심장은 철렁 내려앉았다. 한스는 돌아가는 내내 한마디도 하지 않았다. 집으로 돌아오자 두통이 도졌다. 음식을 먹으려 하지도 않고 너무도 이상하게 군 탓에 아버지가 날 선 말을 했다. 숙모마저 한스를 탐탁지 않아 했다. 한스는 그날 밤에 깊은 잠에 푹 빠졌지만, 무시무시한 악몽을 꾸느라 겁에 질렸다. 한스는 꿈속에서 지원자 117명과 함께 시험장에 앉아 있었다. 마을 목사와 숙모를 닮은 감독관은 한스 앞에다 초콜릿 더미를 차곡차곡 쌓았다. 한스는 초콜릿을 꾸역꾸역 먹으며 눈물을 왈칵 쏟았다. 그동안 지원자들이 하나둘 벌떡 일어서더니 작은 문으로 나갔다. 다른 지원자들은 초콜릿 산을 몽땅 먹어 치웠다. 하지만 한스의 초콜릿은 마치 그를 질식시켜 죽이려는 듯 눈앞에서 끊임없이 펑펑 불어났다.

다음 날 아침, 한스는 시험에 늦지 않으려고 시계에서 눈을 떼지 않으며 커피를 홀짝홀짝 마셨다. 그 시각 고향에서는 여러 사람이 한스를 생각하고 있었다. 구두장이 플라이크 아저씨가 가장 먼저 한스를 떠올렸다. 아저씨는 아침 수프를 한술 뜨기 전에 기도를 읊었다. 기능공과 수습생 두 명을 포함한 온 가족이 탁자에 빙 둘러섰다. 아저씨는 평소에 올리는 아침 기도에 이런 말을 보탰다.

"오 주여, 오늘 주 시험을 치르는 한스 기벤라트를 지켜 주소서. 그를 축복하고 힘을 주시어 주님의 이름을 올바르고 굳세게 선포

하도록 하소서!"

마을 목사는 한스를 위해 기도하지는 않았지만, 아침상에서 아내에게 말했다.

"기벤라트 씨 아들이 막 시험을 치르겠네. 언젠가 아주 특별한 인재가 되겠지. 주목도 받을 테고. 내가 라틴어 공부를 도왔으니 손해 볼 일은 없을 거야."

첫 수업 시작 전, 담임 선생은 학생들에게 말했다.

"자, 슈투트가르트에서 시험이 막 시작될 참입니다. 기벤라트에게 행운을 빌어 줘야겠지요. 하지만 한스에게 행운이 필요하다는 얘기는 아닙니다. 여러분 같은 게으름뱅이 열 명을 합한 만큼 똑똑한 학생이니까요."

학생들 대부분도 자리를 비운 한스에게로 생각을 돌렸다. 합격 또는 불합격에 내기를 건 이들은 더더욱 한스를 떠올렸다.

진심 어린 기도와 진정으로 위해 주는 마음은 머나먼 거리에까지 수월히 가 닿기 마련이다. 그 덕에 한스는 사람들이 고향에서 자기를 생각해 준다는 것을 느꼈다. 한스는 바들바들 떨리는 마음으로 아버지와 함께 시험장에 들어갔다. 겁에 질린 채 소심하게 감독관의 지시 사항을 따르고는 거대한 시험장에 빼곡한 남학생들을 쓱 둘러보았다. 고문실에 갇힌 범죄자가 된 기분이었다. 하지만 교수가 들어와 조용히 시키며 라틴어 문체 시험 문제를 받아쓰게 했을 때였다. 한스는 안도의 한숨을 내쉬며 시험이 터무니없이 쉽다는 사실을 깨달았다. 한스는 잽싸고 경쾌하게 초안을 작성했다. 그런 다음 신중하며 깔끔하게 답을 옮겨 적었다. 답안지를 무척 빨리 낸 편이었다. 한스는 숙모 집으로 돌아가던 도중에 길을 잃고 무더운 도시 거리에서 두 시간씩 헤맸다. 그래도 새로 되찾은 마음의 평화가 와장창 무너지지는 않았다. 잠시나마 숙모와 아버지의 손아귀에서 벗어나 기쁠 따름이었다. 낯설며 시끌벅적한 도시 거리를 한가로이 거닐 땐 대담한 모험가가 된 기분도 들었다. 길을 물어물어 마침내 집에 도착하자, 질문 공세가 쏟아졌다.

"시험은 어떻게 봤니? 어땠어? 실력 발휘했니?"

"쉬웠어요. 그런 문제는 5학년 때도 번역할 수 있었거든요."

한스는 뿌듯해하며 말했다. 배가 너무 고파 음식도 허겁지겁 먹었다.

그날 오후에는 시험이 없었다. 아버지는 한스를 데리고 친척들과 친구들을 만나러 갔다. 두 사람은 그중 한 집에서 수줍음 많은 남학생을 만났다. 검은색 정장을 입은 아이는 독일 남부 도시 괴핑겐에서 시험을 보러 왔다. 어른들은 자리를 비켜 주었다. 두 사람은 수줍어하며 호기심 어린 시선으로 서로를 바라보았다.

"라틴어 시험은 어땠어? 쉽지 않았어?"

한스가 물었다.

"엄청 쉬웠어. 근데 바로 그게 문제야. 시험이 쉬우면 실수하고 방심하거든. 시험에는 숨은 함정이 있게 마련이고."

"그렇게 생각해?"

"당연하지. 교수들이 그렇게 멍청하진 않아."

한스는 화들짝 놀라며 생각에 잠겼다. 그러더니 소심하게 물었다.

"시험 본문, 아직도 갖고 있어?"

괴핑겐에서 온 아이가 공책을 꺼냈다. 두 사람은 문제에 나온 한 단어 한 단어를 모두 곱씹었다. 괴핑겐 출신 지원자는 라틴어 도사 같았다. 한스가 들어본 적 없는 문법 용어를 최소 두 번은 썼다.

"내일은 무슨 시험이지?"

"그리스어랑 독일어 작문."

그러고 나서 괴핑겐 지원자는 한스네 학교에서 지원자를 몇 명
보냈냐고 물었다.

"아무도 없어. 나 혼자야."

"어이쿠, 우리 괴핑겐에선 열두 명이 왔는데! 그중 세 명은 진짜
똑똑해. 걔들이 최상위권을 차지할 거야. 작년 수석도 괴핑겐에서
나왔어. 넌 떨어지면 김나지움(독일의 인문계 중등 교육 기관 – 역주)에
들어갈 거야?"

한스는 그런 말을 처음 들어봤다.

"모르겠어…. 아니, 안 그럴 것 같아."

"그래? 난 무슨 일이 일어나든 간에 쭉 공부할 거야. 이번에 떨
어진대도 말이야. 우리 어머니는 나를 울름에 있는 학교로 보내
주실 거야."

한스는 이 말을 듣고 퍽 감탄했다. 괴핑겐 출신 지원자 열두 명
과 진짜 똑똑하다는 세 명 때문에 덜컥 겁이 났다. 한스는 얼굴도
못 내밀 판이었다.

한스는 집으로 돌아와 자리에 앉았다. 그런 다음 '-mi'로 끝나
는 동사를 다시 한번 살폈다. 라틴어 시험을 걱정한 적은 전혀 없
었다. 자신 있었다. 하지만 그리스어라면 완전히 얘기가 달랐다. 그
리스어를 좋아하긴 했다. 푹 빠져 있을 정도였다. 하지만 읽는 것만
좋아했다. 특히나 크세노폰의 글은 무척 근사하고 감동적이며 생
생했다. 모든 것이 경쾌하고 아름다우며 강하게 울려 퍼졌다. 활기
차며 자유로운 영혼도 깃들어 있었다. 이해하기도 쉬웠다. 하지만

문법을 공부하거나 독일어를 그리스어로 번역할 때면 모순되는 규칙과 형태라는 미로 속에 빠져든 것만 같았다. 낯선 언어에 불안감과 두려움도 품었다. 철자조차 알지 못한 채 그리스어 수업을 처음 듣던 순간처럼 말이다.

다음 날에는 그리스어 시험을 먼저 본 후, 독일어 작문 시험을 보았다. 그리스어 본문은 꽤 긴 데다 전혀 쉽지 않았다. 작문 주제는 너무도 까다로운 나머지 잘못 이해하기 딱 좋았다. 시험장은 오전 10시부터 후덥지근하며 푹푹 쪘다. 가져온 펜도 좋지 않았다. 한스는 두 장을 망치고 나서야 그리스어 답을 깔끔하게 쓸 수 있었다. 작문 시간에는 옆자리에 앉은 뻔뻔한 학생 때문에 엄청난 곤란에 빠졌다. 그 학생은 질문을 적은 종이를 쓱 내밀며 답을 알려 달라고 옆구리를 쿡쿡 찔러댔다. 물론 응시자 간의 소통은 엄격히 금지돼 있었다. 이를 어겼다간 시험에서 가차 없이 탈락이었다. 한스는 두려움에 벌벌 떨며 "날 좀 내버려 둬"라고 적었다. 그런 다음 그 학생에게서 등을 홱 돌렸다. 날도 끝내주게 더웠다. 시험장에서 한시도 쉬지 않으며 끊임없이 왔다 갔다 하던 감독관마저 얼굴에 삼베를 몇 번씩 갖다 댈 정도였다. 한스는 두꺼운 입교식 정장 차림으로 땀을 뻘뻘 흘렸다. 두통에도 시달리다 마침내 답안지를 제출했다. 기분이 좋지 않았다. 실수투성이인 것 같았다. 이제 시험은 끝장난 셈이었다.

한스는 점심상에서 한마디도 하지 않았다. 죄인 같은 얼굴로 모든 질문에 어깨만 으쓱할 뿐이었다. 숙모는 위로해 주었지만, 화가 난 아버지는 심기가 불편해졌다. 아버지는 저녁 식사를 마치고 아들을 옆방에 데려갔다. 그런 다음 다시 꼬치꼬치 캐물으려 했다.

"못 봤어요."

한스는 딱 잘라 말했다.

"왜 집중하지 않았니? 무조건 정신을 바짝 차렸어야지! 젠장."

한스는 침묵을 지켰다. 하지만 아버지가 꾸짖기 시작하자 얼굴을 붉히며 말했다.

"아버지는 그리스어를 하나도 모르시잖아요!"

2시에 잡힌 구두시험은 최악이었다. 한스는 모든 시험을 통틀어 구두시험이 가장 두려웠다. 불에 활활 타는 듯 무더운 도시 거리를 걸어가는 길에 한스는 무척 비참해졌다. 괴롭고 두려우며 어지러워 앞도 잘 보이지 않았다.

한스는 넓은 초록색 탁자에서 신사 세 명과 10분간 마주 앉았다. 그리고 라틴어 몇 문장을 번역하며 질문에 답했다. 그런 다음 다른 신사 세 명과 마주 앉아 10분 동안 그리스어를 번역했다. 그리고 다시 온갖 질문에 대답했다. 한 면접관이 마지막에 불규칙 부정과거형을 물어보았다. 하지만 한스는 대답하지 못했다.

"이제 가 봐도 됩니다. 저 오른쪽 문으로 가세요."

자리를 뜨려고 하는데, 문가에서 부정 과거형이 떠올랐다. 한스는 멈춰 섰다.

"나가세요. 나가라고요! 혹시 몸이 안 좋나요?"

면접관이 큰 소리로 말했다.

"아닙니다. 그런데 막 부정과거형이 떠올랐습니다."

한스는 시험장에서 답을 외쳤다. 한 신사가 웃음을 터뜨렸다. 한스는 어쩔 줄 몰라 하며 시험장에서 달려 나왔다. 그런 다음 질문과 대답을 돌이켜보려 했다. 하지만 온통 뒤죽박죽 섞여 버렸다. 커다란 초록색 탁자와 프로코트 차림의 늙은 신사 세 명, 펼쳐 놓은 책 위에서 덜덜 떨던 손이 내내 눈에 선했다. 세상에, 대체 뭐라고 대담한 걸까!

　거리를 걷다 보니 슈투트가르트에 몇 주나 머무른 느낌이 들었다. 이곳을 절대 떠나지 못할 것만 같았다. 집 정원과 전나무가 우거진 푸르른 산, 강가에 있는 낚시터가 아득히 먼 것 같았다. 그런 풍경을 마주한 지도 무척 오래된 느낌이었다. 아, 지금 집에 돌아갈 수만 있다면! 어쨌든 시험을 망친 게 불 보듯 뻔했으니 더 머무를 이유도 없었다.

　한스는 우유 롤빵을 샀다. 그런 다음 아버지와 말을 섞지 않으려고 오후 내내 길가를 떠돌았다. 마침내 집에 와 보니 아버지와 숙모는 한스를 걱정하고 있었다. 한스가 잔뜩 지친 데다 비참해 보인 터라 두 사람은 달걀 수프 한 그릇을 건네고는 잠자리에 들게 했다. 다음 날에는 수학과 종교 시험이 있었다. 시험을 보고 나면 고향으로 돌아갈 수 있었다.

　다음 날 아침에는 모든 일이 술술 풀렸다. 한스는 씁쓸하면서도 앞뒤가 맞지 않는다고 생각했다. 전날에는 주요 과목에서 불운을 겪었는데, 오늘은 다 잘 해냈으니까. 어쨌든 이제 집에 갈 수 있게 됐다!

　"시험이 끝났으니, 이제 가 봐야겠어요."

　한스는 숙모에게 말했다.

　아버지는 하루 더 머물길 바랐다. 칸슈타트로 차를 몰고 간 다음, 온천 정원에서 커피를 홀짝이고 싶어 했다. 하지만 한스가 너무도 간곡히 부탁하자, 아버지는 혼자 가도 된다고 허락해 주었다. 한스는 아버지와 숙모와 함께 기차역에 가서 표를 받았다. 숙모는 입을 맞추며 먹을거리를 주었다. 한스는 지칠 대로 지친 채 초록색 언덕을 멍하니 지나며 집으로 향했다. 검푸른 전나무가 우거진 산을 보고 나서야 기쁨과 안도감이 밀려왔다. 늙은 아나와 작은 방, 교장과, 익숙하며 천장이 낮은 교실을 얼른 보고 싶었다. 그냥 다 보고 싶었다.

다행히도 역에는 꼬치꼬치 캐물어 대는 지인이 없었다. 한스는 누구의 눈에도 띄지 않은 채 작은 여행 가방을 들고 잽싸게 집으로 갈 수 있었다.

"슈투트가르트에서 좋았니?"

늙은 아나가 물었다.

"좋았냐고요? 시험이 어떻게 좋을 수 있겠어요? 집에 와서 좋을 뿐이죠. 아버지는 내일 돌아오실 거예요."

한스는 신선한 우유 한 대접을 벌컥벌컥 마셨다. 그러고는 창문 앞에 걸린 수영복 바지를 챙겨 달려 나갔다. 하지만 다들 수영하러 가는 초원으로 향하지는 않았다.

한스는 마을에서 멀리 떨어진 '바게'로 갔다. 높다란 덤불 사이로 물이 깊고 천천히 흐르는 곳이었다. 한스는 그곳에서 옷을 훌훌 벗었다. 시원한 물에 손을 먼저 담가 보았다가 발을 넣었다. 몸이 잠시 부르르 떨렸지만, 한스는 강물에 풍덩 뛰어들었다. 한스는 잔잔히 흐르는 물살을 거슬러 느릿느릿 헤엄쳤다. 땀을 뻘뻘 흘리며 두려움에 벌벌 떨던 지난날이 미끄러지듯 사라지는 기분이었다. 호리호리한 몸이 강물에 시원해지는 사이, 한스의 영혼에는 아름다운 고향과 새로 피어난 희망이 들어찼다. 한스는 더 빨리 수영하다가, 쉬어 가다가, 다시 헤엄쳤다. 기분 좋은 시원함과 노곤한 느낌에 휩싸였다. 물 위에 누워 다시 강물 위를 둥둥 떠내려 갔다. 저녁에 파리 떼가 황금빛 원을 그리며 은은히 윙윙대는 소리에 귀를 기울였다. 작은 제비가 늦은 저녁 하늘을 획획 가로질렀다. 해는 벌써 산 너머로 자취를 감추며 장밋빛으로 빛났다. 옷을 입고 나서 꿈을 꾸듯 집으로 걸어가자, 골짜기에는 그림자가 빼곡했다.

한스는 상인 자크만의 정원을 지나쳤다. 어린 시절에 친구 몇 명과 함께 설익은 자두 몇 개를 훔친 곳이었다. 키르히너의 목공소도 지나갔다. 하얀 전나무 기둥이 놓여 있었다. 한스는 그 밑에서 미끼로 쓸 지렁이를 찾곤 했다. 그다음에는 게슬러 감독관의 작은 집을 지나갔다. 한스는 2년 전에 빙판에서 스케이트를 타면서 그 집 딸 에마의 마음을 얻고 싶어 했다. 에마는 마을에서 가장 귀엽고 우아한 여학생이며 한스와 동갑내기였다. 에마에게 말을 걸거나 딱 한 번이라도 손을 잡아 보는 게 가장 큰 바람이던 시절도 있었다. 하지만 한스가 너무도 부끄러움을 타는 바람에 그런 일은 일어나지 않았다. 그 뒤에 에마는 기숙학교에 들어갔다. 한스는 에마가 어떻게 생겼는지도 잘 기억나지 않았다. 하지만 어린 시절의 이야기가 머나먼 곳에서 스멀스멀 되돌아왔다. 그런 이야기는 지금껏 겪은 일과는 다르게 빛깔이 무척 강렬했다. 묘한 예감을 풍기는 향기도 났다. 그 시절에는 저녁이 되면 나솔트 씨네 문간에 앉아 감자 껍질을 쓱쓱 벗기며 들려주는 리제의 이야기에 귀를 기울였다. 일요일에는 바지를 둘둘 말아 올리고 일찍 나가 양심의 가책을 느끼며 아래 둑에서 가재나 금붕어를 잡았다. 그러다 나중에는 흠뻑 젖은 나들이옷 차림으로 아버지에게 매를 퍽퍽 맞곤 했다! 수수께끼처럼 알쏭달쏭하며 이상한 사람과 일이 참 많았던 그 시절을 꽤 오래 잊고 지냈다! 목이 굽은 구두 수선공 슈트로마이어는 아내를 독살했다는 소문이 자자했다. 모험심 넘치는 '베크 씨'는 지팡이와 배낭을 들고 뷔르템베르크주 방방곡곡을 이리저리 돌아다녔다. '베크 씨'라 부르는 이유는 한때 말 네 마리에 마차까지 있을 만큼 부유했기 때문이다. 한스가 아는 건 그 사람들의 이름뿐이었다. 이토록 어둑어둑하고 작은 골목길의 세계를 잃었다는 사실이 어렴풋이 느껴졌다. 생생하거나 가치 있는 경험이 그 빈자리를 대신 채우지도 않았다.

다음 날에도 쉴 수 있었다. 한스는 아침에 늦잠을 자며 자유를 누렸다. 정오에는 아버지를 맞이하러 역으로 갔다. 아버지는 슈투트가르트에서 즐겁게 보낸 추억에 젖어 아직도 행복해했다.

"합격하면 네가 원하는 걸 들어줄게. 생각해 보렴!"

아버지가 유쾌하게 말했다.

"아니, 아니에요. 분명 떨어졌을 거예요."

한스는 한숨을 푹 내쉬었다.

"바보 같은 소리 하지 말고. 대체 왜 그러니! 마음 바꿔 먹기 전에 뭘 하고 싶은지 말해."

"방학 동안 다시 낚시하러 가고 싶어요. 그래도 될까요?"

"좋다. 합격하면 그러자꾸나."

다음 날인 일요일에는 폭풍우가 우르르 쾅쾅 치며 비가 마구 쏟아졌다. 한스는 방 안에 몇 시간씩 앉아 책을 읽으며 생각했다. 슈투트가르트에서 시험을 어떻게 봤는지 다시 곱씹어 보았다. 대책 없이 운이 나빴다. 훨씬 더 잘 해낼 수 있었다는 생각이 빙빙 맴돌았다. 분명 합격할 만큼 시험을 잘 보지는 못했다. 빌어먹을 두통! 한스는 점점 더 불안감에 휩싸였다. 그렇게 전전긍긍하다 결국 아버지에게 가고 말았다.

"아버지!"

"무슨 일이냐?"

"여쭤보고 싶은 게 있어서요. 소원 말인데요, 낚시 안 갈게요."

"왜 지금 그 얘기를 다시 꺼내는 거냐?"

"왜냐하면 제가…. 아, 여쭤보고 싶은 건, 제가…."

"헛소리 말고 툭 터놓고 말해 봐라! 대체 뭔데?"

"합격 못 하면 김나지움에 들어가도 될까 싶어서요."

아버지는 말문이 꽉 막혔다.

"뭐라고? 김나지움? 김나지움에 가겠다고? 누가 네 머릿속에 그 딴 계획을 심어 준 거냐?"

아버지는 폭발했다.

"아무도 안 그랬어요. 그냥 제 생각이에요."

죽을 것 같은 공포심이 한스의 얼굴에 덕지덕지 묻어났다. 하지만 아버지는 눈치채지 못했다.

"그만 가라, 가라고. 얼토당토않은 말이구나. 김나지움에 간다니! 내가 상업 고문관이라도 되는 줄 아나 보네."

아버지는 불만스럽게 웃어대며 말했다.

아버지가 너무도 딱 잘라 말해 버리자, 한스는 포기하고 말았다. 그리고 절망에 빠진 채 밖으로 나갔다.

"뭐 저런 놈이 다 있나! 당최 믿을 수가 없네. 이제는 김나지움에 가겠다니. 하여간 조금만 오냐오냐해 주면 아주 그냥 기어오르려고 한다니까."

아버지가 뒤에서 투덜대는 소리가 들려왔다.

한스는 30분 동안 창턱에 앉아 번쩍번쩍 광을 낸 마룻바닥을 물끄러미 바라보았다. 그리고 신학교나 김나지움이나 대학에 들어가지 못하면 어떨지 상상해 보려 애썼다. 치즈 가게에 들어가거나, 사무실 수습생이 되겠지. 그러면 평범하고 비참한 사람이 되어

평생을 보내야 한다. 한스는 그런 사람을 경멸하며 뛰어넘고 싶어했다. 잘생기고 총기 어린 얼굴이 분노와 슬픔으로 확 일그러졌다. 한스는 분통을 터뜨리며 벌떡 일어나 침을 퉤 뱉었다. 그러고는 놓여 있던 라틴어 문집을 움켜쥐고 가까운 벽에 냅다 던져 버리고 빗속으로 뛰쳐나갔다.

한스는 월요일 아침에 학교로 돌아갔다.

"별일 없지? 어제 날 보러 올 줄 알았는데. 시험은 어땠니?"

교장이 악수하며 물었다.

한스는 고개를 푹 숙였다.

"음, 무슨 일이지? 잘 못 봤니?"

"그런 것 같습니다."

"자, 좀 기다려 보렴! 오늘 아침에 슈투트가르트에서 결과가 나올 거다."

늙은 교장은 한스를 위로했다.

그날 아침은 못 견디게 길었다. 결과는 나오지 않았다. 한스는 점심시간에 속으로 흐느끼느라 음식도 잘 삼키지 못했다.

오후 2시에 교실로 들어가 보니, 벌써 선생이 와 있었다.

"한스 기벤라트!"

선생이 큰소리로 외쳤다.

한스는 앞으로 나갔다. 선생이 고개를 가로저었다.

"축하한다, 기벤라트. 주 시험에서 차석을 했구나."

교실에 엄숙한 침묵이 감돌았다. 문이 벌컥 열리더니 교장이 성큼성큼 들어왔다.

"축하한다. 소감이 어떤가?"

한스는 놀라움과 기쁨에 꽁꽁 얼어붙었다.

"할 말이 없는 건가?"

"제가 그 사실을 알았다면 수석도 했을 겁니다."

한스는 덜컥 내뱉었다.

"자, 이제 집에 가도 괜찮다. 아버님께 좋은 소식을 들려드려야지. 학교에 또 올 필요는 없다. 어차피 8일 뒤면 방학이니까."

교장이 말했다.

한스는 어지러워하며 거리로 나섰다. 햇살이 보리수나무와 시장에 쏟아졌다. 모든 게 평소와 똑같으면서도 더 아름답고, 의미 있으며, 즐거워 보였다. 시험에 합격했다! 게다가 차석을 했다! 처음에 찾아온 기쁨이 줄어들자, 감사한 마음이 깊이 차올랐다. 이제는 마을 목사를 피하지 않아도 된다. 이제는 공부할 수 있다! 이제는 치즈 가게나 사무실을 두려워하지 않아도 된다!

다시 고기를 낚으러 갈 수도 있다. 집에 돌아오니 아버지가 문간에 서 있었다.

"무슨 일이니?"

아버지가 물었다.

"별일 없어요. 학교에서 보내줬어요."

"뭐라고? 대체 왜?"

"이제 신학생이니까요."

"아이고, 세상에! 합격한 거냐?"

한스는 고개를 끄덕였다.

"성적은 잘 받았고?"

"차석이에요."

기대 이상이었다. 아버지는 무슨 말을 해야 할지 몰라 계속 아들의 어깨를 토닥였다. 껄껄 웃으며 고개를 절레절레 흔들기도 했다. 그러다 할 말이 있는 듯 입을 벌렸다. 하지만 말없이 다시 고개만 가로저었다.

"세상에!"

아버지는 한 번 더 외쳤다.

"세상에!"

그리고 한 번 더 말했다.

한스는 집 안으로 후다닥 달려가 위층 다락방으로 올라갔다. 그런 다음 텅 빈 다락방의 벽장을 홱 열어젖혀 안을 샅샅이 뒤졌다. 그리고 갖가지 상자와 둘둘 말아 둔 낚싯줄과 코르크 조각을 끄집어냈다. 한스의 낚시 장비였다. 이제는 나무를 잘라 괜찮은 낚싯대를 만들어야 했다. 한스는 아래층에 있는 아버지에게 갔다.

"아버지, 주머니칼 좀 빌려주실래요?"

"뭐에 쓰려고?"

"나뭇가지를 잘라서 낚시하려고요."

아버지는 주머니에 손을 뻗었다.

"옜다. 2마르크다. 가서 네가 쓸 칼을 사라. 하지만 한프리트 씨 가게 말고, 대장간으로 가야 한다."

아버지는 활짝 웃으며 말했다.

한스는 대장간으로 뛰어갔다. 대장장이는 시험을 어떻게 봤는지 묻더니 희소식을 듣자 한스 몫으로 특히나 훌륭한 칼을 찾아주었다. 강 하류의 브뤼헬 다리 아래에는 아름답고 앙상한 오리나무와 개암나무 덤불이 있었다. 한스는 그곳에서 고심 끝에 나무를 골랐다. 그런 다음 완벽하고 튼튼하며 탄력 있는 나뭇가지를 잘랐다. 그리고 서둘러 집으로 돌아왔다.

한스의 얼굴은 발그레해졌다. 눈빛은 초롱초롱 빛났다. 한스는 신나게 낚시를 준비했다. 낚시 준비는 낚시만큼이나 즐거웠다. 오후부터 저녁 내내 앉아서 이 작업을 했다. 한스는 흰색 줄과 갈색 줄, 그리고 초록색 줄을 분류했다. 공들여 가며 꼼꼼히 살펴 고치고, 오래된 매듭과 얽히고설킨 부분을 풀었다. 모양과 크기가 각양각색인 코르크 찌와 깃대 찌를 시험해 보거나 다시 깎았다. 무게가 다양한 작은 납 조각은 망치로 탁탁 두들겨 납작하게 눌렀다. 줄의 무게를 가늠할 수 있도록 눈금도 새겼다. 다음은 낚싯바늘 차례였다. 아직 조금 남아 있었다. 낚싯바늘 몇 개는 네 가닥으로 꼰 검은색 실에, 몇 개는 양 창자로 만든 거트 줄에, 나머지는 배배 꼬인 말 털에 고정했다. 저녁 무렵에 모든 준비가 끝났다. 한스는 7주라는 기나긴 방학 동안 지루할 틈이 없으리라 굳게 믿었다. 내내 강가에서 낚싯대를 들고 혼자만의 시간을 가질 수 있었으니까.

2장

여름 방학은 그렇게 보내야 하는 법! 언덕 위로 용담처럼 푸른 하늘이 펼쳐지고, 눈부시며 더운 날씨가 몇 주 내내 이어졌다. 우르르 쾅쾅 번개 치며 비가 마구 쏟아지는 날씨는 잠깐잠깐 스쳐 지나갈 뿐이었다. 사암 절벽과 전나무 그늘, 좁다란 산골짜기를 지나며 흐르는 강물은 저녁 늦게까지 수영해도 될 만큼 무척 따끈했다. 온 마을에 건초 냄새가 진동했다. 좁고 기다란 밀밭은 노란색과 적갈색에 물들었다. 흰 독미나리 같은 잡초가 사람 키만큼 우뚝 솟아오르며 개울을 따라 풍성한 꽃을 활짝 피웠다. 하얀 꽃에는 늘 자그마한 딱정벌레가 우산 꼴로 덕지덕지 붙어 있었다. 속이 텅 빈 줄기를 자르면 피리와 파이프를 만들 수도 있었다. 솜털이 보송보송하며 노란 꽃을 피운 위풍당당한 버바스컴은 숲 끝자락을 따라 모습을 드러냈다. 부처꽃과 바늘꽃은 억세면서도 앙상한 줄기를 살랑살랑 흔들며 온 산비탈을 보랏빛으로 감쌌다. 전나무 사이에는 엄숙하고, 아름다우며, 기묘하고 키가 큰 데다 붉은빛이 도는 디기탈리스가 늘어서 있었다. 잎은 은빛으로 빛나고 솜털이 북슬북슬하며, 줄기는 탄탄했다. 아름답고 붉은 꽃받침도 있었다. 그 옆에는 갖가지 버섯이 보였다. 반짝이는 붉은색 광대버섯,

통통하고 넓적한 식용 버섯, 붉고 가지가 많은 싸리버섯, 대담한 쇠채아재비, 기묘하게도 색깔이 없고 병약해 보이는 수정란풀이 있었다. 숲과 초원 사이 비탈은 헤더 꽃에 잔뜩 뒤덮이고, 강인하며 불에 타오르는 듯한 노란색 금작화가 눈부시게 빛났다. 붉은 보랏빛 헤더 꽃도 길게 줄지어 피었다. 대부분 두 번째 풀베기를 맞이할 준비를 하며 황새냉이와 동자꽃, 세이지와 수레국화가 풍성하게 한껏 자라 있었다. 재잘재잘 지저귀며 노래하는 되새의 노랫소리가 숲에서 끝없이 울려 퍼졌다. 전나무 숲에서는 붉은 여우다람쥐가 나무에서 나무로 폴짝폴짝 뛰어다녔다. 초록색 도마뱀은 두렁과 담장, 바짝 마른 도랑에서 숨 쉬며 따스한 햇살에 반짝반짝 빛났다. 매미가 지칠 줄도 모르고 한없이 맴맴 울어대는 소리가 초원 너머로 들려왔다.

마을은 이맘때면 시골 분위기를 물씬 풍겼다. 건초를 실은 수레도 보이고, 풀 냄새와 쨍그랑대는 낫 소리가 길가와 공중에 한껏 퍼졌다. 공장 두 곳이 없었다면 시골 마을에 와 있다는 착각에 빠졌으리라.

한스는 방학 첫날 아침 일찍부터 안절부절못하며 주방에 서서 커피를 기다렸다. 늙은 아나가 미처 잠에서 깨지도 못한 시각이었다. 한스는 아나를 도와 불을 피우고, 빵집에 가서 빵을 가져왔다. 신선한 우유를 넣어 식힌 커피를 서둘러 벌컥벌컥 마시고, 주머니에 빵을 쑤셔 넣은 뒤에 후다닥 달려 나갔다. 위쪽 철둑에서는 멈춰 서서 바지 주머니에 넣어 둔 양철 상자를 꺼냈다. 그러고는 부지런히 메뚜기를 잡으러 다녔다. 기차가 칙칙폭폭 지나갔다. 경사가 가파르다 보니 요란스럽기보다는 여유롭게 지나쳤다. 창문은 모두 활짝 열려 있고, 승객은 몇 없었다. 기나긴 연기와 증기가 기차 뒤로 모락모락 피어올랐다. 한스는 하얀 연기가 소용돌이 치다가 화창하고 이른 아침의 산들바람에 금세 사라지는 모습을 물끄러미 바라보았다. 그리고 잃어버린 아름다운 시절을 모두 두 배로 늘려 다시금 속 편하고 자유로운 아이가 되려는 듯 숨을 훅 들이마셨다.

한스는 메뚜기가 가득 담긴 상자와 새 낚싯대를 챙겨 다리를 건넜다. 정원을 지나 강에서 가장 깊숙한 곳에 있는 '말 웅덩이'에 다다랐다. 그러자 남모르는 기쁨과 사냥하고픈 마음에 심장이 쿵 쿵 뛰었다. 그곳에는 터가 하나 있는데, 버드나무에 기대면 다른 곳에서보다 더 편하게 낚시할 수 있었다. 방해받을 일도 없었다. 한 스는 낚싯줄을 풀고 작은 납 조각을 꽁꽁 묶어 통통한 메뚜기가 옴짝달싹 못 하게 했다. 그러고는 강물 한가운데를 향해 폭넓은 곡선을 그리며 낚싯줄을 던졌다. 예전부터 해 왔던 익숙한 놀이가 시작되었다. 자그마한 피라미 떼가 미끼 주위를 빙빙 돌더니 낚싯 바늘에서 이를 떼어내려 애썼다. 물고기들은 금세 미끼를 야금야 금 갉아 먹었다. 이제 물고기가 두 번째, 세 번째, 네 번째, 다섯 번 째 메뚜기를 물 차례가 되었다. 한스는 메뚜기를 더 조심조심 낚싯 바늘에 고정했다. 드디어 두 번째 미끼 덩어리가 달린 낚싯줄을 밑 으로 내렸다. 이제 첫 번째이자 진정한 물고기가 미끼를 맛보았다. 한스는 낚싯줄을 살살 밀며 풀어주다가 다시 확 잡아당겼다. 이제 물고기가 미끼를 덥석 물었다. 솜씨 좋은 낚시꾼이라면 줄과 낚싯 대를 타고 손가락에 전해지는 떨림을 느끼는 법! 그때 한스는 낚싯 대를 교묘히 비틀어 낚싯줄을 살금살금 당기기 시작했다. 물고기 가 낚싯바늘에 꽉 물렸다. 한스는 물고기가 눈에 보일 때쯤에 녀석 이 잉어라는 사실을 알아챘다. 잉어는 한눈에 알아보게 마련이다.

배가 넓적한 데다 하얗고 노란빛을 내뿜으며 머리는 세모꼴이니까. 하지만 무엇보다도 아름답고 통통한 배지느러미가 눈에 띈다. 무게가 얼마나 될까? 하지만 무게를 가늠해 보기도 전에 물고기가 죽을힘을 다해 펄쩍 뛰어올랐다. 그러더니 수면 위에서 허우적대다 달아나고 말았다. 물속에서 서너 번 펄떡이다가 은빛 줄기처럼 깊은 곳으로 싹 사라지는 모습이 아직도 눈에 선했다. 결국에는 물고기가 제대로 물지 않은 셈이었다.

이제 한스는 들뜬 채 낚시에 열중하느라 여념이 없었다. 물속에 담긴 갈색 줄에서 한시도 눈을 떼지 않았다. 두 뺨이 발그레해졌다. 한스는 순간순간 재빠르며 딱딱 떨어지게 움직였다. 두 번째 잉어가 미끼를 물고 나왔다. 그다음에는 너무도 작은 잉어가 다가왔다. 그리고 나서 모샘치 세 마리가 번갈아 나타났다. 모샘치가 다가오자, 한스는 유난히 기분이 좋아졌다. 아버지가 좋아하는 물고기였기 때문이다. 모샘치는 살집이 통통하며, 비늘은 자그마하다. 머리는 두툼하고, 우스꽝스러운 흰 수염이 나 있다. 눈은 작으며, 꼬리 쪽은 가느다랗다. 평소에는 초록색과 갈색을 오가지만, 육지로 나가면 강철처럼 검푸른색으로 어두워진다.

그동안 태양은 더 우뚝 솟아올랐다. 위쪽 둑에 있는 물거품이 눈처럼 하얗게 반짝였다. 따스한 공기가 물 위에 감돌았다. 하늘을 올려다보면 눈부시게 새하얀, 손바닥만 한 구름 몇 조각이 무크베르크산 위에 떠 있었다. 날씨가 무더워졌다. 파란 하늘에 고요히 뜬 흰 구름만큼 한여름 대낮의 열기를 여실히 보여 주는 건 없다. 빛을 흠뻑 머금은 구름은 너무도 눈이 부셔 도저히 오래 바라볼 수 없게 마련이다. 구름이 없다면 날씨가 얼마나 무더운지 전혀 깨닫지 못할 것이다. 파란 하늘이나 거울처럼 반짝이는 강물을 보더라도 알 수 없긴 매한가지다. 하지만 거품처럼 뽀얗고 자그마한 구름이 정오에 둥둥 떠다니는 모습을 보게 되면 타오르는 태양의 열기가 갑자기 훅 느껴진다. 그래서 그늘을 찾아가 이마에 송골송골 맺힌 땀을 쓱쓱 훔치게 되는 것이다.

한스는 집중력이 뚝뚝 떨어졌다. 살짝 피곤하기도 했다. 정오 무렵에는 고기를 낚을 확률도 낮았다. 가장 나이가 많으며 큼직한 송어마저 이맘때면 햇볕을 쬐러 수면으로 올라온다. 송어 떼는 크게 무리 지어 거무스름한 빛을 내뿜으며 꿈을 꾸듯 강을 건너 헤엄쳤다. 가끔은 뚜렷한 이유 없이 화들짝 놀라기도 했다. 녀석들은 이 시간대에 입질하지 않는다.

한스는 버드나무 가지에 낚싯줄을 걸쳐 물속에 담갔다. 바닥에 앉아 초록빛 강물을 빤히 바라보았다. 물고기가 느릿느릿 솟아올랐다. 거무스름한 물고기 등이 수면으로 줄줄이 떠올랐다. 온기에 사로잡힌 물고기는 고요하고 느리게 헤엄치며 줄줄이 올라갔다. 따끈한 물속에 있으니 행복했으리라! 한스는 장화를 훌훌 벗고 미적지근한 물에 발을 담갔다. 커다란 양동이 속에서 헤엄치며 이따금 부드럽게 첨벙대는 물고기를 뚫어져라 살펴보았다. 어찌나 아름답던지! 물고기가 헤엄칠 때마다 흰색과 갈색, 초록색과 은색, 희미한 금색과 파란색, 그리고 여러 빛깔이 비늘과 지느러미에서 반짝였다.

무척 고요했다. 마차가 다리를 덜컹덜컹 건너는 소리는 거의 들리지 않았다. 물레방아에서 물이 후두두 튀는 소리도 또렷하지 않았다. 물이 하얀 둑 위로 가볍고, 잔잔하고, 시원하며 나른하게 콸콸 쏟아지는 소리와 뗏목 나무 위로 부드러이 소용돌이치는 소리만 들려올 뿐이었다.

그리스어와 라틴어, 문법과 문체, 수학과 암기식 학습. 쉴 새 없이 정신을 쏙 빼놓던 고통스러운 과정은 모두 이토록 노곤하며 따스한 온기가 감도는 시간 속으로 소리 없이 쑥 가라앉았다. 머리가 살짝 아프긴 하지만, 평소처럼 심하지는 않았다. 한스는 물거품이 둑에서 물보라로 변하는 모습을 지켜보았다. 낚싯줄과 옆에 있는 양동이도 물끄러미 바라보았다. 안에는 잡은 물고기가 담겨 있었다. 전부 맛깔스러워 보였다! 시험에 차석으로 합격했다는 생각도 문득문득 떠올랐다. 한스는 맨발을 물속에 푹 담그고는 두 손을 바지 주머니 속에 푹 찔러 넣은 채 휘파람을 불었다. 한스는 휘파람을 제대로 불 줄 몰랐다. 휘파람을 불지 못한다는 건 오랫동안 아픈 구석이었다. 휘파람을 불지 못해 학교 친구들에게 놀림감이 되었기 때문이다. 한스는 작은 소리로, 그것도 치아 사이로만 휘파람을 불 수 있었다. 하지만 그만하면 됐다. 어쨌든 지금은 엿들을 사람도 없었다. 다른 친구들은 아직도 학교에서 지리 수업을 듣고 있을 것이다.

한스만 한가했다. 친구들을 뛰어넘었으니, 이제 친구들은 한스의 발아래 있었다. 친구들은 종종 한스를 괴롭혔다. 아우구스트하고만 친하게 지내고, 친구들이 뚝딱뚝딱 만든 놀이와 오락거리는 썩 즐기지 않았으니까. 자, 이제 멍청하고 고집불통인 친구들은 한스의 뒷모습만 지켜보게 될 거다. 한스는 그 친구들을 지독히도 싫어했기에 잠시 휘파람을 멈추고 입을 확 일그러뜨렸다. 그러고 나서 낚싯줄을 둘둘 감다가 웃음을 터뜨릴 수밖에 없었다. 낚싯바늘에 미끼의 흔적이라고는 하나도 없었으니까. 남은 메뚜기를 풀어주자, 메뚜기는 얼빠진 채 힘없이 짤막한 풀로 기어갔다. 근처 가죽 공장에서는 일꾼들이 점심을 먹고 있었다. 한스도 점심을 먹을 시간이었다.

다들 식탁에서 거의 한마디도 하지 않았다.

"뭐 좀 잡았니?"

아버지가 물었다.

"다섯 마리 잡았어요."

"그래? 나이 먹은 물고기는 절대 잡지 마라. 나중에 새끼 물고기가 사라질 테니까."

대화는 이렇게 막을 내렸다. 바깥은 매우 따스했다. 점심을 먹자마자 수영하러 갈 수가 없으니 아쉬울 따름이었다. 왜냐고? 몸에 좋지 않으니까! 한스도 그 정도는 다 알았다. 한스는 하면 안 되는데도 꽤 자주 수영하곤 했다. 하지만 이제 다시는 하지 않을 작정이었다. 그런 장난을 치기에는 너무도 성숙해졌으니까. 시험장에서는 "한스 씨"라는 말을 듣기까지 하지 않았는가.

하지만 정원의 가문비나무 아래에 한 시간쯤 누워 있는 건 나쁘지 않았다. 그늘에 있으면 시원했다. 책을 읽거나 나비를 관찰할 수도 있었다. 그래서 2시까지 누워 있었는데, 하마터면 잠들 뻔했다. 하지만 이제는 수영 터로 간다! 초원에는 어린 남자아이들 몇 명뿐이었다. 더 큰 아이들은 아직 학교에 있었다. 한스는 그 학생들의 운명이 탐나지 않았다. 천천히 옷을 벗고 물속에 슬며시 들어갔다. 한스는 시원함과 온기를 한껏 즐길 줄 알았다. 헤엄치다가 풍덩 뛰어들어 물을 첨벙첨벙 튀기기를 반복했다. 그런 다음 강둑에 엎드려 햇살에 몸을 말렸다. 어린아이들은 예의를 지키며 한스 주변을 살금살금 맴돌았다. 그렇다, 한스는 유명 인사가 되었다. 게다가 남들과는 확 달라 보였다. 잘생긴 얼굴에 가는 목은 햇볕에 그을려 까무잡잡하게 탔다. 표정에서는 똑똑하며 우월한 면모가 묻어나왔다. 깡마르고 팔다리가 앙상하며, 가냘프고 연약한 체구도 타고났다. 앞뒤에 붙은 갈비뼈를 세어 볼 수 있을 정도였다. 종아리에는 살이 거의 없다시피 했다.

한스는 일광욕하고 잠깐잠깐 수영하러 가며 오후 시간을 보냈다. 그러다 네 시쯤 되자, 반 친구들이 시끌벅적대면서 헐레벌떡 뛰어왔다.

"야, 기벤라트! 너 팔자 좋다."

한스는 편안하게 기지개를 쭉 켰다.

"그래, 나쁘지 않아."

"신학교는 언제 가?"

"9월이 되면 갈 거야. 그때까지는 방학이야."

한스는 친구들이 시샘해도 개의치 않았다. 뒤에서 우스갯소리를 해댈 때도 전혀 아랑곳하지 않았다. 누군가가 비웃듯 시를 읊었다.

나도 그렇게 살 수만 있다면,
슐츠의 엘리자베트처럼!
온종일 침대에서 보낼 수 있다면.
하지만 난 그러지 못한다네.

한스는 웃어 넘겼다. 그동안 친구들은 옷을 훌훌 벗었다. 한 명이 물속에 곧장 뛰어들었다. 다른 아이들은 좀 더 조심스레 몸부터 식혔다. 몇몇은 풀밭에 드러누워 쉬기까지 했다. 겁을 잔뜩 먹은 친구가 물속으로 등을 떠밀리자, 소리를 고래고래 질러댔다. 친구들은 서로 뒤쫓으며 뛰어다니다 헤엄쳤다. 햇볕 쬐는 이들에게 물도 팍팍 튀겼다. 첨벙첨벙 소리와 악쓰는 소리는 어마어마했다. 뽀얗게 빛나며 축축한 맨몸이 강물에서 반짝반짝 빛났다.

한스는 한 시간이 더 흐른 뒤에 떠났다. 물고기가 입질하는 따사로운 저녁이 차츰차츰 다가왔다. 한스는 저녁을 먹을 때까지 다리에서 고기를 낚았다. 하지만 아무것도 잡지 못한 셈이었다. 물고기들은 낚싯대에 탐욕스럽게 덤벼들며 매번 미끼를 게걸스레 먹어 치웠다. 하지만 아무것도 잡히지는 않았다. 한스는 체리를 미끼로 삼아 보았다. 누가 봐도 너무도 크고 부드러운 미끼였다. 한스는 나중에 다시 써 보기로 마음먹었다.

저녁 식사 때였다. 한스는 지인 여럿이 축하해 주러 들렀다는 이야기를 들었다. 지역 주간지도 받았다. '공지'라는 제목 아래에는 이렇게 적혀 있었다.

"올해 우리 마을에서 신학교 입학 주 시험을 치른 후보자는 단 한 명, 바로 한스 기벤라트다. 기쁘게도 한스 기벤라트가 주 시험에 차석으로 합격했다는 소식을 접하게 되었다."

한스는 신문지를 착착 접어 뒷주머니에 쑥 찔러 넣었다. 한마디도 꺼내지 않았지만, 자부심과 기쁨에 벅차올랐다. 그러고 나서 다시 낚시에 나섰다. 치즈 몇 조각도 챙겼다. 물고기가 좋아하는 미끼이기도 하고, 황혼에도 눈에 잘 띄기 때문이다. 하지만 낚싯대는 두고 줄만 챙겼다. 한스는 낚시 도구 중 줄과 바늘만 쓸 수 있도록 낚싯대와 찌 없이 줄만 가져가는 쪽을 선호했다. 낚시하기가 좀 더 힘들어지긴 했지만, 훨씬 더 재미있었다. 미끼의 모든 움직임을 쥐락펴락하면서, 물고기가 다가와 입질하는 것을 하나하나 느꼈다. 낚싯줄이 씰룩이는 모습을 지켜보면 마치 물고기가 눈앞에 생생히 보이는 듯 따라갈 수 있었다. 물론 이런 식으로 낚시할 때는 자기가 하고 있는 행동을 빠삭하게 꿰고 있어야 한다. 손가락도 후딱 후딱 움직여야 하고, 스파이만큼 정신을 바짝 차려야 한다.

줍고 깊으며 들쭉날쭉한 강가의 골짜기에서 바람이 불며 황혼이 일찍 저물었다. 강물은 검게 물든 채 다리 아래에서 잔잔히 흐르고 있었다. 강 아래쪽 물방앗간 한 곳에 불이 번쩍 켜졌다. 시끌벅적 떠들어대는 소리와 노랫소리가 다리와 골목에서 들려왔다. 날은 좀 후텁지근했다. 거무스름한 물고기가 강물에서 수면 위로 펄떡펄떡 뛰어올랐다. 물고기는 초를 다퉈 가며 사정없이 첨벙거렸다. 이런 저녁이면 물고기는 눈에 띄게 들떠 있기 마련이다. 이리저리 왔다 갔다 하며 수면 위로 펄쩍 뛰어오르다가 낚싯줄과 부딪친다. 그러고는 미끼에 무턱대고 몸을 던진다. 마지막 치즈 조각이 사라진 순간, 작은 잉어 네 마리가 잡혔다. 한스는 다음 날 아침이 밝으면 목사에게 잉어를 가져다주기로 마음먹었다.

따사로운 산들바람이 골짜기 아래로 살랑살랑 불어왔다. 하늘은 어두컴컴해져 갔지만, 여전히 밝았다. 어두컴컴한 온 마을에서 마치 검은 그림자처럼 밝은 하늘에 불쑥 튀어나온 교회 탑과 성의 지붕만 눈에 띄었다. 저 멀리 어딘가에서 폭풍우가 휘몰아쳤다. 우르르 쾅쾅 치는 천둥소리가 이따금 잔잔히 들려왔다.

10시에 잠자리에 들었을 때, 한스는 머리와 팔다리가 기분 좋게 노곤했다. 이런 느낌은 오랜만이었다. 아름답고 근심 걱정 없는 여름날이 눈앞에 줄줄이 펼쳐져 있었다. 한스는 빈둥거리고, 수영하고, 낚시하고, 꿈을 꾸면서 고요하며 황홀한 나날을 한가로이 보낼 생각이었다. 단지 거슬렸던 건 딱 한 가지. 시험에서 수석을 하지 못했다는 사실이었다.

다음 날 이른 아침, 한스는 잉어를 가져다주려고 목사관 현관 앞에 섰다. 목사가 서재에서 나왔다.

"아, 한스 기벤라트! 좋은 아침이야. 그리고 축하한다. 진심으로 축하해. 어쩐 일이니?"

"물고기 몇 마리를 가져왔어요. 어제 잡았거든요."

"아니, 저것 좀 봐! 고맙다. 이제 안으로 들어오렴."

한스는 익숙한 서재로 들어섰다. 어쩐지 여느 목사가 쓰는 서재 답지는 않았다. 화분에 심은 화초의 흙냄새도, 담배 냄새도 새어 나오지 않았다. 튼튼한 서재에 꽂힌 책은 대부분 신간이었다. 새로 칠하고 책등에 금박을 입힌 지 얼마 안 된 것들이었다. 목사의 서재에서 으레 보이는 책처럼 낡아빠지거나, 휘거나, 벌레가 야금야금 갉아먹거나, 얼룩덜룩하지 않았다. 가지런히 정돈된 책의 제목을 자세히 들여다보면 서재에는 현대적 정신이 흐른다는 사실을 알 수 있었다. 목사의 책은 고풍스러우며 고귀한 기성세대 신사가 가까이하던 책과는 확 달랐다. 보통은 목사의 서재에서 호평받는 벵겔, 오팅거, 슈타인호퍼의 작품뿐 아니라 뫼리케가 시 〈탑 위에서 우는 닭〉에서 무척 아름답게 진심을 담아 노래한 신앙심 넘치는 시집도 빠져 있었다. 혹은 수많은 현대 작품에 가려져 존재감을 드러내지 못했다. 학술지 꽂이와 강단, 종이가 장장이 흩어진 커다란 책상은 박식하며 진지한 분위기를 불어넣어 주었다. 목사가 이곳에서 엄청난 연구를 하는 듯한 분위기도 흘렀다. 목사는 실제로 엄청난 연구를 했다. 물론 설교와 교리 문답서, 성경 공부보다는 학술지에 실을 논문과 저서를 집필하는 데 필요한 연구에 더 공을 들이긴 했다. 이곳에서는 덧없는 신비주의와 예감에 사로잡힌 생각을 할 수 없었다. 학문의 한계를 넘어 사랑과 자비로 목마른 영혼에 다가가는 '마음의 신학'도 마찬가지였다. 그 대신 성서를 비판하며 열과 성을 다해 '역사 속 그리스도'를 파고드는 일은 가능했다.

한스는 강단과 창문 사이에 있는 작은 가죽 소파에 난생처음 앉았다. 목사는 이보다 더 다정할 수 없었다. 동료를 대하듯 한스에게 신학교와 학교생활, 그리고 공부와 관련된 이야기를 들려주었다.

목사는 마지막에 이렇게 말했다.

"신약 성경 속 그리스어에 첫발을 떼는 게 가장 중요하고 새로운 경험이 될 거야. 완전히 새로운 세계가 열릴 거란다. 많이 배우기도 하고, 즐겁기도 할 거야. 처음에는 어렵게 느껴지겠지. 네가 익숙한 아테네식 그리스어가 아닌 새로운 어법으로 쓰였고, 그 안에 담긴 영혼도 새로우니까."

한스는 귀를 쫑긋 세웠다. 자부심을 품고 진정한 학문에 성큼 다가가는 느낌이었다.

목사는 말을 이었다.

"이렇게 학문적 신세계가 열리면 물론 재미가 덜하긴 해. 처음 신학교에 들어가면 히브리어를 공부하느라 한쪽으로 치우칠 수도 있어. 너만 괜찮다면 방학 동안 소소한 시작을 함께해 볼 수 있단다. 신학교에 들어갔을 때 다른 일에 쏟을 시간과 에너지가 남게 된다면 그것도 괜찮을 거야. 같이 누가복음서 몇 장을 읽어볼 수도 있단다. 그러면 무심결에 언어를 이해하게 될 거야. 너한테 사전을 빌려줄게. 기껏해야 하루에 한 시간이나 두 시간만 투자하면 돼. 하지만 그보다 많이 하진 마라. 지금은 무엇보다도 휴식을 취해야 할 시기니까. 물론 이건 그저 제안일 뿐이야. 난 정말이지 네 방학을 망치고 싶지 않거든."

한스는 당연히 제안을 받아들였다. 누가복음서 수업은 앞으로 방학 동안 펼쳐질 파란 하늘에 뜬 작은 구름 같았다. 그래도 거절할 엄두는 나지 않았다. 게다가 방학 동안 그런 식으로 새로운 언어를 배우면 분명 힘들기보다는 재미있을 듯했다. 어쨌든 한스는 신학교에서 새로 배울 많은 것이 걱정되었다. 히브리어는 더더욱 걱정되었다.

한스는 흡족해하며 목사관을 나와 낙엽송이 죽 늘어선 길을 따라 숲으로 갔다. 살짝 품었던 의심은 싹 가셨다. 목사의 제안은 돌이켜볼수록 괜찮다는 생각이 들었다. 한스는 신학교에서 새로운 학생들을 앞지르려면 더 큰 야심을 품어야 한다는 사실을 알고 있었다. 친구들을 뛰어넘겠다는 마음도 먹었다. 한스는 왜 그들을 뛰어넘길 바랐을까? 본인조차 그 이유를 잘 알지 못했다. 한스는 지금까지 3년간 유난히도 주목받아 왔다. 선생들과 목사, 아버지와 특히 교장은 한스를 부추기며 숨 한 번 돌리지 못하게 했다. 한스는 학년이 올라가는 내내 반에서 1등을 했다. 1등을 하는 데 서서히 자부심을 품으며 누가 자신을 따라잡는 것도 용납하지 않았다. 어리석게도 주 시험을 두고 품었던 두려움도 이제는 사라졌다.

그래도 방학은 정말 최고였다. 혼자 누리는 아침 숲은 어찌나 아름답던지! 줄줄이 늘어선 전나무 기둥이 드넓은 숲의 하늘을 청록빛 아치형 지붕처럼 가렸다. 덤불은 거의 없었다. 라즈베리 덤불이 군데군데 있고, 넓고 보드라우며 털이 북슬북슬한 이끼가 쫙 끼었을 뿐이다. 그 사이사이에 키 작은 블루베리와 헤더 꽃이 여기 저기 흩어져 있었다. 이슬은 싹 사라졌다. 곧게 뻗은 나무 몸통 사이로 푹푹 찌는 듯한 아침 숲 특유의 열기가 싹 퍼졌다. 햇살의 온기와 희뿌연 이슬, 이끼와 송진, 전나무 잎과 버섯 냄새가 어우러지며 모든 이의 감각을 살살 잠재우듯 어루만졌다. 한스는 이끼 위에 털썩 누워 풍성한 블루베리 덤불을 뽑았다. 딱따구리가 나무 몸통을 딱딱 쪼아대는 소리와 부러운 듯 뻐꾹뻐꾹 울어대는 뻐꾸기 소리가 여기저기에서 들려왔다. 거무죽죽한 전나무 꼭대기 사이로 구름 한 점 없이 새파란 하늘이 보였다. 곧게 뻗은 기둥 수천 개가 저 멀리에 떼 지어 모인 채 엄숙한 갈색 벽을 둘렀다. 태양이 따사로운 빛을 이리저리 내뿜으며 이끼 위에 노란 점을 잔뜩 흩뿌렸다.

사실 한스는 기다란 산책로나, 적어도 뤼첼러 호프 혹은 크로커스 초원까지 멀리 가고 싶었다. 지금은 이끼에 뻐딱하게 누워 블루베리를 먹고 있다. 그러면서 하늘을 무심히 바라보았다. 왜 그리도 피곤할까 싶었다. 예전에는 서너 시간쯤 걷는 건 별일도 아니었는데. 이제는 마음을 다잡고 계획한 소풍에 나설 생각이었다. 한스는 몇백 걸음을 걷다가 다시 이끼 위에 벌러덩 누워 버렸다. 왜 그렇게 되었는지 본인조차 잘 알지 못했지만, 그냥 누워 있었다. 나무 몸통과 꼭대기 사이, 그리고 초록빛 땅바닥을 따라 시선을 이리저리 옮겼다. 이런 공기 속에 있으니 정말 나른했다!

정오 무렵에 집으로 돌아오자, 한스는 또다시 머리가 아팠다. 눈도 아팠다. 숲길의 강렬한 햇볕에 눈이 멀었기 때문이리라. 한스는 집 근처에서 오후 반나절 동안 침울하게 앉아 있다가, 수영하러 가서야 활기를 되찾았다. 그리고 나서 목사를 만나러 갈 시간이 찾아왔다.

구두장이 플라이크 아저씨가 작업장 창가 앞 세 발 의자에 앉아 있다가 한스가 지나가는 모습을 보았다. 아저씨는 안으로 들어 오라고 했다.

"얘야, 어디 가니? 요즘 얼굴 보기 힘들더구나."

"목사님을 뵈러 가야 해서요."

"아직도 가? 시험은 끝났잖니."

"네, 맞아요. 지금은 다른 공부를 하고 있어요. 신약 성경이죠. 그리스어로 쓰여 있긴 한데, 그동안 제가 배운 그리스어랑은 확 다르더라고요. 그게 제가 지금 배워야 하는 거고요."

아저씨는 모자를 다시 눌러쓰며 이마를 확 찡그렸다. 생각에 잠긴 듯한 주름이 선명히 잡혔다. 그러더니 깊은 한숨을 푹 내쉬었다.

아저씨는 다정히 말했다.

"한스, 너한테 해 주고픈 말이 있어. 그동안은 시험 때문에 말을 아꼈는데, 이제는 충고를 좀 해 줘야겠구나. 목사님은 무신론자라는 걸 알아야 해. 성서가 잘못되거나 거짓이라는 말을 너한테 하려 들 게다. 게다가 목사님과 신약 성경을 함께 읽고 나면 넌 믿음을 잃고 말 거야. 그러면 넌 어쩔 줄 몰라 하겠지."

"하지만 아저씨, 저희는 그저 그리스어만 공부할 뿐이에요. 어쨌든 제가 신학교에 들어가면 그리스어를 배워야 하고요."

"그건 네 생각이지. 하지만 독실하고 양심적인 선생님 밑에서 성경을 공부하는 것과 무신론자에게 배우는 건 완전히 차원이 다르단다."

"그렇긴 하죠. 하지만 목사님이 신을 믿는지 안 믿는지는 아무도 모르잖아요."

"아, 그렇지만 안타깝게도 우리는 알고 있단다."

"그런데 어떡하죠? 이미 목사님을 찾아뵙기로 했거든요."

"그럼 당연히 가야지. 하지만 너무 자주 가진 마라. 인간이 성경을 썼다거나, 거짓이라거나, 성령의 힘을 받지 못했다는 얘기를 목사님이 한다면 나를 찾아오렴. 함께 이야기를 나눠보자꾸나. 그건 어떠니?"

"좋아요, 아저씨. 하지만 전 그렇게까지 나쁘진 않을 것 같아요."

"두고 봐야지. 내 말을 명심하렴."

목사는 아직 집에 오지 않았다. 한스는 서재에서 기다려야 했다. 금박을 입힌 제목을 보고 있으니 아저씨가 한 말이 머릿속에 빙빙 맴돌았다. 한스는 예전에도 목사나 현대 신학에 관한 비슷한 이야기를 여러 번 들었다. 하지만 이제야 처음으로 긴장감과 호기심을 안고 이 문제에 빠져들었다. 한스가 보기에는 아저씨가 생각하는 것만큼 중요하고 끔찍한 문제는 아니었다. 오히려 자신이 오래되고 위대한 수수께끼의 중심에 가까이 다가갈 수도 있다고 생각했다. 한스는 저학년 때 신의 존재, 인간이 죽은 후에 영혼이 머물 안식처, 악과 지옥의 본질 같은 문제에 환상처럼 이끌려 골똘히 생각하곤 했다. 그러나 이런 관심사는 엄격하고 근면 성실하게 공부하던 지난 몇 년 사이에 다시 착 가라앉고 말았다. 학교에서 배운 기독교 신앙은 가끔 아저씨와 대화를 나눌 때만 진정으로 깨어나 한스의 삶과 연결 고리가 생기곤 했다. 한스는 아저씨와 목사를 저울질해 보다가 얼굴에 미소가 번졌다. 그렇게나 괴로운 나날을 거쳤으면서도 아저씨가 어떻게 그토록 견고한 믿음을 키웠는지 이해할 수 없었다. 아저씨는 똑똑하긴 하지만, 상상력이 부족하며 편협했다. 경건하게 전도하고 다닌다는 이유로 많은 이에게 비웃음도 샀다. 아저씨는 경건주의자 모임에서 엄격하면서도 형제다운 재판관 역할을 했다. 성서를 강렬하게 해석하는 사람으로서 인근 마을로 나가 전도하기도 했다. 하지만 한편으로는 비슷비슷한 사람들이 보이는 한계점을 모두 갖춘 평범한 숙련공에 불과했다. 반면에 목사는 영리하며 말주변 좋은 설교자였다. 그뿐 아니라 근면 성실하며 철저한 학자이기도 했다. 한스는 경외심 어린 마음으로 책장에 꽂힌 책을 바라보았다.

이내 목사가 돌아오더니 프록코트를 벗고 가벼운 검은색 실내용 재킷으로 갈아입었다. 목사는 제자에게 그리스어로 된 누가복음서 본문을 건네며 읽으라고 시켰다. 지금껏 받은 라틴어 수업과는 확연히 달랐다. 두 사람은 몇 문장을 읽은 다음, 단어 하나하나를 충실히 번역했다. 그러고 나서 목사는 흔한 문장을 예로 들며 특유의 언어에 담긴 정신을 능숙하고 설득력 있게 풀어나갔다. 글이 언제, 어떻게 쓰였는지도 말해 주었다. 목사는 학습과 독해에 완전히 새롭게 접근하는 방법을 단 한 시간 만에 한스에게 알려 주었다. 한스는 각 줄과 단어에는 난제와 난문이 숨어 있으며, 학자와 연구자 수천 명이 옛날 옛적부터 그런 문제를 해결하려고 노력을 쏟아부었다는 느낌을 받았다. 목사와 이렇게 시간을 보내면서 자신이 진리를 추구하는 사람의 반열에 올라섰다는 생각도 했다.

목사는 한스에게 사전과 문법책을 빌려주었고, 한스는 저녁 내내 공부에 몰두했다. 한스는 진정한 학문의 길이란 산더미 같은 연구와 지식으로 이어진다는 사실을 슬슬 깨달아 갔다. 지름길을 택하지 않고 한 걸음 한 걸음 나아갈 준비도 되어 있었다. 한동안 구두장이 플라이크 아저씨 생각은 조금도 하지 않았다.

한스는 며칠간 이렇게 새로 알게 된 사실을 싹 흡수했다. 저녁마다 목사를 찾아가자, 진정한 학문은 하루가 다르게 더 아름답고 심오하며 가치 있게 느껴졌다. 이른 아침에는 낚시하러, 오후에는 수영 하러 나섰다. 집에 콕 박혀 있기도 했다. 걱정하느라 사라진 야망과 시험에서 맛본 승리감이 되살아나더니 이제는 물러설 기미가 보이지 않았다. 동시에 기묘한 감정도 다시금 느꼈다. 그런 감정은 지난 몇 달 동안 머릿속을 자주 맴돌았다. 엄밀히 말하면 고통스럽지는 않았다. 하지만 정신 사나울 만큼 들든 활기와 발전하고픈 충동이 심장에서 재빠르고 의기양양하게 고동쳤다. 물론 그 후에는 두통에 시달렸다. 하지만 이렇게 열성 넘치는 상태가 계속되는 한, 번개 같은 속도로 읽고 공부하며 앞으로 나아갈 수 있었다. 한스는 크세노폰의 글에서 가장 복잡한 구문도 15분 만에 쉽게 읽어내곤 했다. 게다가 이해력을 갈고닦은 덕분에 사전을 거의 뒤적거리지 않고도 가장 어려운 본문을 빠르고 재미있게 읽어 나갔다. 이렇게 한껏 고조된 활기와 지식을 향한 갈증은 한스의 자부심과 일맥상통했다. 꼭 학교와 선생들, 공부하는 시간이 마치 지나간 일이라도 되는 것처럼, 또 자신이 지식과 성취의 절정으로 향하는 길을 이미 걷고 있기라도 한 것처럼 말이다.

이런 일이 몇 번이고 반복되자, 한스는 밤잠을 설쳤다. 이상할 만큼 또렷한 꿈도 꾸었다. 이렇게 밤에 자다가 가벼운 두통을 느끼며 잠에서 깨면 다시 잠을 이루지 못했다. 자신이 학우들보다 얼마나 앞섰는지, 교사와 선생들이 자신을 얼마나 존중하며, 심지어 존경할지를 생각하다 보면 한스는 앞으로 나아가고 싶다는 조바심과 엄청난 자부심에 사로잡혔다.

교장은 자신이 불을 붙인 아름다운 야망을 이끌어 주고, 그것이 점점 커지는 모습을 지켜보며 진정한 만족감을 얻었다. 교장들이 무심하고, 쭈글쭈글하며, 영혼 없이 탁상공론이나 하는 존재라는 건 잘못된 말이다! 아니, 교장은 절대 그런 사람이 아니다. 불꽃을 피워 주려던 학생의 재능이 한순간에 팍팍 터져 나올 때, 학생이 목검과 새총, 활과 화살, 그리고 다른 유치한 놀이를 내려놓고 앞으로 나아가기 시작할 때, 거칠고 포동포동하던 학생이 진지한 태도로 학업에 열중해 섬세하고 진지하며 금욕적이라 할 만한 존재로 거듭날 때, 똑똑하고 심오하며 결의에 찬 표정이 얼굴에서 묻어날 때, 손이 차분하며 하얘지는 것이 보일 때, 행복과 자부심에 젖은 웃음이 선생의 가슴속에서 터져 나오는 법이다. 교장이 주에서 부여받은 의무와 일은 소년의 내면에서 제멋대로 날뛰는 에너지와 본능을 따르는 욕망을 가라앉히고 뿌리 뽑은 후, 차분하고 온화하며 주에서 인정할 만한 이상을 심어 주는 것이다. 학교의 노고가 없다면 그 많은 행복한 시민과 믿음직스러운 관료는 제멋대로에 난폭한 개혁가나 헛된 꿈이나 꾸는 몽상가 말고 과연 무엇이 되었겠는가! 젊은이에게는 거칠고 통제할 수 없으며 세련되지 못한 구석이 있기에, 우선은 길들여야 하는 법이다. 그런 구석은 위험한 불꽃과도 같으니 꺼 버려야 한다. 미지의 산에서 폭포처럼 콸콸 쏟아지는 급류처럼, 인간은 날 때부터 예측할 수 없고 분명하지 않으며 위험한 존재였다. 인간의 영혼은 처음에는 밀림과도 같아 길이나 질서가 존재하지 않는다. 밀림을 개간하고 정화하며 강제로 제한해야 하듯, 학교 역시 자연적인 인간을 부수고 꺾으며 억지로 제한해야 한다. 학교가 할 일은 학생이 정부 당국에 승인받은 규율에 따라 쓸모 있는 사회 구성원으로 거듭나게 하고, 자질이 완전히 형성되게 하는 것이다. 그렇게 군대 생활처럼 철저하게 인재를 길러내는 일이 완성된다.

한스 기벤라트는 어찌나 잘 따라와 주었던가! 놀지도 않으며 자진해서 달린 셈이었다. 이제 한스는 수업 중에 바보처럼 웃음을 터뜨리지도 않았다. 정원 가꾸기와 토끼 키우기, 그리고 따분한 낚시질까지 내려놓았다.

어느 날 저녁, 교장은 기벤라트 씨 집에 몸소 찾아갔다. 어깨가 으쓱한 아버지와 몇 분간 점잖은 대화를 주고받은 후, 교장은 한스의 방으로 성큼성큼 들어갔다. 그러고는 한스가 누가복음서 앞에 앉아 있는 모습을 보게 되었다. 교장은 다정한 인사를 건넸다.

"장하다, 기벤라트. 벌써 공부하고 있구나! 그런데 왜 코빼기도 안 보였니? 매일 올 줄 알았는데."

"찾아뵈려고 했는데, 괜찮은 물고기 한 마리라도 가져다드리고 싶었습니다."

한스는 변명했다.

"물고기? 무슨 물고기 말이니?"

"그냥 잉어 같은 물고기요."

"아, 그렇구나. 다시 낚시하러 다니는 모양이구나."

"네, 잠깐씩요. 아버지께서 허락해 주셨습니다."

"그래, 그래. 낚시는 재미있고?"

"네, 물론입니다."

"잘됐네, 잘됐어. 물론 자네는 방학을 누릴 자격이 있지. 그럼 따로 공부를 더 하고 싶지는 않은가 보구나?"

"물론 공부도 하고 싶습니다."

교장은 한숨을 푹 내쉬었다. 그런 다음 가느다란 수염을 한 번 매만지며 의자에 앉았다.

교장이 말문을 열었다.

"한스야, 문제가 하나 있단다. 좋은 시험 성적이 갑작스러운 슬럼프로 이어지는 일이 많다는 건 오래전부터 잘 알려진 사실이야. 신학교에서는 완전히 새로운 여러 과목을 공부하는 데 익숙해져야 해. 방학 동안 그런 과목을 미리 공부하는 학생은 늘 무척 많단다. 특히 시험 성적을 썩 잘 받지 못한 학생은 더더욱 열심히 하지. 그리고 그런 학생은 불시에 온 힘을 다해 질주한단다. 안주하면서 그 자리에 머문 학생을 제치고 말이야."

교장은 다시 한숨을 푹 내쉬었다.

"우리 학교에서는 수월히 공부했지. 늘 일등을 했으니까. 신학교 학생들은 다들 재능이 뛰어나고 근면 성실할 거야. 그런 아이들은 뛰어넘기가 쉽지 않단다. 무슨 뜻인지 알겠지?"

"아, 알겠습니다."

"이제는 방학 동안 예습을 좀 하라고 권하고 싶구나. 물론, 적당히 해야지! 하루에 한 시간에서 두 시간 정도면 딱 좋겠다. 공부를 전혀 안 하면 분명 딴 길로 샐 테니까. 그러면 나중에 다시 따라잡기까지 몇 주씩 걸릴 거고. 네 생각은 어떠니?"

"전 준비돼 있습니다. 교장 선생님께서 아량을 베풀어 주신다면…."

"좋다. 게다가 히브리어 다음으로 그리스 서사시인 호메로스를 공부하면 신학교에서 완전히 새로운 세계가 열릴 거야. 우리가 지금 기초를 탄탄히 다지면 호메로스의 글을 두 번이나 재미있게 읽고 신학교에서 이해도 잘하게 될 테고. 호메로스가 쓴 언어는 이오니아식 옛 방언이란다. 호메로스 특유의 운율과 마찬가지로 굉장히 특별하고 뛰어나지. 호메로스의 시를 진정으로 감상하고 싶다면 열심히, 또 철저하게 공부해야 해."

물론 한스는 이 새로운 세계에도 스며들 준비가 단단히 되어 있었다. 그래서 최선을 다하겠다고 약속했다.

하지만 더 좋은 부분은 따로 있었다. 교장은 목소리를 가다듬더니 상냥하게 말을 이었다.

"솔직히 말하면, 네가 하루에 몇 시간을 수학 공부에도 투자하면 참 기쁘겠구나. 네 수학 실력이 떨어지지는 않지만, 수학이 네 특기인 적은 지금껏 한 번도 없었잖니. 신학교에서는 대수학과 기하학 공부를 시작할 거야. 아마 미리 공부해 두라는 권유도 받겠지."

"네, 선생님."

"너도 알다시피, 언제든 나를 보러 와도 좋단다. 너를 특출난 학생으로 길러내는 건 나한테도 큰 영광이거든. 그래도 수학 수업 얘기는 아버님께 여쭤봐야 할 게다. 교수님한테 개인 수업을 받아야할 테니 말이야. 아마 삼 주에서 사 주 정도가 되겠지."

"네, 선생님."

해야 할 공부는 다시 활짝 꽃을 피웠다. 한스는 낚시나 산책을 하러 갈 때마다 양심의 가책을 느꼈다. 헌신적인 수학 교사는 한스가 수영하러 가던 시간에 수업을 하기로 했다.

한스는 아무리 오롯이 집중해도 대수학 수업에 별다른 흥미를 느끼지 못했다. 푹푹 찌는 오후에 수영 터에는 가지도 못하고 무더운 교수 서재에 앉아 'a 더하기 b'와 'b 더하기 a' 따위를 읊어대니 결국 더 쓸쓸해졌다. 서재에서는 먼지가 폴폴 날리고, 모기떼가 앵앵대며 날아다녔다. 한스는 피곤했다. 목이 바짝바짝 말랐다. 꼼짝도 못 하게 하고 완전히 숨이 턱턱 막히게 하는 무언가가 공기 중을 빙빙 맴돌았다. 그 바람에 그토록 좋지 못한 나날들은 도저히 슬픔을 가눌 수 없는 절망으로 바뀌고 말았다. 어쨌든 한스는 수학과 썩 친하지 않았다. 하지만 수수께끼처럼 아예 이해가 안 가는 건 아니었다. 가끔은 훌륭하거나 명쾌하기까지 한 해답을 찾아내 기뻐하곤 했다. 수학에는 속임수가 통하지 않고, 오류를 용납하지 않으며, 주제에서 벗어나 의심스럽고 비슷한 영역으로 잘못 들어설 가능성이 없다는 점이 마음에 들었다. 그게 바로 한스가 라틴어를 좋아한 이유이기도 했다. 라틴어는 명쾌하고 분명하며 전혀 모호하지 않았기 때문이다. 하지만 한스는 수학에서 결과를 도출해 내도 성취감을 맛보지는 못했다. 한스에게 수학 과제와 수업은 평평한 시골길에서 헤매는 꼴이었다. 늘 앞으로 걸어 나가며 전날에는 알지 못했던 것을 매일 배우지만, 갑자기 새로운 풍경을 맞닥뜨리면 고지에 도달하지는 못했기 때문이다.

겪어 보니 교장과 함께 공부하는 시간이 더욱 활기찼다. 하지만 호메로스의 젊고 생생한 언어를 가르치는 교장에 비해, 목사는 신약 성경 속에서 퇴화한 그리스어를 멋지고 감명 깊게 풀어내는 재주가 있었다. 그래도 결국 한스는 호메로스의 글을 처음 읽을 때 느낀 어려움 뒤에는 거부할 수 없는 놀라움과 기쁨이 가려져 있다는 사실을 알게 되었다. 한스는 신비롭고 아름답게 들리며 난해한 구절 앞에 앉아 애를 태우며 덜덜 떨었다. 그럴 때는 얼른 사전을 펼쳐 고요하면서도 활기찬 정원을 열어 줄 열쇠를 찾으려 한 적이 많았다.

숙제가 다시 너무도 많아졌다. 한스는 또다시 과제 위에 몸을 푹 숙인 채 밤늦게까지 앉아 있을 때가 많았다. 아버지는 그렇게 근면 성실한 아들을 대견해했다. 아버지의 답답한 머릿속에는 부족하며 변변찮은 사람들이 으레 품는 막연한 이상이 박혀 있었다. 자기 몸통에서 싹 튼 가지가 자라 쭉쭉 뻗어 나가리라는 아둔한 생각이었다.

교장과 목사는 방학 마지막 주에 한스를 온화하게 대하며 또다시 한걱정했다. 좀 걷다 오라고 내보내며 수업을 멈추기도 하고, 또렷하며 맑은 정신으로 새로운 일을 시작하는 게 얼마나 중요한지 힘주어 말하기도 했다.

한스는 겨우 몇 번만 더 낚시하러 갔다. 머리가 아프고 집중력이 떨어질 때가 많아 강둑에 앉아 있었다. 이제 강물에는 가을 하늘이 아른아른 비쳤다. 한스는 자신이 한때 왜 그리도 여름 방학을 기다렸는지 이해가 가지 않았다. 이제는 방학이 끝나면 신학교로 갈 수 있어 기쁠 지경이었다. 완전히 새로운 삶과 학업이 신학교에서 한스를 기다리고 있었다. 물고기는 더 이상 큰 의미가 없어져 많이 잡지도 않았다. 아버지는 이를 두고 우스갯소리를 했다. 그러자 한스는 낚시를 완전히 끊고 다락방 속 서랍장에 낚시 도구를 넣어 버렸다.

방학이 끝나갈 무렵이 다가오자, 구두장이 플라이크 아저씨를 몇 주간 찾지 않았다는 사실이 떠올랐다. 한스는 그야말로 억지로 아저씨를 만나러 갔다. 때는 저녁이었다. 아저씨는 거실 창가에 앉아 있었다. 양쪽 무릎에는 아이들을 한 명씩 앉혀 놓았다. 창문이 활짝 열려 있는데도 가죽과 구두약 냄새가 온 집안에 진동했다. 한스는 약간 눈치를 보며 단단하고 큼지막한 아저씨의 손바닥에 자기 손을 슬쩍 얹었다.

아저씨가 물었다.

"잘 돼 가니? 목사님이랑 시간 좀 보냈어?"

"네, 매일 가서 무척 많이 배웠어요."

"뭘 배웠니?"

"주로 그리스어인데, 다른 것도 많이 배웠어요."

"날 보러 올 시간은 없었고?"

"아저씨를 뵈러 오고 싶었는데, 시간이 통 안 났어요. 매일 목사님 댁에서 한 시간, 교장 선생님 댁에서는 두 시간씩 있었거든요. 일주일에 네 번은 수학 교수님께 배웠고요."

"방학 동안에 말이야? 말도 안 돼!"

"모르겠어요. 선생님들은 그렇게 하는 게 최고라고 생각하시더라고요. 공부하는 내용이 저한테 그렇게 어렵지도 않고요."

아저씨는 한스의 팔을 붙들며 말했다.

"아마 그렇겠지. 배우는 건 잘못이 아니야. 하지만 네 팔 좀 보렴. 얼굴도 너무 홀쭉하잖아. 아직도 머리가 아프니?"

"가끔요."

"한스, 말도 안 돼. 게다가 그건 죄악이야. 네 나이엔 맑은 공기를 한껏 마시면서 운동하고, 푹 쉬어야 한단다. 방학이 왜 있겠니? 방구석에 처박혀 내내 공부만 하라고 있는 건 분명 아니거든. 넌 피골이 상접했구나."

한스는 웃음을 터뜨렸다.

"자, 네가 잘 헤쳐 나가야겠지. 하지만 과유불급이야. 목사님과의 수업은 어떻게 됐니? 뭐라고 하든?"

"말씀을 많이 하시긴 하는데, 나쁜 얘기는 안 하셨어요. 목사님은 아는 게 정말 많으세요."

"성서를 비판하지는 않든?"

"아뇨, 한 번도 안 하셨어요."

"다행이구나. 너한테 해 줄 말이 있거든. 영혼을 해하는 것보다는 몸을 해하는 게 열 배가 넘게 낫다는 거야! 넌 나중에 목사가 되고 싶겠지. 그건 무척 고귀하고 어려운 임무란다. 아마 너한테 딱 맞는 일일 거야. 언젠가는 네가 영혼을 도우며 깨달음을 주는 사람이 되겠지. 난 네가 그렇게 되길 온 마음 다해 바란단다. 네가 목표를 이루도록 기도할게."

플라이크 아저씨는 벌떡 일어나더니 한스의 어깨에 손을 척 얹었다.

"한스, 잘 지내렴. 계속 선한 길을 걷거라! 신이 너를 축복하며 지켜 주길, 아멘."

한스는 엄숙한 분위기와 기도, 정중하며 고상한 말투가 불편하고 창피했다. 목사는 이런 식으로 작별 인사를 건네지 않았다.

지난 며칠은 온갖 준비와 작별 인사를 하느라 빠르고 쉴 새 없이 지나갔다. 침대보, 옷과 리넨, 책을 담은 나무 상자는 미리 학교로 보냈다. 이제 여행 가방을 쌀 일만 남았다. 아버지와 아들은 짐을 다 꾸린 후, 어느 시원한 아침에 마울브론을 향해 나섰다. 고향과 집을 떠나 생경한 학교로 간다는 건 여전히 낯설고 우울했다.

3장

거대한 마울브론 시토 수도원은 주 북서쪽의 나무가 우거진 언덕과 아담하고 고요한 호수 사이에 있다. 드넓고 견고하게 지어 잘 보존돼 있으면서도 멋지고 오래된 건물은 매력 넘치는 보금자리다. 이는 안팎으로 장관을 이루며 수 세기에 걸쳐 고요하고 아름다운 초록빛과 함께 거룩하며 친숙한 분위기를 자아냈다.

수도원을 찾아가고 싶다면 높은 담에 둘러싸여 있으며 그림같이 아름다운 정면으로 걸어 들어가서, 드넓고 평화로운 광장 쪽으로 향하면 된다. 한가운데에는 콸콸 쏟아지는 분수대와 오래되고 장엄한 나무가 있다. 양쪽에는 견고한 석조 주택이 줄지어 있고, 뒤쪽에는 로마네스크 양식을 따른 거대한 교회 본관의 입구가 있다. 이는 '파라다이스'라 하는데, 우아함과 고혹적인 아름다움이 막상막하를 이룬다. 웅장한 교회 지붕 위로는 탑이 보인다. 바늘처럼 뾰족하며 우스꽝스럽게 생긴 탑이라서 대체 종의 무게를 어떻게 견뎌 내는지 믿기질 않는다. 예전 모습이 고스란히 남은 회랑은 그 자체로 아름다운 작품인데, 멋들어진 분수대가 예배당에 보석처럼 딸려 있다. 튼튼하며 거룩한 십자가가 딸린 아치형 천장이 있는 수도사 식당, 예배당, 응접실, 평신도 식당, 수도원장의 거처와 두 교회 건물은 한데 빽빽이 모여 있다. 그림처럼 아름다운 벽과 내닫이창, 문과 정원, 물레방아와 숙소는 거대하며 유서 깊은 건물을 아늑하며 밝게 둘러싸고 있다. 드넓은 광장은 고요하고 텅 비어 있으며, 곁에 드리워진 나무 그늘과 유희를 즐긴다. 삶이 흘러가는 모습은 정오부터 오후 1시 사이에만 이곳을 스쳐 지나간다. 그맘때면 젊은이 무리가 수도원에서 성큼성큼 걸어 나와 그토록 드넓은 곳에서 움직이고, 소리치고, 대화를 나누며 웃음을 터뜨리느라 여념이 없다. 공놀이도 잠깐 하는데, 그 시간이 끝나갈 무렵이면 흔적도 없이 벽 뒤로 싹 사라지고 만다. 광장에 선 많은 사람은 이곳이 훌륭한 삶과 행복을 누리며 활기차고 기쁜 일을 해나가기에 안성맞춤이라 생각한다. 성숙하며 훌륭한 이들이 좋은 생각을 하면서 아름답고도 생기 넘치는 업적을 이루어 낼만 한 곳이라 보기도 한다.

이렇게 근사한 수도원은 언덕과 숲 뒤에 숨어 있었다. 수도원은 감수성 예민한 젊은 영혼이 아름답고 평화로운 분위기에 휩싸일 수 있도록 오랜 세월 동안 개신교 신학교 학생에게만 열려 있었다. 동시에 어린 신학생들은 마음을 어지럽히는 도시와 가족에게서 떨어진 채, 활기찬 삶이라는 해로운 환경에서 보호받기도 했다. 그래서 신학생에게 인생의 목표란 오로지 히브리어와 그리스어 등 갖가지 과목을 공부하는 것이라는 인상을 확실히 심어 주고, 어린 영혼이 느끼는 갈증을 순수하며 이상적인 학업과 기쁨 쪽으로 돌리는 일이 가능한 것이다. 게다가 기숙학교 생활에는 중요한 요소가 있다. 이는 꼭 해야 하는 독학과 소속감이다. 정부는 신학생들이 무료로 생활하며 공부할 수 있도록 지원하며 특별한 정신을 확실히 갖추도록 힘쓴다. 그런 정신은 후에 언제든 알아볼 수 있다.

정교하며 확실한 낙인인 셈이다. 학교를 떠나 버리는 거친 학생 몇 명을 제외하면 모든 슈바벤 신학생에게는 그런 낙인이 평생토록 찍혀 있다는 사실을 알 수 있다.

수도원에 들어갈 때 어머니와 함께 들어선 학생들은 감동과 감사하는 마음을 느끼며 미소를 머금고 그 시절을 돌이켜본다. 한스 기벤라트는 그럴 수 없었다. 어머니가 곁에 없어도 아무렇지 않았지만, 다른 어머니들을 지켜보며 별나다는 인상을 받았다.

이른바 '기숙사'라고 하는 곳의 드넓은 회랑에는 벽장이 줄줄이 붙어 있고, 수많은 나무 상자와 바구니가 있었다. 학생과 부모는 짐을 풀거나 잡동사니를 차곡차곡 쌓느라 바빴다. 모든 학생은 번호가 적힌 옷장을 배정받았다. 서재에도 각자의 번호가 적힌 책장이 있었다. 학생과 부모는 바닥에 무릎을 꿇고 앉아 짐을 풀었다. 조교는 그 사이를 왕자처럼 누비고 다니며 이 사람 저 사람에게 조언을 아끼지 않았다. 정장은 쫙 펼쳐져 있고, 셔츠는 착착 개어 있으며, 책은 차곡차곡 쌓였다. 신발과 슬리퍼는 가지런히 정리돼 있었다. 학교에서 필수품 목록과 옷가지를 정해 준 터라 학생들 대부분은 똑같은 물건을 가져왔다. 학생들은 이름을 새긴 양철 세숫대야를 짐에서 꺼내 세면장에 두었다. 그 옆에는 스펀지와 비누 받침대, 머리빗과 치약을 놓았다. 각자 등불과 등유, 식기도 가져와야 했다.

학생들은 정신없이 들떴다. 아버지들은 씩 웃으며 도와주고 싶어 하면서도 회중시계를 슬쩍슬쩍 쳐다보았다. 실은 너무도 지루해한 나머지 내심으로는 살금살금 빠져나갈 핑곗거리를 찾고 있던 것이다. 어머니들은 정성을 담아 모든 일을 했다. 정장과 속옷을 꺼내 주름을 쫙 펴고, 띠를 반듯하게 잡아당겼다. 그런 다음 각 옷가지를 알맞게 배치해 옷장에서 바로 꺼내 쓰기 좋도록 모든 것을 깔끔히 정돈했다. 옷을 정리하며 꾸지람과 조언과 다정한 말을 곁들이기도 했다.

"셔츠는 더더욱 신경 써서 입어야 해. 한 장에 3마르크 50페니씩이거든."

"4주에 한 번씩 기차 편에 빨랫감을 집으로 보내렴. 급하면 소포로 부치고. 검은 모자는 일요일에만 쓰도록 해."

인상이 편안해 보이며 뚱뚱한 여자는 높은 서랍장 꼭대기에 걸터앉아 아들에게 단추 꿰매는 비결을 전수했다.

또 다른 어머니가 말했다.

"집에 오고 싶을 땐 편지를 쓰면 돼. 크리스마스까지 얼마 안 남았다는 걸 명심하고."

예쁘고 아직 꽤 젊은 여자는 아들의 꽉 찬 옷장을 마지막으로 한 번 더 바라보았다. 그러면서 차곡차곡 쌓인 리넨과 외투와 바지를 정성스레 어루만졌다. 여자는 일을 마무리하고 나서 아들을 쓰다듬었다. 어깨가 떡 벌어지고 볼살이 포동포동한 아들은 부끄러워하며 웃음을 터뜨렸다. 그러더니 데면데면한 척하겠답시고 양손을 주머니에 쿡 찔러 넣었다. 두 사람의 작별 인사는 아들보다는 어머니에게 훨씬 더 큰 의미가 있어 보였다.

다른 학생들은 정반대였다. 이들은 어머니가 바쁘게 일하는 모습을 멍하니 바라보며 어쩔 줄 몰라 했다. 당장이라도 집에 돌아갈 것만 같았다. 하지만 가슴 속에서는 가족과 떨어지기 두려운 마음과 고조된 감수성, 의존하고픈 마음이 격렬히 몸부림쳤다. 학생들은 지켜보는 사람들 앞에서 부끄럼을 타기도 하고, 처음으로 당당하게 굴며 남자답게 반항해 보기도 했다. 그저 눈물을 왈칵 쏟아내고 싶어 했던 학생들은 일부러 무심한 표정을 지어 보이며 아무렇지 않은 척했다. 이를 눈치챈 어머니들은 그저 미소만 지었다.

대부분은 필수품 외에 사치품도 챙겨왔다. 사과 한 자루, 훈제 소시지, 빵이 든 바구니 따위가 나무 상자에서 나오곤 했다. 빙상 스케이트를 가져온 아이들도 많았다. 깡마르고 교활해 보이는 학생이 통구이 훈제 햄을 짐에서 꺼내자, 모든 이의 시선이 쏠렸다. 그 아이는 햄을 숨길 기미를 보이지 않았다.

집에서 온 학생과 기숙학교에 다니다 온 학생을 구별하기는 쉬웠다. 하지만 기숙학교에서 온 학생도 들뜨고 긴장한 건 마찬가지였다.

기벤라트 씨는 아들을 도와 영리하며 노련하게 짐을 풀고 정리했다. 그는 다른 부모들 대부분보다 정리를 일찍 끝마치고는 지루해하며 아들 곁에 우두커니 서 있었다. 아버지들은 조곤조곤 가르치며 꾸짖고, 어머니들은 위로하며 충고하고, 아들들은 넋 나간 채 어리둥절해하며 이야기를 듣는 모습이 사방팔방에서 눈에 띄었다. 그러자 기벤라트 씨 역시 주옥같은 말 몇 마디를 건네며 아들을 세상에 내보내야겠다고 생각했다. 기벤라트 씨는 오랫동안 심사숙고한 끝에 침묵을 지키는 아들 곁으로 걸어갔다. 그러더니 별안간 값지고 경건하며 상투적인 말을 죽 늘어놓으며 운을 뗐다. 한스는 놀란 채로 멍하니 듣고 있었다. 그러다 가까이에 있던 목사가 아버지 말을 듣고 재미있다는 듯 씩 웃어 보이자, 한스는 부끄러운 나머지 아버지를 옆으로 떠밀었다.

"가문의 이름을 빛내 줄 거지? 윗사람들 말도 고분고분 따를 거고?"

"당연하죠."

아버지는 입을 꾹 다물고는 안도의 한숨을 내쉬었다. 이제 아버지는 무진장 따분해했다. 한스 역시 어쩔 줄 몰라 했다. 두려움에 벌벌 떨며 창문 아래에 있는 고요한 회랑을 내려다보았다. 시끌벅적하며 젊은 활기가 느껴지는 위층과는 달리 회랑에서는 고풍스럽고 적막하며 평온한 분위기가 묻어났다. 그러고 나서 바쁜 친구들을 소심하게 힐끔힐끔 바라보았다. 지금까지 아는 학생은 단한 명도 없었다. 슈투트가르트에서 시험을 볼 때 만난 친구는 합격하지 못한 듯했다. 괴핑겐 출신에, 라틴어 수재였는데도 말이다. 적어도 한스 눈에는 전혀 띄지 않았다. 한스는 별생각 없이 친구들을 눈여겨보았다. 친구들이 가져온 물건의 종류와 가짓수는 비슷비슷했다. 그래도 시골 출신과 도시 출신, 부잣집 자식과 가난한집 자식은 쉽게 구별할 수 있었다. 물론 정말로 부유한 집 자식이신학교에 들어오는 일은 드물었다. 자부심이 넘치거나, 통찰력 깊은 부모를 두거나, 타고난 재능이 뛰어났기 때문이리라. 그래도 수도원에서 보낸 시절을 추억하며 마울브론 신학교에 아들을 보내는교수와 고위 관료도 많았다. 그러니 검은 정장을 입은 학생 사십여명의 틈에서 옷과 태도 차이는 눈에 띄기 마련이었다. 사실 태도와 사투리, 그리고 자세를 보면 두 부류를 훨씬 더 뚜렷이 구별할수 있었다. 호리호리한 슈바르츠발트 출신은 팔다리가 뻣뻣하고,알프스 출신은 거드름을 피웠다. 저지대 출신은 금발에 입이 큰데,민첩하고 자유로우며 태평했다. 세련된 슈투트가르트 출신은 끝이 뾰족한 구두를 신고, 억양이 남달랐다. 그러니까 억양이 퍽 교양 있었다는 얘기다. 학생 다섯 명 중 한 명 정도는 안경을 썼다.슈투트가르트에서 온 홀쭉하며 우아하다고 할 만한 어머니의 자식은 뻣뻣한 중절모를 썼는데, 무척 예의 있게 행동했다. 그 학생은 보기 드물게 품위 넘치는 태도 때문에 앞으로 대범한 친구들에게 놀림과 따돌림을 당할 길이 열렸음을 전혀 알지 못했다.

좀 더 세심히 살펴본다면, 이렇게 소심한 학생 무리가 나라의 인재라는 사실을 확실히 알 수 있었다. 더할 나위 없이 평범한 수많은 얼굴에서는 멀리서 봐도 섬세하며 단호한 면모가 묻어나왔다. 이들의 매끄러운 이마 뒤에는 더 우월한 삶이라는 꿈이 여전히 반쯤 깨어 있었으리라. 아마 슈바벤 출신 중에서 가장 똑똑하고 완강한 이들은 자신을 꾹꾹 밀어붙여 주류의 삶에 들어가 뜻을 펼치고, 다소 건조하며 완강한 생각을 하며 새롭고 권위적인 체계 안으로 나아갈 것이다. 슈바벤 지역에서는 만반의 준비가 된 신학자를 꽤 많이 배출했다. 그뿐 아니라 철학적 사색에 소질 있는 사람이 많다는 영광스러운 전통 또한 누렸다. 그래서 슈바벤에서는 뛰어난 예언가뿐 아니라 그릇된 선지자도 많이 나왔다. 이처럼 비옥한 땅에서는 정치에 뛰어난 인재를 길러내는 전통은 오래전부터 없었다. 하지만 신학과 철학 분야에서만큼은 여전히 세상에 영향력을 떨치고 있다. 이곳에는 아름다운 형태와 시에 걸맞은 고풍스러운 안목을 갖춘 이들도 많아서 훌륭한 시인과 작가도 이따금 탄생했다.

마울브론 신학교의 규칙이나 가구에서는 겉으로 보기에 슈바벤다운 분위기가 풍겨나지 않았다. 오히려 수도원 시절부터 전해 내려온 라틴어 이름 옆에는 새로우면서도 고풍스러운 꼬리표가 많이 붙어 있었다. 학생들 방에는 '포룸', '헬라스', '아테네', '스파르타', '아크로폴리스'라는 이름표가 붙었다. 게다가 마지막이자 가장 작은 방을 '게르마니아'라 부른다는 사실은 게르만적인 현재를 가능하면 그리스와 로마의 유토피아로 탈바꿈하겠다는 타당한 명분을 상징하는 듯했다. 하지만 이런 이름마저 한낱 겉치레에 불과했다.

학문적인 면에서는 히브리어 이름이 안성맞춤이었을 테니까. 다행히도 '아테네' 방에는 마음이 넓거나 말주변이 가장 좋은 학생이 아닌, 정직하며 따분한 학생 몇 명이 배정되었다. '스파르타' 방에는에는 전투적이거나 금욕적인 이들 대신 쾌활하며 뻔뻔한 학생이 배정되었다. 한스 기벤라트와 아홉 명은 '헬라스' 방에 배정되었다.

한스는 아홉 명과 함께 시원하고 휑한 기숙사에 처음 들어가 좁아터진 침대에 누웠다. 그때 기대와는 달리 놀라울 만큼 낯선 감정에 사로잡혔다. 커다란 등유 램프가 천장에 달랑달랑 매달려 있었다. 학생들은 붉은 불빛 아래에서 옷을 벗었다. 조교는 10시 15분에 등불을 껐다. 이제 학생들은 나란히 놓인 침대 위에 누웠다. 두 침대 사이에는 옷을 걸칠 의자가 있었다. 기둥에는 아침 종을 울리는 줄이 매달려 있었다. 고향에서부터 알고 지낸 두세 명은 서로 소심하게 소곤거렸지만, 오래 떠들지는 않았다. 다른 학생들은 서로를 잘 알지 못했다. 그래서 각자 살짝 우울해하며 침대 위에 죽은 듯 조용히 누워 있었다. 곤히 자는 아이가 쌔근쌔근 숨 쉬는 소리나 누가 자다가 갑자기 팔을 쭉 뻗으며 리넨이 바스락대는 소리가 들렸다. 아직 잠들지 않은 학생들은 가만히 있었다. 한스는 오랫동안 잠을 이루지 못했다. 주변에서 들려오는 숨소리에 귀를 기울였다. 얼마 후, 두 칸 떨어진 침대에서 이상하고 불안한 소리가 들려왔다. 누군가 이불을 뒤집어쓴 채 침대에 누워 흐느꼈다. 한스는 멀리서 나지막이 흐느끼는 듯한 소리에 이상하게도 마음이 동했다. 조용하며 아담한 자기 방이 그립긴 하지만, 향수에 젖지는 않았다. 불확실하며 새로운 상황과 새로운 친구들 여러 명 때문에 좀 두려웠을 뿐이다. 자정 전이었지만 방에 있는 학생은 모두 잠에 빠져들었다. 어린 학생들은 자기 침대에 나란히 누워 줄무

늬 베개에 뺨을 푹 파묻었다. 슬픔에 빠진 아이와 고집 센 아이, 쾌활한 아이와 수줍음 타는 아이가 모두 달콤하고 깊은 휴식과 무의식에 푹 빠져들었다. 희미한 반달이 오래되고 뾰족한 지붕과 탑, 내닫이창과 작은 첨탑, 성첩과 뾰족한 아치형 화랑 위로 떠올랐다. 달빛은 처마 돌림띠와 창턱 위를 비추며 고딕 양식 창문과 로마네스크 양식 출입문으로 쏟아졌다. 회랑 분수대에 있는 커다랗고 고귀하며 우묵한 그릇에서는 엷은 금빛으로 아른거렸다. 노란 빛줄기와 얼룩이 창문 세 곳을 타고 헬라스 방으로 들어왔다. 그러더니 예전 수도사들의 꿈을 함께한 것처럼, 곤히 잠든 아이들 곁을 다정히 지켜 주었다.

학생들은 다음 날 예배당에서 정식으로 신학교의 일원이 되었다. 선생들은 프록코트 차림으로 서 있고, 교장은 연설했다. 학생들은 생각에 잠긴 채 의자에 앉았다. 가끔은 뒤에 앉은 부모를 힐끔힐끔 쳐다보기도 했다. 어머니들은 골똘히 생각하며 아들에게 미소를 지어 보였다. 아버지들은 꼿꼿이 앉아 교장의 연설에 집중했다. 이들은 진지하며 결의에 차 보였다. 뿌듯함과 대견함, 큰 기대가 아버지들의 가슴 속에 한껏 부풀었다. 이날 경제적 이익을 얻으려고 주에 자식을 팔아넘긴다는 기색을 내비친 사람은 단 한 명도 없었다. 마지막으로, 호명된 학생들은 하나둘 앞으로 나가 교장과 악수하며 학교에 소속되었다. 올바르게 처신하는 학생은 주에서 여생 동안 적절히 보호하고 보살펴 주겠다는 서약도 받았다. 사실 이런 서약에는 자유가 허용되지 않으리라는 뜻이 담겨 있음을 어떤 학생이나 아버지도 간파하지 못했다.

떠나는 부모와 작별을 고하던 순간은 훨씬 더 진지하며 감동적이었다. 몇몇 부모는 걸어서, 몇몇은 장거리 버스를 타고, 다른 이들은 급히 마련한 교통수단을 이용해 자취를 감추었다. 손수건이 9월의 포근한 바람에 한참 휘날렸다. 마지막으로 떠나는 부모가 마침내 숲속으로 사라졌다. 이내 학생들은 사색에 잠긴 채 조용히 수도원으로 돌아왔다.

"자, 이제 부모님들이 떠나셨습니다."

조교가 말했다.

이제 학생들은 서로를 바라보며 얼굴을 익혔다. 물론 같은 방 학생부터 알아갔다. 잉크병 속에는 잉크가, 등불에는 등유가 가득 찼다. 책과 공책도 받았다. 학생들은 새로운 방에서 마음 편히 지내려 애쓰며 호기심 어린 눈빛으로 서로를 바라보았다. 대화의 물꼬를 트기 시작해 고향이 어디인지, 어떤 학교에 다녔는지 물어보았다. 그러면서 함께 땀 흘리며 고생한 주 시험을 추억했다. 몇몇 책상을 중심으로 무리가 지어지자, 대화는 더 진전되었다. 천진난만한 웃음소리가 여기저기 뻗어 나갔다. 저녁 무렵이 되자, 룸메이트들은 기나긴 항해가 끝나갈 때쯤 서로 잘 알게 된 승객들보다 더 가까워졌다.

헬라스 방에서 지내는 아홉 명 중 네 명은 남다른 인상을 풍겼다. 나머지는 평범한 편이었다. 먼저 오토 하르트너는 슈투트가르트 교수의 아들인데, 유능하고 차분하며 자신감이 넘쳤다. 태도 역시 완벽했다. 하르트너는 키가 크고 비율이 좋으며 옷도 잘 입었다. 단호한 데다 능력도 있어 룸메이트에게 깊은 인상을 주기도 했다. 다음은 카를 하멜이었다. 하멜의 아버지는 슈바벤의 알프스 지방에 있는 작은 마을의 시장이었다. 하멜을 잘 알게 되기까지는 시간이 제법 걸렸다. 모순덩어리인 데다 본모습을 드러낸 적이 별로 없었기 때문이다. 그러다가 열정을 보이기도 하고, 쾌활한 면모를 드러내기도 하며, 난폭하게 굴기도 했다. 하지만 오래가지는 않았다. 그러고 나면 하멜은 다시 자기만의 세계로 들어가곤 했다. 그저 말없이 관찰하는 성향인 건지, 자신을 숨기는 건지 당최 알 수가 없었다.

눈에 띄면서도 덜 복잡해 보이는 인물은 바로 헤르만 하일너였다. 하일너는 슈바르츠발트의 명문가 출신이었다. 헤르만이 시인이자 심미주의자라는 사실은 첫날부터 뚜렷이 드러났다. 독일어 시험에서 6보격 시로 작문을 했다는 소문도 돌았다. 하일너는 말이 많고 쾌활했다. 좋은 바이올린을 가지고 있으며, 겉으로 보이는 그대로인 듯했다. 젊은이답게 성숙하지 못하고 감상적이며 경박한 면이 뒤죽박죽 섞여 있었다. 하지만 겉으로는 잘 드러나지 않아도 내면에는 심오한 구석이 있었다. 하일너는 몸과 마음이 또래보다 성숙해 벌써 시행착오를 거치며 자기만의 길을 걷기 시작했다.

하지만 헬라스 방에서 가장 특이한 사람은 바로 에밀 루치우스였다. 루치우스는 비밀스럽고 엷은 금발이었다. 나이 든 소작농만큼 굳세고 근면 성실하며 무미건조했다. 홀쭉하고 키가 덜 자라 앳돼 보였는데도 더는 변하지 않을 것처럼 완전히 어른스러운 분위기를 풍겼다. 입학 첫날에 다른 학생들이 지루해하거나 수다를 떠는 사이, 루치우스는 차분히 앉아 문법책을 보고 있었다. 두 엄지손가락을 양쪽 귀에 콕 쑤셔 박은 채, 마치 잃어버린 세월을 만회하기라도 하듯 한참을 공부했다.

이렇게 교활하고 과묵한 루치우스가 꾸며낸 속임수는 한동안 들키지 않았다. 하지만 약삭빠른 구두쇠이자 이기주의자라는 정체가 들통나고 말았다. 학생들은 정체를 완벽하게 감췄다는 점에서 그를 약간 존경하거나, 최소한 넘어가 주었다. 루치우스는 교활한 작전을 써 가며 돈을 벌었다. 그렇게 절묘한 속임수가 서서히 드러나자, 다들 그야말로 경악을 금치 못했다. 첫 번째 단계는 아침 일찍 시작되었다. 루치우스는 세면장에 맨 처음이나 마지막으로 나타났다. 다른 사람의 비누와 수건을 쓰면서 자기 몫을 아끼려는 것이었다. 루치우스는 그런 식으로 자기 수건을 2주에서 3주 동안 썼다. 하지만 학생들은 일주일에 한 번씩 수건을 바꿔야 했기에 수석 조교가 월요일마다 이를 확인했다. 그래서 루치우스는 월요일 아침마다 자기 수건걸이에 깨끗한 수건을 걸어 두었다가, 정오가 되면 착착 개어 상자에 집어넣었다. 그런 다음 깨끗한 헌 수건을 다시 수건걸이에 걸었다. 루치우스가 쓰는 비누는 유난히 딱딱했다. 그래서 쓰고 또 써도 쉽게 닳지 않아 비누 하나로 몇 달을 버틸 수 있었다. 하지만 루치우스는 외모도 잘 가꾸었다. 언제나 옷을 말쑥하게 차려입고, 머리는 단정하게 빗어 가르마를 탔다. 빨래와 옷도 반듯하게 관리했다.

학생들은 세면장에서 나오면 아침을 먹으러 갔다. 아침 메뉴는 커피 한 잔, 설탕 한 덩어리, 롤빵이었다. 어린 나이에는 여덟 시간씩 자고 나면 입맛이 도는 만큼 대부분은 아침 식사가 부족하다고 생각했다. 하지만 루치우스는 만족했다. 매일 설탕을 남겨 두었다가 두 덩어리에 1페니를 받고 친구에게 팔았다. 설탕 스물다섯 개와 공책 한 권을 맞바꾸기도 했다. 루치우스는 값비싼 등유를 아끼겠답시고 룸메이트의 등불 아래에서 공부하는 것도 좋아했다. 가난한 집 자식이라 그런 건 아니었다. 오히려 아주 잘사는 집 자식이었다. 보통은 가난한 부모에게서 난 자식이 절약하며 아끼는 법을 알지 못하기 마련이다. 오히려 그들은 자기가 가진 만큼 쓰려고 하면서도 미래를 위해 저축할 줄은 몰랐다.

하지만 루치우스는 물건과 소지품만 이런 식으로 관리한 게 아니었다. 지적 영역에서도 언제든 이익을 얻으려 했다. 게다가 루치우스는 지성에 상대적 가치가 있다는 사실을 절대로 잊지 않을 만큼 똑똑했다. 그래서 앞으로 시험에서 좋은 성과를 거둘 만한 과목에만 근면 성실히 노력을 쏟아부었다. 나머지 과목에서는 성적이 중간 정도만 되어도 만족했다. 루치우스는 무엇을 배우고 성취하든 간에 자신을 친구들과 비교했다. 그에게 선택권이 주어졌다면 두 배 더 공부해 2등이 되기보다는 절반만 공부해 1등이 되는 것을 선호했으리라. 그래서 저녁에 룸메이트들이 이런저런 취미 생활을 하거나, 놀거나, 책을 읽더라도 루치우스는 가만히 앉아 공부했다. 룸메이트가 시끄럽게 굴어도 흔들리지 않았다. 가끔은 부러워하지 않고 즐기는 듯이 친구들 쪽을 힐끗힐끗 쳐다보기도 했다. 어쨌든 다른 학생들이 모두 자신만큼 부지런하다면 자기가 기울인 노력의 진가가 드러나지 않기 때문이었다.

이렇게 부지런한 노력파가 쓰는 교활한 속임수를 아니꼬워하는 사람은 아무도 없었다. 하지만 루치우스는 허풍 떨며 과욕을 부리는 사람이 으레 그렇듯 머지않아 웃음거리가 되고 말았다. 루치우스는 신학교에서의 모든 수업이 무료라는 점을 기회 삼아 바이올린 수업을 듣기로 마음먹었다. 예전에 음악을 배웠다거나, 음악에 조예가 깊다거나, 소질이 있다거나, 심지어 음악을 좋아하는 것도 아니었다! 그런데도 라틴어나 산수를 통달하듯 바이올린을 배울 수 있으리라 생각했다. 음악을 배워 두면 앞날에 도움이 되고, 인기를 얻는다는 말도 들어 봤다. 어쨌든 신학교에서 연습용 바이올린도 지원해 주니까 돈은 한 푼도 들지 않았다.

루치우스가 찾아와 바이올린 수업을 들어도 되는지 묻자, 음악 교사 하스 선생은 경기할 지경이었다. 성악 수업에서 루치우스의 실력을 뼈저리게 잘 알게 되었기 때문이다. 루치우스가 기를 쓰고 노래하자, 나머지 학생들은 무척 재미있어했다. 하지만 선생은 절망에 빠져 버린 셈이었다. 선생은 루치우스를 타일러 수업을 못 듣게 하려고 했다. 하지만 루치우스는 쉽게 설득당할 위인이 아니었다. 우아하고 고상하게 씩 웃어 보이며 자기 권리를 주장했다. 음악을 향한 열정이 강렬하다고 힘주어 말하기도 했다. 그렇게 루치우스는 상태가 가장 안 좋은 연습용 바이올린을 받고 일주일에 두 번씩 수업을 들었다. 매일 30분씩 연습도 했다. 하지만 딱 한 번 연습하고 나자, 룸메이트들이 처음이자 마지막으로 경고했다. 무자비하게 끽끽 긁어 대는 소리를 더이상 내지 말아 달라는 얘기였다. 그날부터 루치우스는 바이올린을 들고 수도원을 쉴 새 없이 돌아다니며 연습할 만한 조용한 곳을 찾아 나섰다. 그러면 그 언저리에 있던 사람들이 이상하게 끽끽대며 깽깽대는 소리를 듣고 소스라치게 놀라곤 했다. 시를 쓰는 하일너는 고문당하던 낡아빠진 바이올린이 자비를 베풀어 달라며 벌레 먹은 구멍에다 죽어라 비명을 질러대는 소리 같다고 표현했다. 루치우스의 실력이 전혀 늘지 않자, 선생은 마음이 심란해져 비정하게 굴었다. 그러자 루치우스는 훨씬 더 미친 듯 연습에 몰두했다. 자기만족에 푹 빠진 상인 같던 얼굴에 고통스러운 기색이 역력해졌다. 그야말로 비극이 따로 없었다. 루치우스는 실력이 하나도 없어 더는 수업을 이어나가지 못하겠다는 말을 선생에게 듣자, 화가 난 나머지 다음 악기로 피아노를 택해 몇 달을 더 고통스럽게 보냈다. 역시나 몇 달이 지나도 실력은 늘지 않았다. 지친 루치우스는 결국 피아노와의 씨름을 조용히 포기하고 말았다. 하지만 몇 년 후에 음악을 주제로 대화를 나누게 되었을 때, 루치우스는 한때 피아노와 바이올린을 배웠으나 어찌할 수 없는 상황 때문에 그토록 아름다운 예술과 서서히 멀어졌다는 말을 넌지시 내비쳤다.

재미난 학생들 덕분에 헬라스 방에는 웃음꽃이 자주 피었다. 심미주의자 헤르만 하일너 역시 웃기는 상황을 주도하곤 했다. 카를 하멜은 비꼬기 좋아하며 재치 있는 관찰자 역할을 맡았다. 하멜은 남들보다 한 살이 더 많아 그 덕을 톡톡히 보았다. 하지만 그리 존중받지는 못했다. 변덕스러운 데다 일주일에 한 번 정도는 싸움을 걸며 체력을 시험해 보고 싶어 했는데, 그럴 때면 거칠고 잔인하다 할 만한 짓을 했기 때문이다.

한스 기벤라트는 경악을 금치 못한 채 이 모든 행동을 지켜보았다. 그리고 착하고 조용한 친구라는 자기만의 길을 묵묵히 걸어 나갔다. 한스는 부지런했다. 거의 에밀 루치우스만큼 부지런해 하일너를 제외한 모든 룸메이트에게 존경받았다. 하일너는 천재다우며 경박한 면모를 팍팍 드러내고 다녔는데, 가끔 한스를 공붓벌레라고 놀려대곤 했다. 무럭무럭 자라는 학생들은 가끔가다 밤중에 기숙사에서 도가 지나칠 만큼 야단법석을 떨면서도 대체로 아주 잘 지냈다. 다들 어른이 되고픈 마음이 간절했으니까. 학생들은 아직 선생들의 존댓말을 어색해하면서도 그에 걸맞은 모습을 보여주기 위해 학문적으로 진지하며 훌륭한 태도를 보였다. 모든 학생은 마치 대학생이 고등학교 시절을 되돌아보듯 라틴어 학교에 다니던 시절을 오만하게 돌이켜보며 안타까워했다. 하지만 가끔은 완전한 소년다움이 근엄한 겉모습을 뚫고 나와 권리를 내세우곤 했다. 그럴 때면 우당탕 뛰어다니는 발소리와 남자아이들이 으레 내뱉는 욕설이 기숙사에 한바탕 울려 퍼졌다.

남학생 무리가 몇 주간 함께 지내면서 화학 혼합물처럼 단단히 뭉쳤다가, 사르르 풀렸다가, 다시 결합하는 모습을 지켜보는 것은 이런 학교 교단에 선 선생에게 유익하면서도 아주 재미있는 경험이 될 터였다. 처음에는 수줍어했지만 이를 이겨내고 서로 잘 알게 되자, 학생들은 함께 어울리며 친구를 찾아 나섰다. 무리가 생기고, 우정이 싹트며, 적대감도 뚜렷해졌다. 예전에 함께 학교에 다녔거나 같은 지역에서 온 학생이 같이 다니는 경우는 드물었다. 대부분은 새로운 친구를 찾아 나섰다. 도시 출신은 시골 출신을, 고산지대 출신은 저지대 출신을 원했다. 다양한 변화를 겪으며 완벽해지길 남몰래 갈망했기 때문이다. 젊은이들은 막연히 자신에게 가장 잘 맞는 것을 찾으려 했다. 그래서 서로 똑같다고 느끼면 다른 존재에 대한 열망을 키워 나갔다. 어린 시절에는 잠자던 개성이 처음 싹트기 시작하는 경우도 있었다. 학생들은 애정과 질투심 때문에 이루 말할 수 없는 소란을 한바탕 떨어대며 끈끈한 우정을 쌓았다. 공공연하며 완강한 적대감을 드러내기도 하고, 함께 한참을 산책하거나 치고받으며 싸운 끝에 돈독한 사이가 되기도 했다.

　겉으로 보기에 한스는 이런 일에 끼어들지 않았다. 카를 하멜이 노골적이며 강하게 다가왔지만, 한스는 소스라치게 놀라 움찔하고 말았다. 그러자 하멜은 바로 스파르타 방 학생을 친구로 삼아 버렸다. 한스는 홀로 남겨졌다. 강렬한 감정이 지평선 위에서 우정이라는 세계를 황홀하며 그리운 빛깔로 물들였다. 한스는 그런 세계에 살살 이끌리면서도 수줍다는 이유만으로 망설였다. 애정 어린 관계를 쌓는 능력은 어머니 없이 엄격한 어린 시절을 보내는 사이에 시들시들해졌다. 한스는 열정이 넘쳐 보이는 것을 두려워했다. 게다가 소년다운 자부심과 성가신 야망까지 있었다. 한스는 루치우스 같지는 않았다. 지식에 진정으로 푹 빠져 있었다. 하지만 학업에 방해되는 모든 것과 엮이지 않으려 한다는 면에서는 루치우스와 비슷했다.

그래서 한스는 책상에 딱 붙어 있었다. 하지만 우정 덕에 행복해하는 친구들을 보면 질투심과 그리움에 시달렸다. 카를 하멜은 괜찮은 친구 감이 아니었다. 하지만 누군가 한스에게 다가와 친구가 되려는 열의를 보여 준다면 기꺼이 응할 작정이었다. 한스는 수줍어하는 소녀처럼 앉아 자신을 데려가 줄 사람을 기다렸다. 자신보다 더 용기 있고 강인해서, 행복으로 끌고 가 줄 사람을 말이다.

학교 공부 때문에, 그중에서도 특히 히브리어 때문에 모두가 바빴던 탓에 처음 몇 주는 쏜살같이 지나갔다. 마울브론 지역에 넘쳐나는 아담한 호수와 연못에는 늦가을 하늘과 빛바랜 물푸레나무, 자작나무와 참나무, 기나긴 황혼에 물든 저녁 빛이 아른아른 비쳤다. 아름다운 숲에 가을바람이 세차게 휘몰아치며 신음을 토하고, 환호성을 질러댔다. 가벼운 서리도 벌써 몇 번 내렸다.

시인다운 헤르만 하일너도 마음 맞는 친구를 찾아 나섰지만, 헛수고에 그치고 말았다. 그래서 이제는 날마다 혼자 떠돌며 자유 시간에 숲을 찾아갔다. 하일너는 울적한 갈색 연못을 유난히도 좋아했다. 갈대에 둘러싸이고 시들시들한 나뭇잎이 풍성한 연못이었다. 이토록 슬픔을 자아내며 아름다운 숲의 구석 자리는 서정적 기질을 타고난 하일너에게 굉장히 매력적으로 다가왔다. 하일너는 이곳에서 꿈을 꾸듯 고요한 물 위에 잔가지로 원을 빙빙 그리며 오스트리아 시인 니콜라우스 레나우의 〈갈대의 노래〉를 읽었다. 낮은 갈대 위에 누워 가을에 딱 맞는 주제인 '죽음'과 '소멸'을 골똘히 생각하기도 했다. 그동안 나뭇잎이 떨어지고 헐벗은 나무가 바스락대며 우울한 화음을 더해 주었다. 하일너는 자그마한 검은색 공책을 자주 꺼내 들고는 연필로 시 한두 구절을 끄적거리곤 했다.

헤르만은 구름이 뒤덮인 10월 말 오후에 시를 쓰고 있었다. 그 때 한스 기벤라트도 홀로 그곳을 찾았다. 한스는 작은 수문의 비 좁은 판교 위에 새내기 시인 하일너가 앉아 있는 모습을 보았다. 하일너는 무릎에 공책을 얹고 생각에 잠긴 채 뾰족하게 깎은 연필 을 입에 물고 있었다. 옆에는 책을 펼쳐 두었다. 한스는 천천히 다 가갔다.

"안녕, 하일너. 거기서 뭐 해?"

"호메로스를 읽고 있어. 넌 뭐 하는데, 기벤라트?"

"아닌 것 같은데. 난 네가 뭘 하는지 이미 알고 있거든."

"그래?"

"그럼. 시를 쓰고 있었잖아."

"그렇게 생각해?"

"당연하지."

"그럼 앉아 봐!"

한스는 하일너의 옆자리에 앉아 물 위에서 다리를 달랑거렸다. 갈색 나뭇잎이 시원한 공기 속에서 하나둘 빙빙 맴돌다 갈색 거울 같은 물 위에 사뿐히 자리 잡는 모습도 지켜보았다.

"여긴 참 쓸쓸하다."

한스가 불쑥 내뱉었다.

"그래, 그렇지."

두 사람은 판자 길 위에 등을 대고 누웠다. 가을 분위기를 물씬 풍기는 주변에는 별다른 게 없었다. 비스듬히 선 나무의 꼭대기 부 분과 구름이 섬처럼 둥둥 뜬 밝은 하늘뿐이었다.

"구름이 진짜 아름답다!"

한스는 편안해 보였다.

하일너는 한숨을 푹 내쉬었다.

"맞아, 기벤라트. 우리도 구름처럼 둥둥 떠다니면 좋겠어!"

"그럼 어떻게 되는데?"

"그럼 숲과 마을, 주랑 나라 전체를 내려다보며 항해하겠지. 아름다운 배처럼 말이야. 너 배 타 본 적 없어?"

"안 타 봤어. 너는?"

"아, 타 봤지. 세상에, 너 그런 건 하나도 모르는구나. 공부하고, 노력하고, 달달 외우기만 하니까!"

"그래서 넌, 내가 바보라고 생각해?"

"그렇게 말한 적 없는데."

"난 네가 생각하는 것만큼 바보가 아냐. 아무튼 배 얘기나 얼른 해 봐."

하일너는 몸을 뒤집다가 물에 풍덩 빠질 뻔했다. 이제 하일너는 턱을 손으로 괸 채 한스를 바라보았다.

하일너는 말을 이었다.

"방학 때 라인강에서 그런 배를 봤어. 일요일이었는데, 배에서 음악이 흘렀어. 밤이라 알록달록한 등불도 켜졌고. 빛이 물에 아른아른 비쳤어. 우리는 음악을 들으며 하류로 나아갔지. 다들 라인산 포도주를 마시고, 여자들은 하얀 원피스를 입었어."

한스는 말없이 귀를 기울였다. 그러면서도 눈을 꼭 감은 채 배가 여름밤에 나아가는 모습을 그려보았다. 음악이 흐르고, 배에서는 붉은빛이 나며, 여자들은 흰 원피스를 입었다.

하일너는 계속 떠들었다.

"그래, 그때는 모든 게 지금과 확 달랐어. 여기에 있는 애들이 그런 걸 알기나 하겠어? 다들 따분하고 비겁해. 열과 성을 다해 뼈 빠지게 공부만 하지. 하지만 히브리어 철자보다 더 높은 차원의 것이 있다는 사실은 모른다니까. 그건 너도 마찬가지야."

한스는 입을 꾹 다물었다. 하일너는 분명 이상한 녀석이었다. 몽상가이자 시인이었다. 하일너는 모두가 알다시피 공부를 거의 하지 않았다. 그런데도 아는 건 제법 많아 괜찮은 대답을 해내는 재간이 있었다. 그러면서도 지식을 쌓는 일을 경멸하고 있었다.

하일너는 계속 비난조로 말을 이어나갔다.

"우린 꼭 《오디세이》가 요리책이라도 되는 것처럼 호메로스를 읽고 있잖아. 한 시간 동안 시 두 수를 읽고, 단어 하나하나까지 다 씹어 먹지. 구역질하기 일보 직전까지 요리조리 뜯어본다니까. 하지만 끝날 무렵에 교수님은 '호메로스가 이 구절을 얼마나 멋들어지게 탈바꿈했는지 보세요! 그 덕에 여러분이 시적 창의력이라는 비밀을 통찰하게 된 겁니다!'라고 말씀하시잖아. 부정과거형이랑 불변화사가 목에 캑캑 걸리지 않도록 주위에 소스를 싹 발라주는 셈이지. 난 그런 식의 호메로스는 쓸모없다고 생각해. 구닥다리 그리스어는 또 우리한테 뭐가 그렇게 중요한데? 우리 중 누군가가 그리스인처럼 살아 보려고 했다간 쫓겨나고 말걸. 그리고 우리 방 이름이 '헬라스'라니! 순 엉터리잖아! 차라리 '폐지 바구니'나 '노예 감옥', 아니면 '실크 모자'라고 짓지? 이 모든 고전적인 건 다 가짜야."

하일너는 침을 퉤 뱉었다.

"너, 아까 시 쓰고 있었지?"

이제 한스가 질문을 던졌다.

"맞아."

"주제가 뭐야?"

"이곳이야. 연못과 가을이지."

"보여 줘!"

"안 돼, 아직 다 못 썼어."

"다 쓰면 봐도 돼?"

"당연하지. 네가 원한다면야."

한스와 하일너는 일어나서 수도원으로 천천히 되돌아갔다.

'파라다이스'를 지나던 순간, 하일너가 물었다.

"너, 저기가 얼마나 아름다운지 알고 있었어? 복도랑 아치형 창문, 회랑하고 식당, 고딕과 로마네스크 양식 말이야. 다 예술성이 뛰어나잖아. 예술가가 빚어낸 작품이기도 하고. 이런 마법은 다 누구를 위한 거지? 서른여섯 명은 가난해서 목사가 될 텐데. 주에 돈이 넘쳐흐르나 봐."

한스는 남은 오후 내내 하일너 생각을 떨쳐낼 수 없었다. 하일너는 대체 어떤 녀석이었을까? 한스의 걱정거리와 열망이 하일너에게는 아무것도 아니었다. 하일너에게는 생각이 있고, 이를 자기만의 언어로 풀어낼 줄 알았다. 그는 더 열렬하고 자유롭게 살면서도 이상한 고통에 시달렸다. 자신을 둘러싼 모든 것을 질색하는 듯 보이기도 했다. 하일너는 고대 기둥과 벽의 아름다움을 이해했다. 신비롭고 독특한 예술을 실천하며 시를 통해 영혼을 드러냈다. 상상력을 발휘해 자신을 위한 삶의 모습도 빚어냈다. 하일너는 명민하며 길들일 수 없는 인물이었다. 한스가 일 년 내내 할 만한 농담을 단 하루에 던지고 다녔다. 하일너는 우울해하면서도 자기만의 슬픔이 생경하고 색다르며 재미있다는 듯 즐기는 모양이었다.

바로 그날 밤, 하일너는 방 친구들 앞에서 변덕스러우면서도 인상적인 성격을 한바탕 보여 주었다. 그중 오토 벵거는 잘난 척이 심하며 비열한 친구인데, 하일너에게 시비를 걸었다. 하일너는 잠시 침착하게 굴면서 재치 있고 거만한 태도를 보였다. 하지만 충동적으로 벵거의 뺨을 찰싹 때리고 말았다. 두 사람은 한순간에 피 터지게 싸우며 도무지 떼려야 뗄 수 없게 뒤엉켜 버렸다. 둘은 선장 없는 배처럼 여기저기 떠돌다가, 나동그라지다가, 엎치락뒤치락 움직이다가, 헬라스 방 안에서 반원을 그리며 빙빙 돌았다. 벽에 붙었다가, 의자 위로 넘어졌다가, 바닥에 철퍼덕 엎어지기도 했다. 둘다 한마디도 하지 않았다. 헐떡거리고 씩씩대며 입에 거품을 물 뿐이었다. 룸메이트들은 비판하는 듯한 표정으로 지켜보며 두 사람의 뒤엉킨 팔다리와 부딪치지 않도록 피했다. 자기 다리와 책상과 등불이 얽히지 않도록 치우며 기대감에 한껏 부푼 채 싸움이 끝나길 애타게 기다렸다. 몇 분 후, 하일너가 겨우겨우 일어나 빠져나오더니 그 자리에 서서 씩씩댔다. 멍이 잔뜩 들고, 눈은 붉게 충혈된데다 옷깃도 쭉 찢어졌다. 바지 무릎 부분에는 구멍이 뻥 뚫리고 말았다. 상대방은 다시 싸움을 붙이려 했지만, 하일너는 팔짱을 끼더니 건방지게 말했다.

"난 그만할래. 계속 싸우고 싶으면 얼른 나를 쳐 보시지."

오토 벵거는 욕설을 퍼부으며 자리를 떴다. 하일너는 자기 책상에 기댄 채 등불을 켜더니 두 손을 바지 주머니에 푹 찔러 넣었다. 뭔가를 골똘히 생각하는 듯했다. 문득 하일너의 눈에서 눈물이 조금씩 터져 나오더니 뚝뚝 흘러내렸다. 전례 없는 일이었다. 눈물을 뚝뚝 흘리는 건 분명 신학생이 할 만한 행동 중 가장 부끄러운 짓이었으니까. 게다가 하일너는 애써 눈물을 숨기려 하지 않았다. 방에서 나가지도 않고 그저 가만히 서 있었다. 하일너는 창백한 얼굴을 한 채 등불 쪽으로 돌아섰다. 눈물을 훔치지도, 주머니에서 손을 빼지도 않았다. 다른 학생들은 호기심과 악의에 찬 얼굴로 하일너를 에워쌌다. 이윽고 하르트너가 하일너 앞에 나서더니 말했다.

"야, 하일너. 넌 창피하지도 않냐?"

눈물범벅이 된 하일너는 막 깊은 잠에서 깨어난 사람처럼 주위를 찬찬히 둘러보았다. 그러더니 큰 소리로 비웃듯 말했다.

"창피하냐고? 그것도 너희 앞에서? 아닌데."

하일너는 눈물을 쓱 닦아내며 성난 듯 웃어 보였다. 그런 다음 등불을 후 불어 끄고는 방에서 나갔다.

한스 기벤라트는 그 모든 일이 벌어지는 동안 책상에서 꼼짝도 하지 않았다. 그저 소스라치게 놀라고 겁을 먹은 채 하일너를 흘끗 바라보기만 했을 뿐이다. 15분 후, 한스는 용기를 내 하일너를 찾아 나섰다. 하일너는 어두컴컴하며 서늘한 기숙사 복도 창문 벽에 난 깊은 구멍으로 회랑을 물끄러미 바라보며 꼼짝도 하지 않고 앉아 있었다. 뒤에서 보니 어깨와 갸름하고 선이 굵은 머리가 유난히도 진지하고 어른스러워 보였다. 하일너는 한스가 다가가는데도 가만히 있었다. 잠시 후, 하일너는 한스를 쳐다보지도 않고서 쉰 목소리로 물었다.

"뭔데?"

"나야."

한스는 소심하게 대답했다.

"원하는 게 뭔데?"

"아무것도 없어."

"그래, 그럼 다시 가면 되겠네."

한스는 상처받은 마음에 자리를 뜨려고 했다. 그때 하일너가 한스를 붙잡았다.

"가지 마. 그런 뜻은 아니었어."

하일너는 일부러 농담하듯 툭 내뱉었다.

이제 두 사람은 서로 마주 보았다. 이 순간, 한스와 하일너는 처음으로 서로를 진지하게 바라보았다. 그리고 소년다우며 부드러운 이목구비 뒤에 자기만의 삶과 자기만의 방식대로 드러나는 개성과 영혼이 가려져 있다고 상상해 보려 애썼다.

헤르만 하일너가 천천히 팔을 뻗더니 한스의 어깨를 와락 끌어안았다. 두 사람의 얼굴이 거의 맞닿았다. 그 순간, 한스는 하일너의 입술이 와 닿는 것을 느끼고는 화들짝 놀랐다.

한스의 심장은 익숙지 않은 떨림에 완전히 사로잡혔다. 어두침침한 기숙사에서 함께 있다가 갑자기 입을 맞춘다는 건 모험적이면서도 새롭고, 어쩌면 위험한 일인지도 몰랐다. 이렇게 있는 모습을 들켰다간 정말 끔찍한 일이 벌어질 듯했다. 남들이 보기에는 눈물을 왈칵 쏟는 것보다 입을 맞추는 게 훨씬 더 말도 안 되고 창피할 테니까. 할 수 있는 말은 없지만, 한스는 피가 머리로 확 솟구치는 걸 느꼈다. 도망치고 싶었다.

다 큰 어른이 이렇게 소소한 장면을 마주했다면 서툴고 수줍게 우정을 나누는 모습을 보면서 은근히 기뻐했을지도 모른다. 잘생긴 데다 앞날이 창창한 두 소년의 얼굴은 진지하며 갸름했다. 아직 아이다운 맛이 남아 있기는 하지만, 수줍고 아름다우며 소년다운 반항심도 어려 있었다.

어린 학생들은 함께 지내는 법을 서서히 깨달았다. 학생들은 서로를 속속들이 알게 되었다. 다들 마음속으로 다른 친구가 어떤지

판단했다. 수많은 우정도 싹텄다. 짝을 지어 히브리어 단어를 함께 공부하거나 그림을 그리기도 하고, 산책하러 나가거나 프리드리히 실러의 글을 읽기도 했다. 라틴어는 잘하지만 수학은 못하는 학생은 라틴어는 못해도 수학을 잘하는 학생과 어울리며 함께 똘똘 뭉쳐 성과를 내보려고도 했다. 서로 계약 같은 걸 맺고 물건을 주고받는 친구 관계도 있었다. 통구이 햄을 가져 엄청난 부러움을 산 학생은 슈탐하임에서 온 과수원집 아들을 반쪽으로 삼았다. 과수원집 아들의 상자 속 맨 아랫줄에는 사과가 가득 담겨 있었다. 한번은 햄 주인이 햄을 먹다가 과수원집 아들에게 사과를 달라고 하더니, 햄 한 조각과 맞바꾸자고 제안했다. 이 둘은 곧바로 나란히 앉았다. 이야기를 조심조심 주고받다 보니 햄 주인이 햄을 더 많이 가져올 수 있다는 사실이 드러났다. 사과 주인 역시 봄까지 아버지한테 사과를 한참 동안 받아먹을 수 있었다. 두 사람은 그런 식으로 두터운 우정을 다져 나갔다. 두 사람의 우정은 이상과 충동으로 맺은 친구 사이보다 훨씬 더 오래갔다.

혼자 다니는 학생은 얼마 없었다. 루치우스가 그중 하나였다. 그 당시 음악이라는 예술을 향한 루치우스의 열정은 탐욕스러울 만큼 활짝 꽃 피어 있었다.

정말 어울리지 않는 한 쌍도 있었다. 바로 헤르만 하일너와 한스 기벤라트였다. 변덕스러운 시인과 성실한 공붓벌레는 가장 어울리지 않는 조합이었다. 둘 다 가장 총명하며 뛰어난 인재이긴 했지만, 하일너는 사람들이 반 조롱조로 천재라고 불러도 즐겼다. 반면에 한스는 모범생이라는 낙인을 꾹꾹 참고 견뎠다. 그래도 다들 자기 친구 관계에 푹 빠져 있던 터라 이 두 사람에게 별다른 관심을 기울이지 않았다.

학생들은 이렇게 자기만의 관심사와 경험을 쌓아 가면서도 학교 공부를 소홀히 하지 않았다. 오히려 학교가 거대한 악장이자 리듬이었다. 하일너의 시와 똘똘 뭉치는 우정, 거래와 이따금 일어나는 싸움은 있으나 마나 한 변주곡이자, 소소하며 곁가지인 오락거리일 뿐이었다. 특히 히브리어 때문에 다들 정신을 바짝 차릴 수밖에 없었다. 독특하고 유서 깊은 여호와의 언어는 낯선 데다 메말라 있었다. 그러면서도 남몰래 생명을 이어가는 나무처럼 생경하게 배배 꼬여 있었다. 이는 혼란스러운 형태로 색다르게 연결되며 학생들의 눈앞에서 시선을 확 잡아끌었다. 학생들은 색채가 기묘하고 향긋한 꽃을 보며 화들짝 놀랐다. 나뭇가지와 움푹 파인 곳과 뿌리에는 수천 년 묵은 다정하거나 소름 끼치는 망령이 살고 있었다. 환상처럼 무시무시한 용, 순진무구하며 사랑스러운 동화, 주름이 자글자글하고 진지하며 메마른 노인이 잘생긴 소년과 눈빛이 차분한 소녀, 혹은 싸움 걸기 좋아하는 여자 옆에 있는 셈이었다. 본질적이며 다듬어지지 않은 언어의 특성은 현실과 동떨어지고 꿈만 같았던 루터교 성경 속 내용에 피와 목소리뿐 아니라 시대에 뒤떨어지고 복잡하지만 끈질기며 심상치 않은 생명력을 불어넣어 주었다. 적어도 하일너의 눈에는 그렇게 보였다. 하일너는 모세 오경 전체에 매시간 악담을 퍼부었다. 그러면서도 모든 단어를 다 아는 데다 정확히 발음하는 끈기 있는 모범생보다 성경 안에 깃든 생명력과 영혼을 여전히 더 잘 알아보았다.

게다가 신약 성경의 모든 내용은 더 섬세하고 생기가 넘치며 깊이가 있었다. 신약 성경에 쓰인 언어는 덜 낡고 심오하며 풍부했다. 더 세련되고 젊은 데다 열렬하며 꿈결 같은 정신도 가득 깃들어 있었다.

《오디세이》의 시에서는 힘차고 낭랑하며 강렬한 선율이 골고루 흘렀다. 《오디세이》는 지금은 사라졌으나 한때는 즐거웠던 삶을 뽀얗고 통통한 인어의 팔로 번쩍 들어 올려 주었다. 때로는 견고하며 손 뻗으면 닿을 만큼 자세하기도 하고, 한낱 꿈이나 아름다운 예감처럼 몇 가지 단어와 구절이 희미하게 반짝이기도 했다.

《오디세이》 옆에서는 역사가 크세노폰과 리비우스도 흐리멍덩한 불빛처럼 가물가물하게 자취를 감추거나 비켜서 있었다.

한스는 하일너의 눈에는 모든 것이 확연히 달라 보인다는 사실을 깨닫고 놀라워했다. 하일너에게 추상적인 것은 없었다. 모든 것에 상상의 나래를 펼치며 환상 같은 색깔을 입힐 수 있었다. 하일너는 상상할 수 없을 때면 마음이 떴다. 그래서 등을 홱 돌려 버렸다. 하일너의 눈에 수학은 속임수가 가득한 수수께끼로 꽉 찬 스핑크스였다. 그 스핑크스는 냉랭하며 악의에 찬 눈빛으로 희생양을 꼼짝도 못 하게 했다. 하일너는 그런 괴물을 싹 피해 버리고 말았다.

한스와 하일너는 보기 드문 우정을 나누었다. 하일너에게 우정은 즐거운 호사이자 편한 관계, 혹은 한낱 변덕에 불과했다. 반면에 한스는 당당하게 지켜낸 보물처럼 우정을 소중히 여겼다. 하지만 그 보물은 가끔 짐이 되기도 했다. 얼마 전까지만 해도 한스는 늘 저녁에 과제를 끝마쳤다. 그런데 이제는 공부에 싫증이 난 하일너가 저녁마다 한스의 책상으로 다가와 책을 싹 치워 버리고 같이 놀고 싶어 했다. 사실 한스는 하일너를 좋아하면서도 그가 올 때마다 벌벌 떨었다. 그래서 꼬박꼬박 공부하기로 정해 둔 시간에 서둘러 공부하며 노력을 두 배로 쏟아부었다. 하일너가 부지런한 한스에게 논리를 내세우며 딴지를 걸자, 훨씬 더 곤란한 상황이 벌어졌다.

하일너는 이렇게 말하곤 했다.

"이건 날품팔이에 지나지 않아. 네가 원해서 이렇게 공부하는 게 아니잖아. 그냥 선생님들이랑 너희 아버지가 무서워서 열심히 하는 것뿐이지. 반에서 1등이나 2등을 하면 뭘 얻는데? 난 20등인데도 너희 같은 공붓벌레만큼 똑똑하잖아."

하일너가 교과서를 어떻게 다루는지 알게 된 후에도 한스는 마찬가지로 충격을 받았다. 어느 날, 한스는 강의실에 지리학책을 놓고 왔다. 지리학 수업을 예습하고 싶었던 터라 하일너에게서 책을 빌렸다. 한스는 온갖 페이지가 연필 자국 때문에 너저분해진 모양새를 보고 경악을 금치 못했다. 헤르만은 피레네반도의 서해안이 포르투에서 리스본으로 이어지는 코가 딸린 기괴한 옆모습이 되도록 뜯어고쳐 놓았다. 피니스테레 곶 주변 지역은 곱슬곱슬한 머리가 되도록, 세인트 빈센트 곶은 끝부분이 멋들어지게 배배 꼬인 수염이 되도록 바꾸어 놓았다. 페이지마다 다 그런 식이었다. 지도 뒤쪽의 흰 부분에는 캐리커처와 시건방진 풍자시가 빼곡했다. 온갖 곳이 잉크 자국으로 얼룩덜룩 도배되어 있었다. 한스는 책을 신성한 보물처럼 다루는 버릇이 있었다. 한스는 그렇게 뻔뻔하게 책을 망치는 건 신전을 훼손하는 범죄라고 여겼다. 그러면서도 용감무쌍하고 대담하다고 생각했다.

때로는 착한 한스가 그저 하일너의 장난감, 그러니까 집고양이에 불과해 보이기도 했다. 한스도 가끔 그런 기분을 느꼈다. 하지만 하일너는 한스가 필요했다. 그래서 곁에 찰싹 달라붙었다. 하일너는 속마음을 털어놓을 사람이 필요했다. 자기 말에 귀를 기울이며 감탄해 줄 이가 필요했다. 학교와 인생사를 두고 혁명가다운 연설을 읊어댈 때 자기 말을 묵묵히, 또 열심히 들어줄 사람이 필요했다. 위로해 줄 사람도 필요했다. 우울할 때 무릎에 머리를 기대어 쉬게 해 줄 사람 말이다. 여느 사람처럼 젊은 시인 하일너도 걷잡을 수 없이 찾아오는 비이성적이며 약간 경박한 우울감에 시달렸다. 어린아이의 영혼과 슬슬 작별 인사를 하기 때문이었다. 목적은 없는데 힘과 예감과 욕망이 넘쳐나기도 하고, 남자로 거듭나며 찾아오는 어두운 충동을 오해해서 그렇기도 했다. 하일너는 자신을 연민하며 애지중지 품어 줄 사람이 사무치게 필요했다. 학교에 들어오기 전에는 어머니의 사랑을 듬뿍 받았다. 지금은 여인과 사랑을 싹틔울 만큼 성숙하지는 않았다. 그러니 유순한 친구가 위로자 역할을 해 주어야 했다.

하일너는 저녁이면 우울감에 푹 빠진 채 한스에게 다가왔다. 그러고는 공부를 못 하게 살살 꾀어내며 기숙사에 같이 가 달라고 부탁하곤 했다. 두 사람은 서늘한 복도나 높고 어두침침한 예배당을 이리저리 걸었다. 창가에 앉아 덜덜 떨기도 했다. 그때 하일너는 낭만적인 젊은이답게 푸념하듯 불만을 구구절절 늘어놓았다. 그럴 때면 서정적이며 하인리히 하이네의 시를 읽는 젊은이답게 불만을 푸념하듯 구구절절 쏟아부으며 어린애가 느낄 법한 슬픔의 구름에 휩싸였다. 한스는 하일너의 말을 잘 이해하지 못했다. 그러면서도 깊은 인상을 받으며 때로는 하일너에게 물들었다. 예민하며 문예에 조예가 깊은 하일너는 꾸물꾸물한 날이면 발작을 일으켰다. 보통은 늦가을 저녁 하늘이 비구름에 캄캄해지고 어둑어둑한 틈새로 달빛이 스멀스멀 새어 들어오는 저녁이면 불평불만과 투덜거림이 절정에 달했다. 그러면 하일너는 스코틀랜드의 전설적 시인 오시안 풍 감수성에 푹 젖어 들어 몽롱한 우울함 속에 녹아들곤 했다. 죄 없는 한스에게 한숨을 푹푹 내쉬며 연설과 시도 쏟아냈다.

그렇게 괴로운 상황에 짓눌리며 고통을 느낀 후, 한스는 남는 시간 동안 학업에 열중했다. 공부는 점점 더 어려워졌다. 옛날처럼 두통이 도졌다는 건 그리 놀랄 일도 아니었다. 하지만 빈둥거리며 피로에 찌들수록 한스는 꼭 해야 하면서도 심히 걱정되는 일들을 억지로 할 수밖에 없었다.

한스는 괴짜 친구와의 우정 때문에 지쳤다. 멀쩡하던 내면마저 병들었다는 사실도 어렴풋하게나마 느꼈다. 하지만 하일너가 점점 더 우울해하며 눈물을 보일수록 한스는 더 큰 연민을 품었다. 그리고 친구에게 꼭 필요한 존재가 된다는 생각에 더 상냥히 대해 주며 뿌듯해했다.

물론 한스 역시 잘 알고 있었다. 이렇게 병적인 우울감은 쓸데없으며 건강하지 못한 기운이 분출된 형태일 뿐이었다. 이는 하일너의 천성이 아니었다. 한스는 온 마음을 다해 진심으로 하일너를 존경했다. 하일너가 자작시를 낭송하거나 시적 이상향 이야기를 할 때, 혹은 열정을 다해 극적으로 손을 놀리며 프리드리히 실러나 셰익스피어 극에 나오는 독백을 읊어댈 때면, 한스는 자신에게는 없는 마법 같은 재능을 타고난 하일너가 하늘 위를 거닌다는 느낌을 받았다. 꼭 호메로스의 전달자처럼 날개 달린 샌들을 신고 자유로우며 불같은 열정으로 누비고 다니다가, 한스 같은 사람에게서 영영 멀어질 것만 같았다. 그동안 한스는 시인의 세계를 잘 알지 못할뿐더러 중요하게 여기지도 않았다. 하지만 지금은 멋들어지게 흐르며 마음을 끄는 힘이 있는 단어와 심상, 아름다운 운율을 처음으로 순순히 받아들였다. 이렇게 새로운 세계가 열리면서 하일너를 존경하는 마음도 떼어낼 수 없을 만큼 불어났다.

그 사이에 폭풍우가 휘몰아치며 어두컴컴한 11월이 찾아왔다. 그맘때는 등불을 밝히지 않으면 공부를 그리 오래 하지 못했다. 밤이 깊어지자, 폭풍우가 흔들리는 거대한 구름을 어둡고 높은 곳으로 몰고 왔다. 바람은 유서 깊은 수도원 건물 주변에서 신음을 토하며 불평을 늘어놓았다. 이제 나무는 잎사귀를 모조리 잃고 말았다. 하지만 굳세고 울퉁불퉁한 참나무만은 예외였다. 나무가 울창한 시골의 왕인 참나무는 아직도 여느 나무보다도 요란스럽고 심술궂은 소리를 내며 바싹 마른 잎을 바스락댔다. 하일너는 심기가 불편해 요즘 한스와 함께 앉지 않았다. 그 대신 외딴곳에 있는 연습실에서 바이올린 연주에 감정을 쏟아 내거나, 친구들에게 시비를 걸곤 했다.

어느 날 저녁에 하일너가 연습실에 들어가 보니, 야심 찬 루치우스가 보면대 앞에서 바이올린을 열심히 연습하고 있었다. 하일너는 짜증이 나서 나갔다. 30분 후에 다시 들어갔는데도 루치우스는 여전히 맹연습 중이었다.

하일너는 핀잔을 줬다.

"이제 그만해. 다른 사람들도 연습하고 싶어 한다고. 아무튼, 네가 내는 지긋지긋한 소음은 그야말로 골칫거리야."

루치우스는 굽히지 않았다. 루치우스가 다시 끽끽 소리를 내자, 하일너는 이성을 잃고 보면대를 확 걷어찼다. 악보가 바닥에 산산이 흩어졌다. 루치우스의 얼굴 위로 보면대가 쿵 떨어졌다. 루치우스는 악보를 주우려고 몸을 숙였다.

"교장 선생님께 이를 거야."

루치우스가 단호하게 말했다. 하일너는 화를 내며 냅다 소리쳤다.

"그러시지. 내가 네 엉덩이를 뻥 걷어찼다고도 일러바쳐라."

하일너는 내뱉은 말을 몸소 행동으로 옮길 참이었다.

루치우스는 옆으로 도망쳐 겨우겨우 문가로 갔다. 적수 하일너는 바짝 뒤쫓았다. 이윽고 두 사람은 회랑과 복도를 따라 열띠고 소란스러운 추격전을 벌였다. 그러다가 계단을 오르고 회랑을 지나 수도원에서 가장 외딴곳에 다다랐다. 고요하며 근엄한 교장의 거처였다. 하일너는 교장의 서재 앞에서 도망자를 붙잡았다. 바로 그때, 루치우스는 문을 똑똑 두드리더니 활짝 열린 문 앞에 섰다. 그러자 하일너는 마지막 순간에 약속대로 루치우스를 뻥 걷어찼다. 루치우스는 문을 미처 닫지도 못한 채 진정한 성역 속으로 폭탄처럼 뻥 날아가고 말았다.

전례 없는 사건이었다. 바로 다음 날 아침, 교장은 타락한 젊은이를 주제로 훌륭한 연설을 했다. 루치우스는 생각에 잠긴 채 만족스러운 표정으로 귀를 기울였다. 하지만 하일너는 오랫동안 독방에 갇혀 벗어나지 못하는 운명에 처했다.

교장은 하일너에게 호통을 쳤다.

"수년간 학생에게 이런 벌을 내린 적은 없었습니다. 이번 일을 앞으로 10년 동안 꼭 기억하길 바랍니다. 다른 학생들은 하일너를 무서운 본보기로 삼아야 합니다."

전교생은 하일너를 슬쩍슬쩍 바라보았다. 하일너는 창백하며 완강한 얼굴로 선 채 교장의 눈을 똑똑히 쳐다보았다. 많은 이가 침묵 속에서 하일너에게 감탄했다. 하지만 연설이 끝날 무렵에는 다들 웅성대며 줄줄이 나가 버렸다. 하일너는 홀로 남겨졌다. 다들 하일너가 나병 환자라도 되는 것처럼 그를 피했다. 이제는 하일너의 편이 되어 주려면 용기를 내야 했다.

한스 기벤라트 역시 하일너의 편이 되어 주지 않았다. 한스는 하일너의 편에 서 줘야 했다. 비겁한 행동 때문에 마음이 괴로웠다. 비참하고 부끄러운 마음에 창가에 숨은 채 위를 올려다보지도 못했다. 친구에게 가고 싶은데, 남의 눈에 띄지 않으려면 엄청나게 조심해야 했다. 하지만 엄중한 감금형을 받은 사람은 수도원에서 오랫동안 낙인찍히게 마련이었다. 하일너는 감시를 당할 예정이었다. 그러니 그와 얽히면 위험할 뿐 아니라 평판에도 좋지 않다는 사실을 다들 알고 있었다. 주에서 베풀어 준 혜택에는 분명하며 엄격한 규율이 뒤따랐다. 교장은 대단한 입학식 연설에서 이를 확실히 밝혔다. 한스 역시 그 사실을 잘 알고 있었다. 게다가 친구로서의 의리와 야망이 싸움을 벌인 끝에 결국 의리가 패배하고 말았다. 한스는 성공하겠다는 야망과 가장 우수한 성적으로 시험을 통과해 중요한 역할을 하겠다는 야망을 품었다. 낭만적이거나 위험한 야망을 품은 적은 없었다. 그래서 불안에 떨며 구석에 틀어박혀 있었다. 용감하게 나설 만한 시간은 여전히 남아 있었다. 하지만 용기를 내기가 점점 더 어려워졌다. 게다가 한스가 나서지 않은 일은 곰곰이 생각해 보기도 전에 이미 배신으로 전락해 버리고 말았다.

하일너가 눈치채지 못할 리 없었다. 열정에 불타오르던 하일너는 버림받은 기분이 들었다. 이유를 알기는 하지만, 하일너는 한스에게 의지했다. 예전에 느끼던 슬픔은 지금 찾아온 고통과 분노에 비하면 무의미하며 말도 안 되는 느낌이었다. 하일너는 잠시 한스 옆에 멈춰 섰다. 하일너는 창백하고 거만한 얼굴로 조용히 말했다.

"기벤라트, 넌 비열한 겁쟁이일 뿐이야. 쳇!"

그러고 나서 하일너는 바지 주머니에 두 손을 푹 찔러 넣은 채 나지막이 휘파람을 불며 자리를 떴다.

다행히도 학생들은 딴생각하며 여러 활동을 하느라 바빴다. 이 사건이 일어나고 며칠 뒤, 갑자기 눈이 펑펑 내렸다. 그러더니 서리 낀 날씨가 쭉 이어졌다. 눈싸움할 수도 있고, 얼음 위에서 스케이트를 타러 갈 수도 있었다. 다들 크리스마스와 첫 방학이 코앞에 다가왔다는 사실을 문득 깨닫고 이야기를 나누었다. 이제 학생들은 하일너를 별로 신경 쓰지 않았다. 하일너는 고개를 꼿꼿이 쳐든 채 거만한 표정으로 학교를 쏘다니며 누구와도 말을 섞지 않았다. 그리고 검은색 유포(기름을 입혀 물기가 배지 않게 한 천 - 역주)에 싸인 공책에 시를 자주 끄적이곤 했다. 공책에는 〈수도사의 노래〉라는 문구가 새겨져 있었다.

흰 서리와 꽁꽁 얼어붙은 얼음이 참나무와 오리나무, 너도밤나무와 버드나무를 우아한 환상처럼 폭 감쌌다. 서리 낀 연못에서 수정처럼 맑은 얼음이 뽀드득 소리를 냈다. 회랑 뜰은 마치 고요한 조각 공원 같았다. 기숙사 방에는 축제 분위기가 한껏 감돌았다. 크리스마스를 기다리다 보니 완벽하며 신중한 교수 두 명마저 온화하고 유쾌하며 들뜬 듯한 분위기를 은근히 풍겼다. 크리스마스에 무관심한 선생과 학생은 아무도 없었다. 하일너마저 덜 침울하고 비참해 보였다. 루치우스는 집에 어떤 책과 신발을 챙겨 갈지 고민했다. 부모들이 보낸 편지에서는 기분 좋은 예감이 물씬 느껴졌다. 가장 받고 싶은 선물이 무엇인지 묻기도 하고, 빵 굽는 날을 알려 주기도 했다. 조만간 마주할 놀라운 선물 얘기도 은근슬쩍 꺼냈다. 곧 다시 만날 생각에 들뜬 마음도 전했다.

방학이 막 시작될 무렵에 헬라스 방 학생들은 또 다른 재미있는 일을 겪었다. 학생들은 선생들을 초대해 크리스마스 파티를 열기로 했다. 장소는 가장 큰 헬라스 방이었다. 연설 한 가지와 낭송 두 가지, 플루트 독주와 바이올린 이중주를 선보일 예정이었다. 하지만 학생들은 무엇보다도 익살스러운 프로그램을 올리길 바랐다. 서로 의견을 나누며 이런저런 제안도 주고받았지만, 한뜻을 모으지는 못했다. 그때 카를 하멜이 가장 재미있는 프로그램은 루치우스의 바이올린 독주가 아니겠냐는 말을 무심코 던졌다. 바로 그거였다. 애원과 약속과 협박을 넘나든 끝에 불운한 음악가 루치우스는 억지로 공연을 올리게 되었다. 선생들이 받은 정중한 초대장에는 '〈고요한 밤 거룩한 밤〉, 바이올린을 위한 곡, 실내악의 거장 에밀 루치우스 연주'가 특별 공연으로 잡혀 있었다. 루치우스가 '실내악의 거장'이라는 호칭을 얻은 건 외딴 음악실에서 열정적으로 노력을 쏟은 덕분이었다.

교장과 교수, 지도교사와 음악 선생, 수석 조교가 공연에 초대받았다. 다들 축제 분위기를 즐기려고 자리를 빛냈다. 머리를 싹 빗어 넘긴 루치우스는 하르트너에게 빌린 검은 정장을 입고 꽃단장했다. 그리고 부드럽고 점잖은 미소를 날리며 보면대 앞에 성큼성큼 다가갔다. 그러자 음악 교사의 이마에서 식은땀이 삐질삐질 흘렀다. 루치우스가 활을 꼭 움켜쥔 모습만 봐도 웃음이 스멀스멀 터져 나왔다. 루치우스의 손가락을 타고 흐르는 〈고요한 밤 거룩한 밤〉의 선율은 눈을 뗄 수 없을 만큼 구슬프며 신음을 끙끙 토하는 고통의 노래로 전락하고 말았다. 루치우스는 두 번이나 다시 시작해야 했다. 선율도 갈기갈기 찢고 뚝뚝 끊으며 곡을 망쳐 놓았다. 발로 까딱까딱 박자를 맞추기도 했는데, 꼭 꽁꽁 얼어붙은 날씨에 일하는 벌목꾼처럼 갖은 애를 썼다.

교장은 분노에 휩싸여 얼굴이 하얗게 질린 음악 교사를 보며 고개를 유쾌하게 끄덕였다. 세 번째 연주를 시작하다 어김없이 막히자, 루치우스는 바이올린을 낮춘 채 관객을 돌아보며 변명했다.

"잘 안 되네요. 사실 제가 올가을이 되어서야 바이올린을 연주하기 시작했거든요."

교장이 말했다.

"괜찮네, 루치우스. 그렇게 노력해 주니 고맙지. 끝까지 포기하지 말게. 고생 끝에 낙이 오는 법이니까!"

12월 24일 이른 아침, 기숙사에는 새벽 3시부터 활기가 넘치며 시끌벅적한 소리가 울려 퍼졌다. 멋들어진 잎이 딸린 도톰한 얼음 꽃이 유리창에 활짝 피어올랐다. 세면기에 든 물이 꽁꽁 얼어붙고, 살을 에는 듯 서리 내리는 바람이 회랑 뜰을 쌩쌩 지나갔다. 하지만 아무도 개의치 않았다. 큰 식당에 있는 커다란 커피 통에서 김이 모락모락 났다. 이윽고 코트와 숄에 몸을 폭 파묻어 새카매 보이는 학생 무리가 하얗고 흐릿흐릿한 들판을 건넜다. 학생들은 고요한 숲을 지나 머나먼 기차역으로 나섰다. 다들 재잘재잘 수다를 떨고 우스갯소리를 하며 와자지껄 웃음을 터뜨렸다. 그러면서도 각자 비밀스러운 소원과 즐거움과 기대를 마음속에 품었다. 학생들은 부모와 형제자매가 전국의 도시와 마을과 외딴 농가에서 따뜻한 축제 분위기가 넘실대도록 방을 꾸며놓고 기다린다는 사실을 알고 있었다. 대부분은 크리스마스를 맞이해 처음으로 집에 돌아갔다. 가족이 사랑과 자부심을 품은 채 기다린다는 점도 잘 알고 있었다.

학생들은 눈이 펑펑 내리는 숲 한가운데에 있는 작은 기차역의 춥디추운 승차장에서 기다렸다. 이들이 지금처럼 똘똘 뭉치고 서로에게 너그러이 대하며 활기가 넘친 적은 없었다. 하일너만 홀로 남아 묵묵히 자리를 지켰다. 기차가 역에 멈춰 서자, 하일너는 학생들이 탈 때까지 기다리다가 혼자 들어갈 칸을 찾아냈다. 한스는 다음 역에서 기차를 갈아타며 하일너를 한 번 더 흘끗 바라보았다. 하지만 부끄러운 마음과 후회하는 마음은 집으로 돌아간다는 설렘과 기쁨에 싹 가시고 말았다.

집에 가자 싱글벙글하며 뿌듯해하는 아버지와 선물이 한가득 놓인 탁자가 한스를 맞이했다. 하지만 기벤라트 가정에는 진정한 크리스마스 분위기가 감돌지 않았다. 크리스마스 캐럴이 흐르지 않을뿐더러 즐거운 축제 분위기도 없었다. 어머니도, 크리스마스 트리도 없었다. 기벤라트 씨는 축제를 즐길 줄 몰랐다. 하지만 아들을 대견해한 만큼 이번에도 선물로 인심을 팍팍 썼다. 한스도 이런 분위기가 익숙했기에 어딘가 부족하다는 생각은 하지 않았다.

사람들은 한스의 안색이 좋지 않다고 생각했다. 너무도 앙상하며 창백하다고 여겼다. 수도원에서 밥이나 제대로 먹고 다녔는지 묻기까지 했다. 한스는 걱정할 일은 전혀 없다고 딱 잘라 말했다. 머리가 자주 아픈 것만 빼면 건강하다며 모두를 안심시켰다. 목사는 자신도 젊었을 적에 두통에 시달렸다고 했다. 지금은 다 말끔히 해결됐다고 위로도 해 주었다.

강이 꽝꽝 얼어붙었다. 연휴에는 빙판 위로 스케이트를 타러 온 사람들이 바글바글했다. 한스는 새 정장을 입고 초록색 신학교 모자를 쓴 채 거의 날마다 밖에서 보내다시피 했다. 한스는 동창들이 많이들 부러워하는 높은 세계에서 살고 있었다.

4장

수도원에서 보내는 4년간 한 명 이상의 신학생이 길을 잃곤 한다. 누군가 세상을 떠나 다른 학생들이 부르는 장송곡과 함께 땅에 묻히기도 하고, 행렬하는 친구들과 집으로 돌아가기도 한다. 터무니없이 나쁜 짓을 해 스스로 달아나 버리거나 학교에서 쫓겨나는 학생도 있다. 아주 드문 데다 상급반에서만 가끔 일어나는 일이긴 하지만, 절망에 빠진 학생이 자신에게 총을 겨누거나 물에 뛰어들어 청춘의 고통에서 벗어나는 일도 가끔 일어난다.

한스 기벤라트네 반에서도 친구 몇 명을 잃었다. 우연이라고 하기에는 참 이상하게도 이들은 모두 헬라스 방 학생이었다.

헬라스 방에는 점잖은 금발 머리 학생이 있었다. 이름은 힌딩거인데, 별명은 힌두였다. 힌두는 알고이(독일의 알프스 지역 - 역주)의 소수파 거주 지역에서 왔으며, 재단사의 아들이었다. 힌두는 너무도 조용한 나머지 떠난 후에야 친구들의 눈길을 끌었다. 하지만 그마저도 오래가지는 않았다. 힌두의 옆자리에는 알뜰살뜰한 실내악의 거장 루치우스가 있었다. 그래서 힌두는 다른 친구들보다는 루치우스와 좀 더 가깝게 지냈다. 하지만 그 외에는 딱히 친구가 없었다. 룸메이트들은 힌두의 자리가 빈 뒤에야 겸손하며 괜찮은 친구였던 그를 좋아했다는 사실을 깨달았다. 힌두는 까다롭지 않았고, 자주 들뜨곤 하는 헬라스 방 생활에서 차분한 역할을 담당했었다.

1월의 어느 날, 힌두는 스케이트를 타러 가는 친구들과 함께 로스바이어 연못으로 나섰다. 힌두는 스케이트가 없기에 그저 구경만 할 생각이었다. 하지만 금세 한기가 느껴졌다. 힌두는 연못 끝자락에서 발을 콩콩 구르며 몸을 덥히려 했다. 그러다 뛰기 시작했는데, 길을 잃은 나머지 또 다른 아담한 호수까지 가게 되었다. 그곳은 더 따스하며 봄기운이 완연해 호수가 아주 살짝만 얼어붙어 있었다. 힌두는 갈대밭을 지나가려고 호수에 발을 디뎠다. 그때 얼음이 와그작 깨지고 말았다. 왜소하며 가벼운 아이였는데도 말이다. 힌두는 가장자리 쪽에서 허우적대며 죽을힘을 다해 소리쳤다. 하지만 어두컴컴하고 차가운 물 속으로 흔적도 없이 쑥 가라앉았다.

2시에 첫 오후 수업이 시작될 때까지 힌두가 없다는 사실을 알아챈 사람은 아무도 없었다.

"힌딩거는 어디 있죠?"

지도교사가 큰 소리로 불렀다.

아무도 대답하지 않았다.

"누가 헬라스 방에 가서 찾아봐요!"

하지만 힌두는 그곳에도 없었다.

"힌딩거가 늦는가 보군요. 힌딩거를 빼고 수업을 시작합시다. 74쪽에 있는 일곱 번째 절을 보세요. 그런데, 이런 일이 다시는 일어나서는 안 됩니다. 시간을 잘 지켜야죠."

3시가 되어도 여전히 힌두가 올 기미가 보이지 않자, 지도교사는 슬슬 불안해졌다. 지도교사는 사람을 보내 교장을 불렀다. 교장이 곧장 강의실로 오더니 이런저런 질문을 줄줄이 해댔다. 그런 다음 학생 열 명과 조교, 지도교사를 보내 힌딩거를 찾아오라고 시켰다. 강의실에 남은 학생들은 연습 문제를 풀어야 했다.

4시 무렵, 지도교사가 노크도 하지 않고 강의실로 들어왔다. 그런 다음 교장의 귀에 대고 소곤거렸다.

"조용!"

교장이 명령했다. 학생들은 긴 의자에 꼼짝도 하지 않고 앉아 기대에 찬 눈빛으로 교장을 바라보았다.

교장은 더 부드럽게 말했다.

"여러분의 친구 힌딩거가 연못 중 한 곳에 빠진 것 같습니다. 여러분이 가서 힌딩거를 찾도록 도와야 합니다. 마이어 교수님이 앞장설 겁니다. 교수님 말씀을 따라 재깍재깍 움직이고, 제멋대로 행동하지 마십시오."

학생들은 충격에 휩싸인 채 웅성대며 앞장서는 교수를 뒤따랐다. 마을에서 온 남자 몇 명이 밧줄과 판자와 나무 장대를 들고 행렬에 함께했다. 날이 몹시 추웠다. 해는 숲 가장자리로 슬며시 넘어갈 참이었다.

눈에 폭삭 뒤덮인 갈대밭에서 왜소하고 뻣뻣한 힌딩거의 몸을 되찾아 들것 위에 싣자, 땅거미가 졌다. 학생들은 겁에 질린 새처럼 갈팡질팡하며 시신을 빤히 바라보았다. 추위에 꽁꽁 얼어 푸르스름해진 손가락도 싹싹 비벼댔다. 덜덜 떨던 영혼은 물에 빠져 죽은 전우가 들것에 실리고, 그 뒤를 묵묵히 따르며 눈밭을 건너던 순간에야 전율을 느끼며 몸서리쳤다. 학생들은 사슴이 사냥꾼의 냄새를 맡듯 죽음의 냄새를 맡았다.

한스는 꽁꽁 얼어붙은 친구 무리와 비참한 마음으로 함께했다.

그러다 옛 친구 하일너 옆에서 걷게 되었다. 두 사람 다 울퉁불퉁한 들판에서 발을 헛디디다가 서로 가까이 있다는 걸 알게 되었다. 어쩌면 죽음이라는 광경을 마주하며 압도당하면서, 그 모든 이기심이 쓸모없다는 생각에 잠시 사로잡혔는지도 모른다. 어쨌든 그토록 가까이에서 하일너의 창백한 얼굴을 우연히 본 순간, 이루 말할 수 없이 극심한 아픔이 갑자기 밀려왔다. 한스는 충동적으로 친구에게 손을 내밀었다. 하지만 하일너는 한스의 손을 뿌리치며 물러섰다. 그런 다음 못마땅한 표정으로 옆을 돌아보고는 다시 행렬의 맨 뒷줄로 가 버렸다.

바로 그때, 한스의 심장은 괴로움과 수치심에 쿵쾅쿵쾅 뛰었다. 얼어붙은 황무지에서 비틀대던 순간에는 꽁꽁 언 뺨 위로 주르륵 흘러내리는 눈물을 도저히 막아낼 길이 없었다. 한스는 아무리 용서를 구하고 뉘우쳐도 씻어낼 수 없는 죄악과 잘못이 있다는 사실을 깨달았다. 한스의 눈에는 재단사의 아들이 아닌 하일너가 들것에 실려 가는 것 같았다. 이제 하일너는 신의를 저버린 한스 때문에 찾아온 고통과 분노를 떠안고 머나먼 세상으로 떠날 것만 같았다. 졸업장이나 시험 점수, 성공이 아닌 오로지 양심의 순수성 여부에 따라 평가받는 세상으로 말이다.

그사이에 길에 다다르자, 학생들은 서둘러 수도원 본관으로 나아갔다. 선생들이 모두 나와 있었다. 교장은 맨 앞에 서서 죽은 힌딩거를 기다렸다. 힌딩거가 살아 있었다면 그런 예우를 받는다는 생각만 해도 도망쳐 버렸으리라. 선생들은 늘 세상을 떠난 학생을 살아 숨 쉬는 학생과는 확연히 다른 시선에서 바라본다. 평소에 자신들이 무심코 힘들게 했던 학생들의 생명과 청춘이 돌이킬 수 없으며, 유일무이하다는 사실을 잠시나마 깨닫는 것이다.

그날 저녁부터 다음 날 아침까지, 눈에 띄지 않는 힌딩거의 시신은 곁에서 내내 마법을 부렸다. 모든 활동과 대화를 누그러뜨리고 소리를 죽이며 감싸 안았다. 그러자 말다툼과 분노, 떠들썩한 소리와 웃음꽃이 잠시나마 사라졌다. 마치 인어가 잠시 호수에서 자취를 감추자, 평온이 찾아오며 모든 것이 싹 사라진 것만 같았다. 학생 두 명은 물에 빠져 죽은 친구 이야기를 하다가 이제야 힌딩거의 이름을 제대로 말했다. 세상을 떠난 이에게 힌두라고 하는 건 예의가 아닌 것 같았기 때문이다. 힌딩거는 조용하며 늘 존재감이 없었다. 하지만 이제는 그의 이름과 그가 떠났다는 사실이 거대한 수도원에 널리 퍼졌다.

힌딩거가 세상을 떠난 다음 날, 아버지가 수도원으로 왔다. 힌딩거 아버지는 아들이 누워 있는 방에서 혼자 몇 시간을 보내고는 교장과 차를 마셨다. 그런 다음 근처에 있는 '사슴' 여관에서 밤을 보냈다.

그리고 나서 장례식 날이 찾아왔다. 힌딩거의 관은 기숙사에서 예우를 받았다. 알고이 출신 재단사는 관 옆에 서서 모든 예식이 거행되는 모습을 지켜보았다. 힌딩거 아버지는 머리부터 발끝까지 재단사였다. 깡마르고 앙상하며, 검고 푸르스름한 광이 감도는 연미복 차림이었다. 바지통은 좁고 다리에 딱 달라붙었다. 손에는 낡아빠진 중산모를 쥐고 있었다. 작고 야윈 얼굴은 슬프며 애처로워 보였다. 바람에 파르르 흔들리는 1크로이처(과거에 독일, 오스트리아, 헝가리 등지에서 사용된 동전 - 역주)짜리 촛불처럼 힘이 없어 보였다. 힌딩거 아버지는 교장과 교수를 어색해하며 위압감을 느끼기도 했다.

운구하던 사람들이 마지막으로 관을 들어 올리려 했다. 그때 슬픔에 빠진 왜소한 아버지가 다시 앞으로 나갔다. 아버지는 당혹스러워하며 소심하고 부드럽게 관 뚜껑을 어루만졌다. 힌딩거 아버지는 그 자리에 속절없이 선 채 눈물을 꾹꾹 참았다. 거대하며 적막이 흐르는 방 한가운데에 선 모습은 마치 겨울 날씨에 말라비틀어진 나무 같았다. 그토록 망연자실해하며 절망에 빠져 있는 모습을 보자니 참 안타까웠다. 목사가 아버지의 손을 꼭 잡고 곁을 지켰다. 재단사는 멋스럽게 구부러진 중산모를 쓴 채 관을 따라 가장 먼저 계단을 내려갔다. 수도원 마당을 거쳐 오래된 정문을 지난 뒤에는 새하얀 시골을 가로질러 담장이 낮은 교회 묘지로 향했다. 음악 선생은 묘지에서 장송곡을 부르는 동안 기분이 언짢아졌다. 손짓하며 박자를 딱딱 맞추는데도 학생들이 눈길을 주지 않았기 때문이다. 그 대신 학생들은 왜소한 재단사가 바람에 쓸쓸히 휘청대는 모습을 지켜보았다. 재단사는 눈 속에서 애처로이 선 채 얼어붙어 있었다. 고개를 푹 숙인 채 목사와 교장과 수석 학생의 연설을 듣기도 하고, 학생들을 보며 고개도 끄덕였다. 코트 주머니에 있는 손수건을 왼손으로 몇 번 더듬더듬하기도 했지만, 밖으로 꺼내지는 않았다.

"우리 아버지가 저렇게 선 모습을 자꾸만 상상하게 돼."

나중에 오토 하르트너가 말했다. 그러자 다들 한마디씩 보탰다.

"맞아, 나도 그랬어."

후에 교장은 헬라스 방에 힌딩거 아버지를 데려갔다.

"고인과 특별히 친했던 학생이 있었나요?"

교장이 물었다.

처음에는 아무도 나서지 않았다. 그러자 아버지는 전전긍긍하며 비참한 표정으로 어린 학생들의 얼굴을 바라보았다. 그때 루치우스가 앞으로 걸어 나가더니, 힌딩거 아버지의 손을 잡고 얼마간 자리를 지켰다. 하지만 할 말을 찾지 못하자, 이내 자리를 뜨며 고 개를 정중히 숙였다. 힌딩거 아버지는 기나긴 하루 내내 눈부신 겨 울 풍경을 지나야 집에 갈 수 있었다. 집으로 돌아가면 카를 힌딩 거를 어디에 묻었는지 아내에게 전해 주어야 할 터였다.

수도원에 걸렸던 마법은 금세 사르르 풀렸다. 선생들은 다시 학 생을 꾸짖었다. 문은 또다시 쾅쾅 닫혔다. 예전에 헬라스 방에 살 던 힌딩거를 생각하는 사람은 거의 없었다. 몇 명은 우울한 연못가 에 한참 서 있는 동안 감기에 된통 걸려 양호실에 누워 있었다. 털 슬리퍼를 신고 목에 붕대를 두른 채 다니는 학생도 있었다. 한스 기벤라트는 목과 발이 아프지는 않았다. 하지만 불운한 사고가 일 어난 날 이후로 더 성숙하고 진지해진 듯했다. 내면의 무언가가 확 달라지며 소년에서 청년으로 거듭난 것이다. 한스의 영혼은 다른 세상으로 떠나갔다. 그곳에서 두렵고 무서운 마음에 벌벌 떨면서 쉴 곳 하나 찾지 못했다. 착한 힌두의 죽음 때문에 충격을 받거나, 슬픔에 빠져서 변한 건 아니었다. 오히려 하일너를 향한 죄책감이 문득 되살아났기 때문이다.

하일너는 다른 학생 두 명과 함께 양호실에 누워 있었다. 그곳 에서는 뜨끈뜨끈한 차를 마셔야 했다. 힌딩거의 죽음을 마주하며 받은 인상을 나중에 시에 담아낼 궁리를 해 볼 시간도 있었다. 하 지만 하일너는 별생각이 없는 듯했다. 오히려 비참해하며 고통스 러워하는 듯했다. 게다가 양호실에 함께 있는 학생들과 거의 한마 디도 나누지 않았다. 하일너는 독방에 감금된 뒤부터 쓸쓸해했다. 자주 소통해야 하는 예민한 마음에 쓰라린 상처도 입었다. 선생들은 하일너를 불만 가득한 반항아로 여기며 매의 눈으로 지켜보았다. 학생들은 그를 요리조리 피해 다녔다. 조교들은 조롱하듯 호의를 베풀었다. 하일너의 벗 셰익스피어와 실러와 레나우는 숨이턱턱 막히고 굴욕적인 지금의 상황과는 달리 색다르고 더 강력하며 웅장한 세계를 열어 주었다. 처음에는 홀로 남겨지며 맞닥뜨린우울감만 토로하던 〈수도사의 노래〉는 수도원과 교사와 학생을향한 씁쓸한 증오심에 가득 찬 시집으로 서서히 변해갔다. 하일너는 순교자가 겪을 법한 고통을 맛보며 비뚤어진 쾌락을 느꼈다. 이해받지 못하면서도 만족감을 얻었다. 자신이 무자비할 만큼 불경스럽게 쓴 수도사의 시를 보며 젊은 유베날리스(고대 로마의 풍자시인-역주)가 된 기분에도 취했다.

힌딩거의 장례식을 치르고 여드레 후였다. 두 명은 건강을 회복했지만 하일너는 양호실에 홀로 남았다. 그때 한스가 하일너를 찾아갔다. 한스는 소심하게 인사를 건네고는 의자를 끌어당겨 침대옆에 앉았다. 그런 다음 아픈 하일너에게 손을 뻗었다. 하일너는벽 쪽으로 돌아누우며 범접하기 어려운 분위기를 풍겼다. 하지만한스는 굴하지 않았다. 잡은 손을 꼭 붙들며 옛 친구가 억지로 자신을 쳐다보게 했다. 하일너는 짜증을 내며 입을 확 일그러뜨렸다.

"원하는 게 뭔데?"

손을 놓지 않으며 한스가 말했다.

"내 말 좀 들어봐. 그때 난 비겁했어. 그래서 널 실망시켰지. 하지만 넌 내가 어떤 앤지 알잖아. 난 신학교에서 쭉 일등을 하기로 단단히 마음먹었어. 가능하면 수석 졸업을 하고 싶었지. 날 공붓벌레라고 불러도 좋아. 그래, 아마 맞는 말이겠지. 하지만 그게 바로 내이상향인 셈이었어. 난 그 정도밖에 안 됐던 거야."

한스는 눈을 질끈 감고 나지막한 목소리로 말을 이었다.

"있잖아, 미안해. 네가 나랑 다시 친구로 지내고 싶을지는 모르겠어. 그래도 나를 용서해 줬으면 해."

하일너는 말이 없었다. 눈도 뜨지 않았다. 마음속으로는 유쾌한 웃음을 터뜨리며 친구를 반겨 주고 싶을 만큼 기분이 좋고 기뻤다. 하지만 쓸쓸하며 외로운 영혼 노릇을 하는 데 너무도 익숙해진 터라 가면을 좀 더 오래 쓰고 있었다. 한스는 끈질겼다.

"하일너, 나를 꼭 용서해 줘야 해! 이런 식으로 지내느니 차라리 반에서 꼴등을 하는 게 낫겠어. 네가 원한다면 다시 친구가 됐을 때 다른 애들 따원 필요 없다는 걸 보여 줄 수도 있단 말이야."

바로 그 순간, 하일너가 한스의 손을 꼭 잡더니 눈을 번쩍 떴다.

며칠 뒤, 하일너 역시 양호실에서 나왔다. 하일너와 한스가 다시 뭉치자, 수도원이 떠들썩해졌다. 두 친구는 몇 주를 아주 특별하게 보냈다. 사실 그 몇 주 동안 대단한 일을 겪은 건 아니었다. 하지만 함께하며 하나가 되자, 묘한 행복감이 가득 차올랐다. 두 사람은 말하지 않아도 비밀스레 통했다. 이들의 우정은 예전과는 달랐다. 오랫동안 떨어져 있다 보니 둘 다 확 달라졌다. 한스는 더 다정하고 따뜻하며 열정이 넘치고, 하일너는 더 강하고 남자다워졌다. 서로를 너무도 사무치게 그리워한 만큼 둘이서 다시 똘똘 뭉친 것은 마치 대단한 일이자 기분 좋은 선물 같았다.

어른스러운 두 소년은 수줍은 우정을 나누며 자기도 모르게 오묘한 첫사랑의 비밀을 맛보았다. 게다가 점점 더 남자다워지면서 둘 사이의 우정도 거친 매력을 뿜냈다. 전교생을 상대로 거칠게 저항하는 묘미도 있었다. 학생들은 하일너를 싫어하기에 한스를 이해하지 못했다. 학생들이 숱하게 나누는 우정은 여전히 천진난만

한 놀이에 불과했다.

하일너와 더 가깝게 지내며 행복해질수록 한스는 학교에서 점점 더 소외되었다. 새로 찾아온 행복감은 덜 숙성된 포도주처럼 짜릿하게 피와 머릿속에 쫙 퍼졌다. 그에 비해 리비우스와 호메로스는 이제 중요하거나 매력 있게 다가오지 않았다. 선생들은 모범생이 문제아가 되더니 수상쩍은 하일너에게서 나쁜 물이 들기까지하는 모습을 보며 큰 충격에 빠졌다. 선생들은 조숙한 학생이 청소년기에 접어들며 남다른 개성을 드러내는 것을 가장 두려워한다. 어쨌든 선생들은 하일너의 천재다운 면모에 늘 두려움을 느꼈다. 천재와 선생 사이에는 넘어설 수 없는 벽이 있기 때문이다. 선생들은 천재적인 학생을 처음 본 순간부터 탐탁잖게 여긴다. 선생들의 눈에 천재는 질이 좋지 않으며 무례하다. 열넷에는 담배를 피우고, 열다섯에는 사랑에 빠지더니, 열여섯에는 술집에 들락날락할 위인들이다. 금서를 읽고 건방진 글을 써재끼며, 가끔은 수업 시간에 선생의 눈을 똑바로 바라보다가 출석부에 반항아라 낙인찍히기도 한다. 그리고 곧 독방에 갇힐 신세가 되고 만다. 선생은 자기 반에 천재 한 명보다는 차라리 모자란 학생 여럿이 있는 쪽을 선호한다. 엄밀히 말하면, 그럴 만도 하다. 선생이 해야 할 일은 지능이 지나치게 뛰어난 사람이 아닌, 괜찮은 라틴어 학자와 산술가, 우직한 인물을 길러내는 것이다. 과연 누가 더 심한 고통을 겪을까? 선생일까, 학생일까? 누가 더 폭군처럼 굴며 괴롭힐까? 다른 이의 영혼을 망치며 더럽히는 사람은 학생일까, 선생일까? 분노와 수치심을 안고 자신의 청년 시절을 돌이켜봐야만 이런 질문에 답을 내릴 수 있다. 하지만 그게 중요한 게 아니다. 그나마 위안이 되는 건 진정한 천재의 상처가 대부분 말끔히 치유된다는 점이다. 천재는 학교의 시선과는 상관없이 예술 작품을 빚어낸다. 후에 천재가 세상을 떠나고 오랜 세월이 흐른 후에 편안한 후광에 휩싸이고 나면, 선생들은 그들을 훌륭하고 고귀한 본보기 삼아 후대 학생들 앞에 선보인다. 규율과 영혼 사이의 투쟁은 이처럼 이 학교 저 학교에서 해마다 되풀이된다. 정부와 학교는 해마다 나타나는 더 심오하고 귀중한 영혼의 싹을 뿌리 뽑으려고 숨 가쁜 노력을 기울인다. 선생의 미움을 산 학생, 걸핏하면 벌 받던 학생, 학교에서 도망치거나 쫓겨난 학생이 훗날 사회의 보물을 풍요롭게 보태 주는 일은 몇 번이고 일어난다. 하지만 몇몇은(몇 명이나 되는지 누가 알겠는가?) 묵묵히 반항하다 사라지고 만다.

어리고 남다른 두 사람에게서 좋지 않은 기운을 느끼자마자, 선생들은 사랑이 아닌, 훌륭하며 유서 깊은 학교 규율에 따라 그들을 두 배로 엄격하게 다스렸다. 히브리어를 가장 열심히 공부하는 제자라는 이유로 한스를 대견해하던 교장만 그를 구하겠답시고 어색한 노력을 기울였다. 교장은 번듯하며 그림 같은 퇴창이 딸린 방으로 한스를 불러들였다. 수도원장이 머무는 오래된 거처였다. 먼 옛날에 파우스트 박사(영국 극작가 크리스토퍼 말로가 쓴 대표적 비극 - 역주)가 가까운 크니틀링겐 마을에서 찾아와 그곳에서 엘핑거 포도주를 만끽했다는 전설도 있었다. 교장은 편협한 사람이 아니었다. 통찰력과 노련한 지혜를 갖춘 인물이었다. 제자들을 성이 아닌 이름으로 불러줄 만큼 편하게 대하는 면도 웬만큼 있었다. 교장의 가장 큰 약점은 대단한 허영심이었다. 강단에 올라 예술적 기교를 뽐내려는 유혹에 자주 빠져들곤 했다. 자신의 권력과 권위가 조금이라도 의심받는 꼴을 눈 뜨고 보지 못했다. 교장은 자신에게 반기를 드는 것을 참지 못했다. 자기 잘못도 인정하지 않았다. 그렇기에 의지가 없거나 솔직하지 못한 학생은 교장과 퍽 잘 지냈다. 하지만 의지가 강하며 솔직한 학생은 교장과 원만히 지내는 데 애를 먹었다. 다른 생각을 조금만 내비쳐도 교장이 길길이 날뛰었기 때문이다. 교장은 격려하는 눈빛과 마음을 확 움직이는 목소리로 자애로운 친구 같은 사람이 되어 주는 재주가 기막혔다. 지금도 딱 그런 식으로 한스를 맞아 주었다.

교장은 무척 수줍어하며 들어오는 한스에게 힘찬 악수를 건넸다. 그러고 나서 온화하게 말했다.

"기벤라트, 앉게. 얘기 좀 하고 싶어서. 편하게 해도 괜찮지?"

"네, 그렇게 하십시오."

"요즘 성적이 영 신통치 않다는 거, 자네도 알고 있겠지. 적어도 히브리어에서는 말이야. 얼마 전까지만 해도 자네는 히브리어의 대가였는데, 그렇게 갑자기 성적이 뚝 떨어지니 마음이 아프더군. 아마 히브리어가 예전만큼 재미있지는 않은 모양이지?"

"아, 아닙니다. 재미있습니다."

"생각 좀 해 보게! 그런 일은 자주 일어난다네. 혹시 다른 과목에 재미를 붙였나?"

"아, 아닙니다, 교장 선생님."

"정말 아니라고? 그럼 다른 이유를 찾아봐야겠군. 내가 이유를 찾도록 도와주겠나?"

"모르겠습니다…. 전 늘 과제를 하는데요…."

"물론이지, 물론 그래. 하지만 겉보기에는 같아 보여도 차이가 나는 법이라네. 물론 과제는 했지. 그건 자네가 해야 하는 일이니까. 하지만 예전엔 더 많은 걸 해냈다네. 자네는 더 근면 성실했어. 어쨌든 학업에 더 흥미를 보였다고. 그래서 난 자네의 열정이 별안간 식은 이유가 궁금하네. 어디 아픈 건가?"

"아닙니다."

"혹시 머리가 아픈가? 요즘엔 안색이 별로 안 좋아 보이던데."

"네, 가끔 머리가 아픕니다."

"매일 공부할 양이 너무 많은가?"

"아, 아닙니다. 전혀 아니에요."

"혹시 따로 읽는 글이라도 있나? 솔직히 말해 보게!"

"아닙니다. 따로 읽는 글은 거의 없습니다."

"이 친구야, 그렇다면 정말 이해가 안 가는군. 분명 뭔가 잘못된 게야. 좀 더 노력해 주겠다고 나와 약속하겠나?"

위엄 있는 교장이 오른손을 내밀자, 한스도 맞잡았다. 교장은 진지하며 따뜻한 시선으로 한스를 바라보았다.

"그렇지, 그래야지. 흐트러지지 말게. 안 그러면 수레바퀴 아래에 깔리고 말 테니까."

교장이 손을 꼭 잡아 주자, 한스는 안도의 한숨을 내쉬며 문으로 향했다. 그때 교장이 다시 한스를 불렀다.

"기벤라트, 한마디만 더 하겠네. 하일너랑 꽤 자주 만나지 않나?"

"네, 꽤 자주 만납니다."

"다른 학생들보다 더 자주 어울리는 것 같던데. 맞나?"

"물론입니다. 하일너는 제 친구입니다."

"근데 어쩌다 그렇게 됐지? 자네랑 하일너는 성격이 확 다른데 말이야."

"모르겠습니다. 그냥 친해졌습니다."

"내가 하일너를 썩 안 좋아하는 거, 자네도 알 걸세. 하일너는 불만에 가득 찬 데다 가만히 있질 못하는 녀석이거든. 재능이 뛰어날진 몰라도 이루어 낸 일은 없다네. 자네한테도 안 좋은 영향을 주고 있지. 앞으로는 하일너랑 좀 덜 어울리면 좋겠는데…. 어떤가?"

"그럴 순 없습니다."

"왜지?"

"하일너는 제 친구니까요. 친구가 그렇게 힘들어하는데, 가만히 내버려 둘 순 없습니다."

"음. 하지만 다른 친구들하고 좀 더 어울리려고 해 볼 순 있지 않나? 하일너한테서 안 좋은 영향을 받는 사람은 자네뿐이네. 이제 그 결과도 슬슬 드러나고 있지. 하일너에게 대체 왜 그렇게 끌리는 건가?"

"저도 모릅니다. 하지만 저희는 서로 아끼기 때문에, 하일너를 내버려 두는 건 치사하고 비겁한 짓 같습니다."

"알겠네. 강요는 안 하겠네. 하지만 자네가 하일너한테서 서서히 벗어났으면 하네. 그러면 좋겠네. 정말 그러면 좋겠네."

교장의 마지막 말은 아까와는 달리 조금도 온화하지 않았다. 이제 한스가 떠날 시간이 되었다.

그날 이후로 한스는 뼈 빠지게 공부했다. 하지만 이제는 예전만큼 속도가 붙지는 않았다. 한스는 뒤처지지 않도록 고군분투했다. 한스 역시 우정이 학업에 어느 정도 영향을 끼친다는 사실을 알고 있었다. 하지만 한스에게 우정은 손해나 걸림돌이 아닌 보물이었다. 그동안 학교에서 놓친 모든 것보다 더 값진 보물이었다. 덕분에 한스의 삶은 엄숙히 책임감을 다하던 예전과는 비교도 못 할 만큼 고귀하며 따뜻해졌다. 한스는 사랑에 빠진 젊은 연인 같았다.

매일 하는 따분하고 하찮은 일이 아닌, 대단하며 용감무쌍한 일을 해낼 수 있을 것 같았다. 그래서 절망 섞인 한숨을 푹푹 내쉬며 억지로 굴레에 들어가고, 또 들어갔다. 한스는 하일너처럼 공부할 수 없었다. 하일너는 세세히 공부하지 않으면서도 꼭 필요한 내용을 머릿속에 재빠르고 거침없이 집어넣었다. 하일너가 저녁 쉬는 시간에 매일같이 찾아오는 바람에 한스는 아침에 억지로 한 시간 일찍 일어났다. 그리고 특히 히브리어 문법이 적이라도 되는 것처럼 격렬한 싸움을 벌였다. 한스가 아직도 흥미를 느끼는 건 호메로스와 역사 수업뿐이었다. 한스는 어둠 속을 더듬더듬 찾아가듯 호메로스의 세계를 이해했다. 역사 속 영웅은 더는 한낱 이름과 날짜에 그치지 않았다. 이는 가까이에서 이글이글 타오르는 눈빛으로 살아 숨 쉬었다. 어떤 영웅의 손은 붉고 두툼하며 거칠었다. 고요하며 서늘한 돌 같거나 가느다랗고 뜨끈하며 힘줄이 섬세한 손도 있었다.

한스는 그리스어 성서를 읽을 때도 너무도 뚜렷하며 가깝게 느껴지는 인물 때문에 깜짝 놀랐다. 충격을 받기까지 했다. 한 번은 마가복음 6장에서 예수가 제자들과 배에서 내리는 부분을 읽다가 한 구절이 확 와닿았다.

"배에서 내리니 사람들이 곧 예수인 줄 알고 그에게 달려갔다."

그때 한스의 눈에도 '사람의 아들'이 배에서 내리는 모습이 보였다. 한스는 예수를 단번에 알아보았다. 형체나 얼굴 때문이 아니었다. 크고, 빛나며, 깊고 자애로운 눈빛과 다정한 손짓, 혹은 초대하며 반겨주는 듯한 아름답고 가냘픈 갈색 손 때문이었다. 섬세하면서도 강인한 영혼이 그런 모습을 빚어낸 것 같았다. 마구 출렁대는 호수 끝자락과 육중한 범선 뱃머리도 잠시 눈앞에 나타났다. 그러고 나서 모든 장면은 추운 겨울에 모락모락 피었다가 싹 사라지는 입김처럼 자취를 감추고 말았다.

그런 장면은 눈앞에 띄엄띄엄 펼쳐지곤 했다. 책 속 인물이나 역사 속 사건이 팍팍 튀어나왔다. 꼭 다시 한번 살아 숨 쉬면서, 살아 있는 눈동자에 비치길 간절히 바라는 듯했다. 이렇게 순간순간 다시 나타나는 환영 때문에 한스는 심오하며 묘한 변화를 겪었다. 검은 땅을 유리처럼 꿰뚫어 보는 것 같기도 하고, 자신을 바라보는 신의 시선이 느껴지기도 했다. 이토록 즐거운 순간은 초대받지도 못한 채 순교자나 친밀한 손님처럼 덧없이 사라져 버렸다. 이들은 생경하고 신성했다. 그래서 감히 말을 붙이거나 머물다 가라고 부탁할 수가 없었다.

한스는 이런 경험을 혼자서만 간직하며 하일너에게 털어놓지 않았다. 하일너가 예전부터 느끼던 우울감은 그칠 줄 모르는 데다 신랄하기까지 한 지성으로 탈바꿈했다. 하일너는 수도원 선생과 학생들, 날씨와 인간사, 신의 존재를 비판했다. 그러다가도 가끔은 심술을 부리거나, 갑자기 바보 같은 장난을 치기도 했다. 하일너는 다른 학생들과 거리를 두며 반대되는 삶을 살았다. 무모한 자만심을 내세우며 날을 세우고, 반항적이며 적대적인 관계를 쌓았다. 한스도 이를 막으려 하지 않고 오히려 휩쓸렸다. 그러자 두 친구는 눈에 띄는 섬처럼 학생들에게서 멀어지며 미움을 샀다. 시간이 흐르면서 친구들과 멀어진다는 불안감은 점점 더 줄어 갔다. 한스가 괜히 두려워하는 교장만 없으면 좋으련만. 한때 교장의 애제자였던 한스는 이제 냉대받으며 누가 봐도 뻔한 이유로 무시당했다. 특히 교장의 전문 분야인 히브리어에는 열정을 송두리째 잃은 셈이었다.

신학생 사십 명의 몸과 마음이 몇 달 새 확 달라진 모습을 지켜보는 건 아주 흐뭇한 일이었다. 하지만 몇몇은 그대로였다. 많은 학생은 위로 훌쩍 크고, 옆으로는 홀쭉해졌다. 팔다리가 쭉쭉 뻗으며 옷 밖으로 삐져나오자, 옷이 그 속도를 당해내지 못했다. 철부지 같은 면모가 사라지며 성인기에 접어드는 모습이 얼굴에 미묘하게 드러났다. 아직 몸이 사춘기 소년답지 않은 학생들은 모세 오경을 공부하며 잠시나마 남자다우며 진지해졌다. 이마에 잔주름도 났다. 두 볼에 살이 통통히 오른 학생은 완전히 드물었다.

한스도 달라졌다. 하일너만큼 키가 크고 야위었지만, 이제는 더 나이 들어 보였다. 예전에는 투명해 보일 만큼 부드러웠던 이마 가장자리는 선이 굵어졌다. 눈빛은 더 깊어지고, 안색은 아파 보였다. 팔다리와 어깨는 뼈가 앙상하며 수척했다.

학교 성적이 시원찮을수록 한스는 친구들을 더 멀리하며 하일너에게 물들었다. 이제 한스는 모범생도, 1등을 할 가능성이 있는 학생도 아니었다. 그러니 그 누구도 내려다볼 만한 이유가 없었다. 오만하게 구는 건 한스에게 완전히 어울리지 않았다. 하지만 그런 사실을 룸메이트가 일깨워 주거나 스스로 느끼며 고통스러워하는 건 도저히 용서되지 않았다. 한스는 흠잡을 데 없는 하르트너와 건방진 오토 벵거와 유난히도 입씨름을 많이 했다. 어느 날 벵거가 놀려대며 성가시게 굴자, 한스는 주제도 모르고 주먹으로 응수했다. 끔찍하게 치고받는 싸움이 벌어졌다. 벵거는 겁쟁이지만, 한스가 약해빠진 데다 만만한 만큼 무자비하게 퍽퍽 때렸다. 하일너는 곁에 없었다. 나머지 룸메이트들은 멍하니 바라보며 한스가 얻어맞는 광경을 실컷 구경했다. 한스는 퍽퍽 얻어맞았다. 코에서 피가 철철 흐르고, 온 갈비뼈가 욱신욱신 쑤셨다. 한스는 수치심과 고통과 분노에 휩싸여 밤새도록 잠을 이루지 못했다. 하지만 하일 너에게 이 일을 털어놓지는 않았다. 그리고 그때부터 룸메이트들과 훨씬 더 확실히 거리를 두며 거의 한마디도 섞지 않았다.

봄이 다가오면서 오후와 일요일마다 비가 부슬부슬 내리고 땅거미가 끝없이 졌다. 수도원에는 새로운 활동과 움직임이 꽃피었다. 아크로폴리스 방에는 훌륭한 피아노 연주자 한 명과 플루트 연주자 두 명이 있었다. 그래서 일주일에 두 번씩 음악의 밤 행사를 꼬박꼬박 열었다. 게르마니아 방에서는 희곡 독서 모임을 꾸렸다. 젊은 경건주의자 몇 명이 똘똘 뭉쳐 성서 모임도 열었다. 이들은 저녁마다 함께 칼프 성경을 한 장씩 읽고 그에 걸맞은 이야기를 주고받았다.

하일너는 희곡 독서 모임에 지원했지만, 회원들은 받아주지 않았다. 하일너는 화가 나 펄펄 뛰었다. 복수 차원에서 억지로 성경 공부 모임에도 지원했건만, 그들 역시 하일너를 원치 않았다. 하지만 하일너는 신중한 형제들의 경건한 대화에 억지로 끼어들었다. 대담한 연설을 읊고 무신론을 내비치며 말다툼과 불화를 일으켰다. 하일너는 이런 장난에도 금세 넌더리가 났지만, 그 후에도 오랫동안 성경을 풍자하는 목소리를 냈다. 하지만 하일너는 별로 주목받지 못했다. 학생들은 모험심과 진취력이 넘치는 정신에 물들어 있었기 때문이다.

그중에서도 재능이 뛰어나며 재치 있는 스파르타 방의 학생이 가장 이름을 날렸다. 그 학생은 이름을 떨치는 일 외에도 온갖 우스운 장난을 치면서 단조롭게 공부하는 수도원 생활에 활기를 불어넣는 데도 관심이 있었다. 학생의 별명은 둔슈탄이었다. 둔슈탄은 큰 화제를 일으켜 유명 인사가 되는 기발한 방법을 찾아냈다.

어느 날 아침에 학생들이 기숙사에서 나와 보니, 샤워장 문에 종이 한 장이 떡하니 붙어 있었다. 제목은 〈스파르타에서 보낸 풍자시 여섯 편〉이었다. 둔슈탄은 눈에 띄는 학생 몇 명을 꼽고는 그들의 약점과 장난, 교우 관계 등을 운율에 맞춰 2행 연구로 표현하며 재치 있게 비웃었다. 한스와 하일너 역시 한 방 먹었다. 자그마한 공동체에 범상치 않은 소동이 일어났다. 학생들은 화장실 문이 극장 입구라도 되는 듯 바글바글 모여들었다. 다들 웅성대며 밀쳐댔다. 꼭 여왕벌이 하늘로 날아오르려 하자 득달같이 달려드는 벌떼 같았다.

다음 날 아침, 문에는 경구와 풍자시가 말 그대로 덕지덕지 붙었다. 확실한 사실을 내세우거나, 새로운 공격을 하는 내용이었다. 소동을 일으킨 장본인은 영리하게도 다시 동참하지 않았다. 헛간에 불을 지르겠다는 소기 목적을 달성한 만큼 손을 싹싹 비벼대며 지켜보기만 했다. 며칠 동안 학생들 대부분이 풍자시 전쟁에 동참했다. 학생들은 곰곰이 생각하며 서성거리거나 2행 연구를 짓는 데 푹 빠져 있었다. 평소처럼 꿋꿋이 공부해나간 사람은 루치우스뿐이었으리라. 마침내 교사 하나가 이 소란을 알게 되었다. 이토록 흥미진진한 시합에는 그렇게 종지부가 찍히고 말았다.

약삭빠른 둔슈탄은 그동안 그 자리에 머무르지 않고 내공을 쌓았다. 이제 둔슈탄은 신문의 첫 호를 발간했다. 등사기로 연습용 종이에 인쇄해 아주 작은 신문을 만들었다. 몇 주에 걸쳐 자료도 모았다. 신문 이름은 〈산미치광이〉인데, 기사는 대부분 익살맞았다. 첫 호의 주요 기사는 여호수아서의 저자와 마울브론 신학생 사이에 오가는 재미난 대화였다.

신문은 대성공을 거두었다. 이제 둔슈탄은 바쁜 편집장이자 발

행인 같은 표정과 태도를 풍기며 베네치아의 유명 풍자 작가 아레티노처럼 호평과 혹평을 모두 누렸다.

헤르만 하일너가 열정을 다해 편집에 참여하며 둔슈탄과 손잡고 예리하면서도 신랄하게 기사를 검열하자, 다들 깜짝 놀랐다. 하일너가 재치와 재능을 드러냈기 때문이다. 이토록 변변찮은 신문은 약 4주간 수도원 전체를 뒤흔들었다.

한스는 하일너가 원하는 대로 하도록 내버려 두었다. 한스는 그런 일에 끼어들 마음도, 능력도 없었다. 처음에 한스는 하일너가 저녁에 스파르타 방에 가 있은 적이 많다는 사실조차 거의 알아채지 못했다. 정신이 딴 데 팔려 있었으니까. 한스는 낮 동안 축 늘어진 채 걸어 다니며 별다른 생각을 하지 않았다. 고통 속에서 느릿느릿 공부하고, 재미도 느끼지 못했다. 그러다가 리비우스 수업을 들을 때 이상한 일이 일어났다.

교수가 한스를 부르더니 번역해 보라고 시켰다. 한스는 가만히 앉아 있었다.

"이건 무슨 뜻일까요? 왜 자리에서 안 일어나는 겁니까?"

교수가 화를 내며 외쳤다.

한스는 꿈쩍도 하지 않았다. 책상에 똑바로 앉아 고개를 살짝 숙였다. 눈은 반쯤 감고 있었다. 호통치는 소리가 들릴 때 꿈에서 반쯤 깨어나긴 했다. 하지만 교수의 목소리는 머나먼 곳에서 들려오는 것 같았다. 가까이에 앉은 학생이 한스를 쿡쿡 찔러댔지만 아무런 소용이 없었다. 한스는 다른 사람들에게 빙 둘러싸여 있었다. 그들은 한스를 만지며 말을 건넸다. 친밀하고 부드러우며 낮은 목소리는 아무 말도 하지 않았다. 샘물처럼 깊고 부드러운 소리만 솟구쳤다. 여러 눈동자가 한스를 빤히 바라보았다. 생경하고 불길한 예감을 풍기는 눈동자는 크고 반짝반짝 빛났다. 아마 방금 읽고 있던 리비우스 글에 나오는 로마 군중의 눈동자였으리라. 어쩌면 언젠가 꿈이나 그림 속에서 본 낯선 이의 눈동자였을지도 모르겠다.

교수가 소리쳤다.

"기벤라트! 자는 겁니까?"

한스는 느릿느릿 눈을 뜨며 화들짝 놀란 표정으로 교수를 바라보았다. 그런 다음 고개를 가로저었다.

"분명 자고 있었던 모양이군요! 우리가 읽고 있던 문장을 말해 볼래요? 어디 한번?"

한스는 책에 나온 문장을 손가락으로 가리켰다. 어디까지 읽고 있었는지 아주 잘 알고 있었다.

"자리에서 일어날 수 있겠어요?"

교수는 비웃듯 물었다. 한스는 일어섰다.

"대체 왜 그러는 겁니까? 날 좀 봐요!"

한스는 교수를 바라보았다. 교수는 한스의 표정이 달갑지 않았다. 교수는 혼란스러운 듯 고개를 절레절레 흔들었다.

"기벤라트, 몸이 안 좋은가요?"

"아닙니다, 교수님."

"자리에 앉고, 수업 끝난 후에 내 연구실로 오도록 해요."

한스는 자리에 앉아 리비우스를 바라보았다. 정신이 말똥말똥했다. 한스는 전부 다 이해했다. 하지만 동시에 내면의 시선은 수많은 낯선 인물을 따라다녔다. 그들은 언제나 초롱초롱 빛나는 눈을 한스에게서 떼지 않으며 머나먼 곳으로 서서히 물러났다. 그러다 아득한 안개 속으로 사라져 버렸다. 동시에 교수와 번역하던 학생의 목소리, 교실에서 나는 자잘한 소음이 모두 점점 더 가까워지더니, 마침내 평소처럼 생생하고 또렷하게 들려왔다. 늘 그랬듯 긴 의자와 강단과 칠판이 눈에 들어왔다. 벽에 걸린 커다란 나무 컴퍼스와 삼각자, 반 친구들도 마찬가지였다. 많은 학생이 호기심 어린 표정으로 한스를 대놓고 쳐다보았다. 그때 한스는 깜짝 놀랐다. 누군가 말하는 소리가 들려왔다.

"수업 끝난 후에 내 연구실로 오도록 해요."

세상에, 대체 무슨 일이 일어난 걸까?

수업이 끝날 무렵, 교수는 한스에게 따라오라고 손짓했다. 교수와 한스는 눈을 휘둥그레 뜬 학생 무리를 뚫고 지나갔다.

"이제 말해 보게. 무슨 일이 있었던 거지? 분명 안 자고 있었다고?"

"안 잤습니다."

"내가 자리에서 일어나라고 할 때, 왜 안 일어났나?"

"모르겠습니다."

"혹시 내 말을 못 들었나? 귀가 잘 안 들리는 건가?"

"아뇨. 들었습니다."

"그런데 왜 안 일어났지? 나중에는 눈빛이 참 이상하던데. 무슨 생각을 하고 있었나?"

"아무 생각 안 했습니다. 저도 일어나고 싶었습니다."

"그런데 왜 안 일어났나? 어쨌든 아프진 않았고?"

"그런 것 같지는 않습니다. 저도 왜 그랬는지 모르겠습니다."

"머리가 아팠나?"

"아니요."

"그럼 됐네. 이제 가 보게."

저녁을 먹기 직전, 한스는 다시 기숙사로 불려갔다. 교장과 지역 의사가 기숙사에서 한스를 기다리고 있었다. 한스는 진찰을 받으며 질문에 한 번 더 대답했다. 하지만 뚜렷한 문제가 있지는 않았다. 의사는 따뜻하게 웃으며 이 문제를 대수롭지 않게 여겼다.

"가벼운 신경 쇠약 증상입니다. 지나가는 증상이죠. 가벼운 어지럼증인 셈입니다. 이 친구는 날마다 맑은 공기를 마셔야 합니다. 두통에는 물약도 좀 처방해 드리겠습니다."

한스는 그때부터 매일 저녁을 먹고 나면 바깥에서 한 시간을 보내야 했다. 한스는 순순히 따랐다. 더 심각한 건 교장이 하일너에게 절대 함께 걷지 말라고 신신당부했다는 점이었다. 하일너는 미친 듯 욕을 지껄이면서도 받아들일 수밖에 없었다. 그래서 한스는 늘 혼자 걸었다. 즐거운 시간이었다. 봄이 찾아오고 있었다. 막 싹을 틔우는 초록빛이 둥글고 멋들어지게 구부러진 언덕 위로 가느다랗고 눈부신 물결처럼 휙 지나갔다. 나무는 윤곽이 뚜렷한 갈색 그물 같은 겨울옷을 벗어 던졌다. 살아 숨 쉬는 초록빛을 일렁이며 어린 잎사귀와 풍경 속 빛깔에 어우러졌다.

라틴어 학교에 다니던 시절, 한스는 봄을 다른 시선으로 바라보았다. 그때는 더 생생하며 호기심 넘치는 시선으로 하나하나를 세세히 살폈다. 철새가 한 종씩 잇따라 돌아오는 모습을 눈여겨보고 나면 나무에 꽃이 피어올랐다. 그리고 나서 5월에 접어들면 바로 물고기를 낚으러 갔다. 이제 한스는 여러 새의 종을 굳이 구별해 보려 하지 않았다. 싹을 보고 덤불을 알아맞히지도 못했다. 그저 큰 움직임과 여기저기에서 팍팍 터져 나오는 색깔만 눈에 들어왔다. 어린잎의 향기를 맡으며 부드러운 공기를 들이마시고, 들판을 거닐며 경이로워할 뿐이었다. 한스는 걸핏하면 피곤해졌다. 늘

철퍼덕 드러누워 자고 싶었다. 한스는 자신을 실제로 둘러싼 환경보다는 다른 것에 끊임없이 눈을 돌렸다. 그게 무엇인지는 스스로도 제대로 알지 못했다. 이를 두고 별다른 생각을 하지도 않았다. 눈부시고 섬세하며 색다른 꿈이 그림이나 이국적 나무가 줄지어 선 대로처럼 한스를 빙 둘러쌌다. 하지만 그 안에 생명은 없었다. 그저 순수하게 바라보기만 하는 그림이었다. 하지만 그 또한 체험하는 것과 마찬가지였다. 그림을 바라보면 또 다른 지역과 다른 사람에게로 가 닿았다. 꼭 생경한 땅이나, 편히 걸을 만큼 폭신한 땅 위를 거니는 듯했다. 보드랍고 연약하며 꿈결 같은 묘미를 한껏 풍기는 낯선 공기를 훅 들이마시는 느낌도 들었다. 이런 모습 대신 어둡고 따뜻하며 흥미진진한 느낌이 몸을 살살 어루만져 주듯 찾아올 때도 있었다.

한스는 글을 읽고 공부하는 동안 집중하는 데 엄청난 애를 먹었다. 흥미를 느끼지 못하는 일은 그림자처럼 손아귀를 싹 빠져나갔다. 히브리어 단어를 기억하려면 수업 시작 전에 마지막으로 30분 동안 달달 외워야 했다. 하지만 막 읽은 부분이 눈앞에 쫙 펼쳐지는 순간도 많았다. 그런 장면은 눈앞에 펼쳐진 채 살아 숨 쉬었다. 한스를 둘러싼 실제 환경보다 훨씬 더 생생히 움직였다. 새로운 지식을 흡수하지 못하고 기억력도 날마다 뚝뚝 떨어진다는 사실을 깨달아 절망에 빠져 있는 동안, 지난날의 기억은 이상하고도 불안할 만큼 불길하고 또렷하게 확 들이닥쳤다. 수업을 듣거나 글을 읽을 때면 아버지나 나이 든 가정부 아나, 혹은 예전 선생님이나 학교 친구가 떠올랐다. 그 사람들은 거의 실제처럼 눈앞에 서 있었다. 한스는 잠시 그들에게 정신이 팔렸다. 슈투트가르트에서 시험을 본 장면과 방학을 몇 번씩 다시 체험하기도 했다. 낚싯대를 들고 강가에 앉아 햇볕이 내리쬐는 물안개 냄새를 맡는 장면도 보였다. 동시에 그토록 꿈결 같은 시간은 한스의 눈에 마치 아득히 먼 옛날처럼 느껴졌다.

후텁지근하고 축축하며 캄캄한 어느 저녁, 한스는 하일너와 함께 기숙사 복도를 왔다 갔다 하고 있었다. 그러다 고향과 아버지, 낚시와 학교 이야기를 털어놓았다. 하일너는 눈에 띄게 조용했다. 이야기를 들으면서 고개를 끄덕이더니, 온종일 갖고 놀던 자그마한 자를 허공에다 심란하게 몇 번 휘둘렀다. 한스도 서서히 말을 아꼈다. 밤이 깊어지자, 두 사람은 창턱에 앉았다.

"야, 한스."

하일너가 드디어 입을 열었다. 불안하면서도 들뜬 목소리였다.

"왜 그러는데?"

"아, 아무것도 아니야."

"아니, 얼른 말해 봐."

"네 얘기를 좀 듣고 나니까…. 문득 생각이 났어…."

"그게 뭔데?"

"한스, 한번 말해 봐. 너 여자애 쫓아다녀 본 적 있냐?"

침묵이 흘렀다. 두 사람은 그런 얘기를 해 본 적이 한 번도 없었다. 두려워하는 화제이기는 하지만, 한스는 동화 속 정원에 이끌리듯 이처럼 신비로운 이야기에 빠져들었다. 이제는 얼굴이 발그레해지더니 손가락도 파르르 떨렸다.

한스는 숨죽여 말했다.

"딱 한 번 있어. 그때 난 어린애에 불과했지."

또다시 침묵이 흘렀다.

"하일너 너는?"

하일너는 한숨을 푹 내쉬었다.

"아, 됐어! ……. 이런 얘기는 하면 안 되는 건데. 아무짝에도 쓸 모없으니까."

"아니, 쓸모 있어, 있다고!"

"난 사랑하는 사람이 있어."

"네가? 진짜야?"

"고향에 있어. 이웃집 여자애야. 올겨울에 그 애한테 키스했지."

"키스했다고?"

"응…. 밤은 이미 어두웠어. 난 저녁에 빙판 위에서 그 애가 스케이트를 벗는 걸 도와줬고. 그때 내가 키스한 거야."

"걔가 뭐라고 안 했어?"

"아무 말도 안 했어. 그냥 가 버리던데."

"그다음에는?"

"그다음엔! 아무 일도 없었어."

하일너는 한숨을 한 번 더 내쉬었다. 한스는 마치 하일너가 금지된 정원에서 온 영웅이라도 되는 듯 바라보았다.

그때 땡땡 하고 종이 울렸다. 잠자리에 들 시간이었다. 등불이 꺼지고 적막이 흘렀다. 한스는 하일너가 사랑하는 여자에게 입 맞추는 장면을 떠올리느라 한 시간이 넘도록 잠을 이루지 못했다.

한스는 다음 날에 연애 이야기를 더 물어보고 싶었지만 부끄러웠다. 한스가 묻지 않으니 하일너 역시 제 입으로 이야기를 꺼낼 엄두가 나지 않았다.

한스의 학교 성적은 갈수록 뚝뚝 떨어졌다. 선생들은 얼굴을 찌푸린 채 묘한 시선으로 한스를 바라보았다. 교장은 울적하고 화가 나 보였다. 친구들마저 한스가 높은 곳에서 뚝 떨어지더니 더는

1등을 노리지 않는다는 사실을 진작 알아차렸다. 하일너만 이상한 구석을 느끼지 못했다. 하일너에게 학업은 그리 중요하지 않았으니까. 한스는 모든 사건과 변화에 별다른 신경을 쓰지 않고 지켜보기만 했다.

그사이 하일너는 신문 제작에 싫증을 느끼고 한스에게 완전히 되돌아왔다. 교장이 못 하게 했는데도 한스와 매일 산책하러 다녔다. 햇살 아래에 함께 누워 꿈을 꾸며 시도 읊었다. 교장을 두고 농담을 지껄이기도 했다. 한스는 하일너가 사랑의 모험 이야기를 계속 풀어나가기를 날마다 바랐다. 하지만 시간이 흐를수록 더더욱 입이 떨어지지 않았다. 두 사람 모두 나머지 학생들에게 한결같이 인기가 없었다. 하일너가 〈산미치광이〉에 악의에 찬 농담을 실었다가 모든 이의 신뢰를 잃었기 때문이다.

어쨌든 이맘때쯤 〈산미치광이〉는 망하기 일보 직전이었다. 의도한 것보다는 더 오래간 셈이었다. 원래는 겨울부터 봄 사이의 따분한 몇 주를 메우려고 시작했으니까. 이제 막 찾아온 아름다운 계절에는 즐길 거리가 충분했다. 식물을 채집하고, 산책하며, 바깥에서 시합도 할 수 있었다. 오후마다 체조 선수, 레슬링 선수, 달리기 선수와 공 차는 선수가 수도원 앞마당에 떠들썩한 활기를 불어넣었다.

게다가 떠들썩한 사건도 새로 벌어졌다. 이 사건을 벌인 사람은 공공의 적, 헤르만 하일너였다.

교장은 하일너가 명령을 우습게 여기며 거의 날마다 한스와 함께 산책한다는 사실을 알게 되었다. 교장은 이번에 한스는 내버려두었다. 주범이자 오랜 적인 하일너만 집무실로 불러들였다. 교장은 하일너의 이름을 부르며 편하게 말을 놓았다. 하일너는 바로 거부감을 드러냈다. 교장은 명령을 거슬렀다는 이유로 하일너를 비난했다. 하일너는 자신은 기벤라트의 친구이며, 둘이 서로 만나는 것을 막을 권리는 그 누구에게도 없다고 주장했다. 대단한 장면이 연출되었다. 하일너는 몇 시간 동안 기숙사에 갇히는 신세에 처하고 말았다. 앞으로 몇 주간 한스와 산책하는 것도 엄격히 금지되었다.

그래서 한스는 다음 날 다시 홀로 걸었다. 2시에 돌아온 뒤에는 다른 친구들과 함께 강의실로 갔다. 수업을 시작하려는데, 하일너가 보이지 않았다. 힌두가 사라졌을 때와 똑같은 상황이었다. 하지만 이번에는 하일너가 지각했다고 생각한 사람은 아무도 없었다. 3시가 되자, 반 전체가 교사 세 명과 함께 밖으로 나가 순찰을 돌며 사라진 학생을 찾아 나섰다. 이들은 따로따로 움직이며 숲속에서 뛰어다니고, 고함을 쳤다. 교사 두 명을 포함한 몇 명은 하일너가 일부러 자신을 해쳤을 수도 있다고 생각했다.

5시가 되자, 근처에 있는 모든 경찰서에 전보를 보냈다. 하일너 아버지는 저녁에 특급 편지를 받았다. 하일너는 늦은 저녁에도 흔적조차 보이지 않았다. 학생들은 밤늦게까지 기숙사에서 소곤거렸다. 대부분은 하일너가 물속에 몸을 던져 죽었다고 생각했다. 다른 학생들은 그냥 집에 가 버렸다고 봤다. 하지만 알고 보니 이 도망자에게는 돈이 없었다.

다들 한스가 비밀을 알고 있다는 듯 그를 바라보았다. 하지만 실상은 그렇지 않았다. 오히려 많은 이들 중 가장 겁먹고 전전긍긍한 사람은 바로 한스였다. 그날 밤, 다른 학생들은 기숙사에서 의문을 품고, 짐작하고, 말도 안 되는 이야기와 농담을 해댔다. 그때 한스는 이불 속에 폭 파묻힌 채 친구 때문에 슬퍼하며 두려움에 떨었다. 그러느라 몇 시간씩 잠을 이루지 못했다. 하일너가 돌아오지 않으리라는 불길한 예감이 들었다. 마음이 불안해지며 고통스러운 슬픔이 가득 차올랐다. 이윽고 한스는 걱정하다 지쳐 잠이 들었다.

바로 그 무렵, 하일너는 불과 몇 킬로미터 떨어진 숲속에 벌러덩 누워 있었다. 꽁꽁 얼 만큼 추운 터라 잠을 이룰 수는 없었다. 하지만 하일너는 좁아터진 새장에서 막 빠져나온 것처럼 안도의 한숨을 푹 내쉬며 팔다리를 쭉 뻗었다. 하일너는 정오부터 길가를 돌아다니다 크니틀링겐에서 빵을 좀 샀다. 그러고는 가끔가다 빵을 한 입씩 베어 물었다. 그러면서 아직 봄 냄새를 풍기는 가벼운 나뭇가지와 어둑어둑한 밤하늘에 뜬 별과 획 지나가는 구름을 힐끗 바라보았다. 하일너는 앞으로 어떻게 될지 신경 쓰지 않았다. 가장 중요한 건 질색하던 수도원에서 드디어 탈출해 자신의 의지가 한낱 명령과 지시보다 더 강하다는 사실을 교장에게 보여 준 일이었다.

다음 날에도 온종일 하일너를 찾아 헤맸지만 헛수고였다. 하일너는 가까운 마을 들판의 지푸라기 뭉치 사이에서 두 번째 밤을 보냈다. 아침에는 다시 숲속에 숨어 버렸다. 하일너는 저녁 무렵이 되어서야 다른 마을로 가려던 참에 경찰관에게 붙잡혔다. 경찰관은 다정하면서도 놀리듯이 하일너를 대하며 시청으로 데려갔다. 시장은 하일너의 재치와 사탕발림에 마음이 동해 그를 자기 집으로 데려갔다. 그런 다음 햄과 달걀을 배불리 대접한 뒤 잠자리에 들게 해 주었다. 다음 날에는 하일너 아버지가 찾아와 아들을 데려갔다.

도망자가 다시 끌려오자, 수도원에는 큰 소란이 일었다. 하지만 하일너는 고개를 꼿꼿이 쳐들었다. 짧지만 기발한 여행을 후회하지 않는 듯했다. 학교에서는 하일너가 싹싹 빌기를 바랐다. 하지만 그는 거부했다. 교사 위원회 앞에서도 소심하거나 공손한 모습을 내비치지 않았다. 교사들은 하일너가 학교에 남길 바랐지만, 이번에는 도를 넘어섰다. 하일너는 불명예를 떠안고 쫓겨났다. 저녁에 아버지와 떠난 후에 다시는 돌아오지 않았다. 친구 기벤라트와는 아주 잠깐 악수하며 겨우 작별 인사를 나누었을 뿐이다.

이렇게 범상치 않은 사건이 벌어졌을 무렵, 학생의 반항과 타락을 두고 교장이 한 연설은 빼어나며 활기가 넘쳤다. 슈투트가르트 이사회에 보고한 내용은 훨씬 더 따분하고 사실적이며 빈약했다. 쫓겨난 괴물과는 앞으로 어떤 편지도 주고받을 수 없었다. 한스 기벤라트는 그런 명령에 그저 쓴웃음을 지을 수밖에 없었다. 하일너가 탈출한 사건은 몇 주 동안 화제의 중심이 되었다. 시간이 흘러 빈자리가 느껴지면서, 하일너의 평판 역시 달라졌다. 한때는 불안에 떨며 피해야 할 대상이었던 도망자는 이제 속박에서 벗어난 독수리가 되었다.

이제 헬라스 방에는 두 자리가 비었다. 두 번째 빈자리는 첫 번째만큼 금세 잊히지 않았다. 그런데도 교장은 두 번째 빈자리가 조용히 수습되길 바랐으리라. 하지만 하일너는 고요한 수도원에 그 어떤 훼방도 놓지 않았다. 한스는 기다리고 또 기다렸지만, 편지는 한 통도 오지 않았다. 하일너는 사라져 버렸다. 하일너라는 인물과 탈출 사건은 서서히 역사로 자리를 잡더니 마침내 전설이 되었다. 그토록 열정이 넘치던 소년은 대단한 일탈을 하며 불운을 겪은 후, 마침내 엄격한 규율에 시달리며 살아갔다. 비록 영웅이 되지는 못했지만, 적어도 강직하며 당당한 사람으로 거듭났다.

홀로 남은 한스는 탈출 계획을 알고 있었으리라는 의심을 받으며 선생들의 눈 밖에 났다. 한스가 질문에 대답하지 못하자, 어떤 선생은 이렇게 말했다.

"자네는 왜 훌륭한 친구 하일너랑 같이 도망치지 않았나?"

교장은 한스를 내버려두었다. 바리새인이 세리를 바라보듯 경멸과 연민 어린 표정으로 힐끔힐끔 곁눈질했다. 기벤라트는 이제 인정받지 못했다. 나병 환자처럼 배척당한 것이다.

5장

　양 볼에 먹이를 불룩 저장한 햄스터처럼, 한스는 예전에 쌓은 지식에 의지하며 얼마간 살아남았다. 그리고 나서 고통스러운 죽음이 다가왔다. 한스는 그런 상황에서 벗어나 보려고 잠시나마 무기력한 노력을 기울여 봤지만, 헛수고인 탓에 쓴웃음을 지었다. 이제 한스는 자신을 쓸데없이 고문하지 않았다. 모세 오경과 호메로스를 내려놓았다. 크세노폰과 대수학도 포기했다. 그리고 교사들의 평가가 '훌륭함'에서 '괜찮음'으로, '괜찮음'에서 '만족스러움'으로 한 단계씩 뚝뚝 떨어지는 모습을 우두커니 지켜보았다. 결국 한스는 빵점이 되고 말았다. 머리가 자주 아플 때면 한스는 헤르만 하일너를 생각했다. 눈을 휘둥그레 뜨고 얕은 꿈을 꾸며 반쯤 생각에 잠긴 채 몇 시간씩 꾸벅꾸벅 졸았다. 선생들이 요즘에 자신을 점점 더 심하게 비난하자, 한스는 따뜻하며 겸손한 미소를 지어 보였다. 다정하고 젊은 지도교사 비드리히만이 힘없이 미소 짓는 모습을 보고 마음 아파했다. 비드리히는 방황하는 한스에게 연민을 품으며 따스하게 대해 주었다. 다른 선생들은 한스에게 화를 내고 무시하며 벌을 주었다. 잠들어버린 야망을 깨우겠답시고 비아냥대기도 했다.

"혹시 자고 있는 게 아니라면 이 문장을 한번 읽어보겠나?"

교장은 고상하게 분노했다. 허영심 많은 교장은 의미심장한 눈빛을 보내는 재주가 있었다. 하지만 위풍당당하게 위협하는 눈빛으로 흘겨봤는데도 한스가 온화하고 유순한 미소로 답하자, 교장은 이성의 끈을 놓으며 신경이 바짝 곤두섰다.

"그놈의 지긋지긋하고 얼빠진 미소 좀 집어치우게. 자네는 울 일이 더 많으니까."

한스는 아버지가 보낸 편지를 읽고 더 큰 충격을 받았다. 아버지는 태도를 고쳐먹으라고 간곡히 부탁했다. 아버지는 교장이 보낸 편지를 읽고 기절초풍했다. 아버지가 한스에게 보낸 편지에는 훌륭한 사람이 해 줄 수 있는 온갖 격려와 도덕적인 분노가 담긴 말이 구구절절 적혀 있었다. 편지에는 애달픈 고통도 은근히 어려 있었기에 한스는 상처받았다.

교장부터 아버지와 교수와 지도교사까지, 열성을 다해 젊은이를 책임지며 이끈 지도자들은 모두 한스를 걸림돌로 여겼다. 그들은 한스의 고집 세고 무기력한 면을 억지로라도 고쳐 올바른 길을 걷게 해야 했다. 동정심 넘치는 지도교사 비드리히를 빼면, 가냘픈 한스의 무기력한 미소 뒤에서 고통과 절망 속에 빠진 영혼이 허우적대며 두리번거리고 있다는 사실을 아무도 알아보지 못했다. 학교가 내세운 미덕과 아버지와 몇몇 선생이 품은 잔인한 야망 때문에 연약한 아이가 이 지경이 되도록 작아졌다고 생각한 사람 역시 아무도 없었다. 한스는 왜 가장 예민하고 위태로운 어린 시절에 밤늦게까지 억지로 공부해야 했을까? 왜 라틴어 학교 친구들과 일부러 거리를 두었을까? 그들은 왜 낚시도 산책도 못 하게 하고, 터무니없이 가혹한, 야망이라는 헛되고 그릇된 이상향을 한스에게 심어 주었을까? 왜 주 시험이 끝난 후, 한스가 마땅히 누려야 할 방학을 즐기지 못하게 했을까?

이제 지칠 대로 지친 망아지는 길가에 벌러덩 드러누워 버려 쓸모를 잃고 말았다.

여름이 다가올 무렵, 지역 의사는 한스가 성장하는 과정에서 신경 쇠약을 겪고 있을 뿐이라는 진단을 다시 내렸다. 방학 동안 잘 먹고 숲속을 이리저리 돌아다니면 금세 나아질 거라고도 했다.

안타깝게도 그런 일은 전혀 일어나지 않았다. 여름 방학이 찾아오기 3주 전, 한스는 오후 수업을 듣다가 교수에게 날이 서고 호된 꾸중을 들었다. 교수가 계속 호통치는 사이, 한스는 긴 의자에 앉아 벌벌 떨다가 내내 울음을 터뜨리며 수업을 완전히 방해하고 말았다. 그런 뒤에는 반나절 동안 침대에 파묻혀 있었다.

다음 날 수학 시간, 한스는 칠판에 기하학적 형태를 그리며 증명해야 했다. 앞으로 나갔지만, 칠판 앞에 서자 머리가 어질어질해졌다. 한스는 분필과 자로 미친 듯이 그림을 그려대다 뚝 떨어뜨리고 말았다. 고개를 숙여 분필과 자를 집어 들려던 찰나, 한스는 바닥에 무릎을 꿇고 털썩 주저앉았다. 그러고는 다시 일어서지 못했다.

지역 의사는 환자가 이런 일을 벌이자 정말 불쾌해했다. 의사는 조심스레 당장 병가를 내고 신경과 전문의에게 진료받으라는 의견을 냈다.

"저 친구는 결국 성 비투스의 춤을 추게 될 겁니다(무도병에 걸릴 거라는 뜻-역주)."

의사는 교장에게 속삭였다. 교장은 고개를 끄덕였다. 그러면서 퉁명스럽고 성난 표정을 아버지처럼 안타까워하는 표정으로 싹 바꿔야겠다고 생각했다. 표정을 바꾸는 건 아주 쉬우면서도 교장 에게 잘 어울렸다.

교장과 의사는 기벤라트 씨에게 편지를 한 통씩 써서 한스의 호 주머니에 넣었다. 그런 다음 한스를 집으로 보냈다. 그때 교장의 분 노는 깊은 걱정으로 바뀌었다. 슈투트가르트 학교 이사회는 최근 에 하일너 사건 때문에 난리가 났다. 그렇다면 새로운 불운은 어 떻게 생각할까? 놀랍게도 교장은 이 상황에 딱 맞는 연설조차 하 지 않았다. 게다가 한스가 학교에서 마지막 시간을 보내는 동안에 도 이상할 만큼 상냥히 대해 주었다. 교장은 한스가 병가를 마친 뒤에 돌아오지 못하리라고 확신했다. 한스는 지금껏 너무도 뒤처 졌다. 그러니 말끔히 낫는다 해도 몇 주에서 몇 달간 놓친 내용을 따라잡을 수 없었다.

"곧 보세"라고 격려하며 다정한 작별 인사를 건네긴 했지만, 교 장은 헬라스 방에 들어가 텅 빈 세 자리를 볼 때마다 좀 부끄러운 마음이 들었다. 뛰어난 학생 두 명이 사라진 데는 자기 탓도 어느 정도 있다는 생각을 꾹꾹 억누르느라 애를 먹기도 했다. 하지만 대 담하며 심지가 곧은 사람인지라 결국에는 그렇게 쓸모없고 우울 한 의심을 떨쳐냈다.

작은 여행 가방을 들고 떠나가는 학생 뒤로 수도원과 교회, 정 문과 박공과 탑이 점점 멀어졌다. 숲과 언덕이 있는 곳에서 바덴 경계에 자리한 비옥한 과수원이 모습을 드러냈다. 그다음에는 포 르츠하임이, 이후에는 검푸른 전나무가 우거진 슈바르츠발트의 언 덕이 펼쳐졌다. 수많은 계곡과 개울이 슈바르츠발트를 지나갔다. 평소보다 더 푸르고 시원하며 그늘져 보였다. 한스는 풍경이 바뀌 며 고향 냄새를 점점 더 물씬 풍기는 모습을 물끄러미 바라보았다.

기분이 좋아졌다. 그러다 벌써 고향이 눈앞에 성큼 다가왔다. 그때 아버지가 떠올랐다. 아버지가 마중을 나온다고 생각하니 당황스럽고 두려웠다. 집에 돌아오는 길에 느낀 소소한 즐거움도 철저히 망가지고 말았다. 긴장하고 불안에 떨며 기뻐하면서 슈투트가르트에 시험을 보러 가고, 마울브론 신학교에 입학한 시절이 머릿속에 다시금 떠올랐다. 다 무슨 소용이 있었을까? 한스 역시 교장과 마찬가지로 자신이 절대 돌아가지 못하리라 생각했다. 신학생 시절과 학업과 야망은 모두 끝장나고 말았다. 하지만 그런 생각이 들어서 슬픈 건 아니었다. 실망했을 아버지가 두려울 뿐이었다. 한스는 아버지가 품은 기대가 좌절되었다는 생각에 마음이 무거웠다. 지금 당장 간절히 하고픈 일은 푹 쉬고, 자고, 엉엉 울고, 마음껏 꿈을 꾸는 것이었다. 그 모든 고통을 겪었으니 단 한 번이라도 혼자 있고 싶었다. 하지만 아버지와 함께 집에 있으면 그러지 못할까봐 걱정스러웠다. 한스는 기차에서 내릴 즈음에 심한 두통에 시달렸다. 그래서 한때 열정을 품은 채 이리저리 돌아다니던 언덕과 숲이 있는, 가장 좋아하는 지역을 지나는데도 창밖을 내다보지 못했다. 그러다 익숙한 기차역에서 하마터면 내리지 못할 뻔했다.

이제 한스는 우산과 여행 가방을 손에 쥔 채 기차역에 서 있었다. 그동안 아버지는 한스를 뚫어지게 살폈다. 태도가 엉망인 아들에게 아버지가 품은 실망감과 분노는 교장이 마지막으로 전해준 내용을 본 뒤에 충격과 공포로 바뀌었다. 아버지는 한스의 몰골이 쇠약하고 끔찍할 줄 알았다. 하지만 한스는 야위고 힘이 없어 보이긴 해도 여전히 제 발로 걷고 있었다. 그 모습을 보자 아버지는 마음이 한결 편해졌다. 하지만 최악의 사실은 교장과 의사가 편지에서 언급한 신경 쇠약을 두려워한다는 것이었다. 지금까지 기벤라트 가문에서 신경 쇠약에 시달린 사람은 아무도 없었다. 사람들은 그렇게 아픈 이들을 이해하지 못하며 비웃었다. 경멸 섞인 동정심을 품거나, 미치광이처럼 취급하기도 했다. 그런데 이제 아들 한스가 그런 병을 떠안고 집으로 돌아온 것이다.

집에 온 첫날, 한스는 비난을 받지 않아 마음을 놓았다. 그러다가 아버지가 쭈뼛쭈뼛 걱정하며 자신을 대한다는 사실을 차차 깨달았다. 아버지는 누가 봐도 자기 나름대로 노력하고 있었다. 한스는 가끔 아버지가 속내를 묘하게 캐보는 눈빛으로 자기 쪽을 쳐다본다는 사실을 깨달았다. 아버지는 지독한 호기심을 품은 채 나지막하며 위선적인 목소리로 말을 건넸다. 한스가 눈치채지 못하게 지켜보기도 했다. 그러자 한스는 훨씬 더 소심해졌다. 자기 상태에 어렴풋한 두려움을 느끼며 괴로움에도 시달렸다.

한스는 날이 좋으면 숲속에 몇 시간씩 누워 있곤 했다. 그러다 보면 마음이 진정되었다. 지나간 어린 시절에 느낀 행복의 그림자가 상처 입은 영혼에 희미하게 와닿았다. 한스는 꽃이나 딱정벌레를 바라보면서, 또 새 소리에 귀를 기울이거나 동물의 흔적을 좇아가면서 즐거워했다. 하지만 이마저도 오래가지 않았다. 한스는 이끼 속에 맥없이 누워 거의 매일을 보냈다. 무거운 머리로 무슨 생각이든 해 보려 했지만 헛수고였다. 그러다 보면 한스는 다시 꿈을 꾸며 머나먼 다른 세계로 실려 갔다.

한 번은 꿈을 꾸었다. 하일너가 죽은 채 들것 위에 누워 있었다. 한스가 다가가려 하자, 교장과 선생들이 계속 그를 밀쳐댔다. 한스가 다가설 때마다 그들은 고통스러울 만큼 쿡쿡 찔러댔다. 신학교 교수와 지도교사만 고문하는 게 아니었다. 교장과 슈투트가르트 심사위원도 모두 적의에 찬 얼굴로 한스를 괴롭혔다. 갑자기 장면이 확 바뀌었다. 물에 빠져 죽은 힌두가 들것 위에 누워 있었다. 높다란 중산모를 쓴 우스꽝스러운 힌두 아버지가 구부정한 다리로 옆에 선 채 수심에 가득 차 있었다.

또 다른 꿈도 꾸었다. 한스는 도망친 하일너를 찾아 숲속을 헤매고 있었다. 저 멀리 떨어진 나무 사이로 하일너가 걸어 다니는 모습이 계속 눈에 띄었다. 하지만 한스가 부르려 할 때마다 하일너는 계속 사라졌다. 하일너는 마침내 멈춰 서서 기다리더니 말했다.

"야, 있잖아. 난 사랑하는 사람이 있어."

그러고 나서 하일너는 시끄럽게 껄껄 웃어대며 덤불 속으로 사라져 버렸다.

한스는 똑같은 꿈속에서 멋지고 호리호리한 남자가 배에서 내리는 모습을 보았다. 고요하고 신성한 눈빛에 온화한 손을 갖고 있었다. 한스가 그 남자에게 달려가자 장면이 싹 사라졌다. 꿈의 의미를 생각하려 애쓰다 보니 마가복음 구절이 팍 떠올랐다.

바로 "배에서 내리니 사람들이 곧 예수인 줄 알고 그에게 달려갔다"였다. 이제 한스는 'περιέδραμον'의 활용형이 무엇인지와 현재 시제, 부정사, 동사의 완료 및 미래형을 곰곰이 생각해 보아야 했다. 그리고 단수형, 양수형, 복수형으로 활용해야 했다. 한스는 막힐 때마다 두려움에 떨며 진땀을 삐질삐질 흘렸다. 정신을 차려 보면 꼭 머리 안쪽이 여기저기 쿡쿡 쑤셨다. 다 내려놓은 듯한 나른한 미소와 죄책감이 자기도 모르게 얼굴에 번졌다. 그러다 보면 곧바로 교장의 목소리가 들려왔다.

며칠간은 좀 괜찮았지만, 한스의 상태는 대체로 호전되지 않았다. 오히려 모든 것이 내리막길로 접어드는 듯했다. 어머니를 치료하고 사망을 선고한 주치의는 아버지가 통풍을 앓을 때면 가끔

집에 찾아왔다. 주치의는 우울한 표정을 짓고는 나날이 머뭇거리며 소견을 말하지 않았다.

한스는 몇 주를 보내면서야 라틴어 학교에 다니던 지난 2년간 친구가 한 명도 없었다는 사실을 처음 깨달았다. 몇몇 동창은 마을을 완전히 떠나 버렸다. 다른 동창들은 수습생이 되었다. 한스는 그 누구와도 공통분모가 없었다. 그들에게 바라는 것도 전혀 없었다. 그들 역시 한스에게 관심이 없었다. 예전 학교 교장은 한스에게 다정한 말을 두 번이나 해 주었다. 라틴어 선생과 목사는 길에서 한스를 마주치면 고개를 까딱하며 친절하게 인사했지만, 더는 그에게 관심이 없었다. 이제 한스는 온갖 것을 꽉꽉 담을 수 있는 그릇이 아니었다. 여러 씨앗을 심을 만큼 비옥한 땅이 아니었다. 이제는 한스에게 시간과 노력을 들일 가치가 없었다.

목사가 한스에게 조금이라도 관심을 보였다면 도움이 되었으리라. 하지만 목사가 무엇을 해 줘야 했을까? 목사가 할 일은 지식을 전달하는 것이었다. 아니면 적어도 지식을 추구하도록 북돋아 주어야 했다. 목사는 예전에 한스를 가만히 내버려 두지 않았다. 그게 목사가 해 줄 수 있는 전부였다. 그는 라틴어 실력이 의심스럽다거나 유명한 자료를 보고 설교하는 목사가 아니었다. 오히려 그런 목사에게는 힘든 시기에 선뜻 다가갈 수 있다. 고통받는 모든 이를 친절한 눈빛으로 바라보며 다정한 말을 건네주니까. 한스 아버지도 아들에게 화를 내거나 실망감을 드러내지 않으려고 갖은 애를 쓰긴 했지만, 친구 같거나 위로를 해 주는 위인은 아니었다.

그래서 한스는 버림받고 사랑받지 못하는 기분이 들었다. 한스는 자그마한 정원에 앉아 햇볕을 쬐거나, 숲속에 누워 있었다. 꿈을 꾸거나 괴롭기 그지없는 생각을 하며 하루하루를 보냈다. 한스는 책에서 위로받을 수 없었다. 책을 펼치기만 하면 머리와 눈이 아팠으니까. 수도원 시절의 환영과 두려움이 모두 되돌아와 숨이 턱턱 막히며 불안한 꿈의 모퉁이로 한스를 끌고 갔다. 이글이글 타오르는 눈빛은 한스에게서 시선을 떼지 않았다.

또 다른 환영이 절망과 고독 속에서 못 미더운 위로자의 모습을 한 채 병약한 소년에게 다가왔다. 그런 환영은 점점 익숙해지며 꼭 필요한 존재가 되었다. 이는 바로 죽고 싶다는 생각이었다. 총을 구하거나 숲속 어딘가에 있는 나무에 밧줄을 묶는 건 제법 쉬웠다. 걸을 때마다 죽고 싶다는 생각이 거의 날마다 한스를 따라다녔다. 한스는 외떨어지고 조용한 곳을 꼼꼼히 살폈다. 그러고는 마침내 생을 마감하기에 좋은 자리를 택했다. 그곳에서 생을 마감하기로 마음을 정한 한스는 그곳을 몇 번이나 찾아갔다. 그 자리에 앉아 사람들이 자신의 시신을 찾는 모습을 머릿속에 그려보면 묘하게 기분이 좋아졌다. 밧줄을 매달 나뭇가지를 골라 튼튼한지 시험해 보기도 했다. 이제 걸림돌은 없었다. 한스는 아버지에게 전할 짤막한 작별 편지도 조금씩 써 두었다. 헤르만 하일너에게 쓴 편지는 훨씬 더 길었다. 편지는 시신 위에 둘 생각이었다.

이렇게 준비하며 안도감이 들자, 긍정적인 변화가 찾아왔다. 운명을 결정지을 나뭇가지 아래에 앉아 많은 시간을 보내니 압박감이 줄어들며 기쁨과 행복감이 들이닥쳤다. 한스는 자신이 왜 진작 목매달지 않았는지 도무지 이해가 가지 않았다. 이미 마음을 정했다. 죽기로 결심하자 마음이 편해졌다. 기나긴 여행을 앞둔 사람처럼 아름다운 햇살과 고독한 꿈을 만끽할 정도였다. 언제든 떠날 수 있었다. 모든 일이 잘 돌아갔다.

한스는 익숙한 환경에 좀 더 오래 머물렀다. 그러면서 자신이 위험한 결심을 품은 줄 모르는 사람들의 얼굴을 바라보았다. 특별하고도 씁쓸한 쾌감을 느꼈다. 의사를 마주칠 때마다 한스의 머릿속에는 이런 생각이 맴돌았다.

"두고 보세요!"

운명은 한스가 불길한 뜻을 펼치도록 내버려두었다. 운명은 한스가 죽음의 잔에 든 쾌락과 활력 몇 방울을 홀짝이는 모습을 날마다 지켜보았다. 불구가 된 젊은이는 그리 쓸모 있는 존재는 아니지만, 정해진 운명을 먼저 완수해야 했다. 인생의 쓴맛과 단맛을 좀 더 음미하기 전에는 이 땅을 떠날 수가 없었다.

피할 수 없으며 고통스럽던 장면이 줄어들었다. 한스는 지칠 대로 지친 자신을 내려놓았다. 평온하며 나른한 기분에 빠져들었다. 아무 생각 없이 시간을 흘려보내며 파란 하늘을 멍하니 바라보았다. 가끔은 몽유병 환자 같기도 하고, 유치해 보이기도 했다. 아담한 정원에 있는 전나무 아래에 낮아 느긋하며 나른한 기분에 취한 적도 있었다. 한스는 자기도 모르게 똑같은 구절을 몇 번씩 흥얼거렸다. 라틴어 학교에 다니던 시절에 읊어대던 구절이었다.

아, 난 정말 지쳤다네.
아, 난 정말 나약하다네.
지갑에는 돈이 한 푼도 없다네.
책가방에도 아무것도 없다네.

한스는 예전처럼 흥얼거렸다. 똑같은 구절을 스무 번 넘게 되풀이한다는 사실은 전혀 깨닫지 못했다. 하지만 아버지는 창가 가까이에서 듣다가 큰 충격을 받고 말았다. 메마른 아버지는 이토록 무심하고 유쾌하며 단조로운 노래를 도무지 이해할 수 없었다. 아버지는 깊은 한숨을 내쉬었다. 한스의 정신이 되돌릴 수 없을 만큼 약해졌다고 생각했다. 그날 이후로 아버지는 훨씬 더 걱정스러운 눈초리로 아들을 지켜보았다. 물론 아들 역시 이를 눈치채고 힘겨워했다. 그런데도 한스는 숲에 밧줄을 가져가 튼튼한 나뭇가지에 매달기에 딱 좋은 시기를 여전히 찾지 못했다.

그사이에 일 년 중 가장 더운 시기가 찾아왔다. 주 시험을 보고 여름 방학을 한 지도 벌써 열두 달이 지났다. 가끔 한스는 그때의 일을 다시금 떠올려 보았다. 하지만 특별히 격한 감정이 들지는 않았다. 제법 무뎌진 셈이다. 다시 낚시하러 가고 싶은데, 아버지에게 허락받을 엄두가 나지 않았다. 하지만 물가로 가서 누구의 눈에도 띄지 않는 곳에 오랫동안 서 있다 보면 한스의 시선은 거무스름하고 소리 없이 헤엄치는 물고기를 이리저리 따라다녔다.

한스는 매일 저녁 무렵에 강 상류로 걸어가 수영을 했다. 그러다 보면 늘 게슬러 감독관의 작은 집을 지나쳐야 했다. 한스는 3년 전에 좋아했던 에마 게슬러가 돌아왔다는 사실을 알게 되었다. 호기심 어린 시선으로 몇 번 쳐다보긴 했지만, 이제 에마는 예전만큼 매력 있지 않았다. 그 당시에 에마는 우아하고 아주 괜찮은 아이였다. 그런데 지금은 몸이 건장해지고, 걸음걸이도 딱딱해졌다. 현대풍 머리 스타일은 너무도 어른스러운 데다 완전히 흉해 보였다. 긴 원피스도 어울리지 않았다. 여성스러워 보이려던 노력은 분명 물거품이 되고 말았다. 한스 눈에 에마는 우스꽝스러워 보였다. 그래도 에마를 볼 때마다 묘하게 기분이 좋아지기도 하고, 울적해지기도 하고, 마음이 따뜻해지기도 했던 시절을 떠올려 보니 안타까웠다. 사실 모든 것이 확 달라졌다. 훨씬 더 아름다워지

고, 훨씬 더 활력이 넘쳤다! 한스는 오랫동안 라틴어, 역사, 그리스
어, 시험, 신학교와 두통밖에 몰랐다. 그래도 그 시절에는 동화책과
강도 이야기책이 있었다. 정원에서는 한스가 만든 물레방아가 돌
아갔다. 저녁에는 나숄트 씨네 대문에서 리제가 들려주는 모험 이
야기에 귀를 기울였다. 그때는 별명이 가리발디인 나이 든 이웃 그
로쇼한이 살인강도인 줄 알고 꿈까지 꿨다. 한스가 일 년 내내 매
달 기다리는 일이 있었다. 건초를 만들고, 클로버를 베고, 첫 낚시
에 나서서 가재를 잡는 일이었다. 홉을 수확하고, 나무를 흔들어
자두를 탈탈 털며, 감자밭에서 잡초를 태우고 첫 탈곡도 했다. 그
사이에는 일요일과 연휴가 끼어 있었다. 한스는 집과 골목, 계단과
헛간 바닥, 우물과 울타리, 모든 사람과 동물에 신비로운 마법처럼
빠져들었다. 그중에는 사랑스러우며 익숙한 것도 있고, 신비롭게
마음을 끄는 것도 있었다. 한스는 홉 수확을 돕다가, 다 큰 여자들
이 부르는 노래를 듣고 외워 뒀다. 대부분은 웃음이 터져 나올
만큼 웃긴 노래였다. 묘하게 애처로운 노래도 가끔 있었다. 그런 노
래를 듣고 있노라면 목이 꽉 메어왔다.

다 가라앉고 말았다. 알지도 못하는 사이에 그 모든 것은 끝이
나 버렸다. 우선 더는 리제와 저녁 시간을 보낼 수 없었다. 그러고
나서는 일요일 아침에 피라미를 잡으러 가지 못했다. 그다음에는
동화책을 읽지 못했다. 홉 수확과 정원에 있던 물레방아도 마찬가
지로 하나둘 사라졌다. 아, 다 어디로 가 버렸을까?

조숙한 소년은 아픔을 겪던 시기에 비현실적인 두 번째 어린 시
절을 보내게 되었다. 어린 시절을 빼앗긴 한스의 마음에서 별안간
그리움이 터져 나오며 아름답고 꿈같던 시절로 도망쳐 버렸다. 그
리고 추억이 젖어 있는 숲에서 마법에 걸린 듯 돌아다녔다. 옛 추

억은 기이하다 싶을 만큼 강렬하며 또렷했다. 한스는 그런 기억을 실제로 겪었을 때보다 더 따스하고 열렬하게 체험했다. 배반당하고 짓눌린 어린 시절은 오랫동안 억눌려 있던 샘처럼 팡팡 터져 나왔다.

나뭇가지를 쳐내면 뿌리 가까이에 새싹이 돋아난다. 꽃을 활짝 피운 시기에 병들고 망가진 영혼 역시 봄철 같은 기대감에 가득 찬 어린 시절로 돌아간다. 그곳에서 새로운 희망을 찾고, 끊어진 삶의 줄기를 다시 질끈 동여맬 수 있는 것처럼 말이다. 뿌리에서 쑥쑥 돋아난 싹은 무럭무럭 자라지만, 헛된 생명일 뿐이기에 다시 나무로 거듭나지 못한다.

그게 바로 한스 기벤라트에게 일어난 일이었다. 그러니 어린 시절의 꿈속 세계로 그를 따라가 보자.

기벤라트네 집은 오래된 돌다리에서 가까운 모퉁이에 있었다. 모퉁이 양쪽에 있는 두 거리는 딴판이었다. 기벤라트 집이 있는 첫 번째 거리는 마을에서 가장 길고 넓으며 위엄 있었다. 이 거리의 이름은 '가죽 공장 거리'였다. 두 번째 거리는 가파른 언덕 위로 이어졌다. 그 거리는 짧고 좁으며 볼품없었다. 이름은 '매의 거리'였다. 오래전에 문을 닫은 유서 깊은 여관의 이름을 따서 지었는데, 그 집 표지판에 매 그림이 있었다.

가죽 공장 거리에 죽 늘어선 집에 사는 사람들은 훌륭하고 탄탄하게 기반을 잘 잡은 시민이었다. 이들에게는 자기 집과 교회 묘지와 정원이 있었다. 뒤쪽 정원에는 가파른 오르막길이 쭉 이어졌다. 울타리는 1870년대에 생긴 철둑과 맞닿았는데, 노란색 금작화가 활짝 피어 있었다. 마을 광장을 제외하면 가죽 공장 거리에 필적할 만큼 고귀한 곳은 없었다. 광장에는 교회, 주 행정 기관, 법원, 시청, 교구청이 있었다. 그 덕에 깔끔하고 위엄 있는 광장은 고귀하며 도시적인 인상을 풍겼다. 가죽 공장 거리에는 그렇게 공식적인 건물은 없어도 구 중산층과 신 중산층 주택이 있었다. 웅장한 현관문이 딸린 아름답고 고풍스러운 목조 주택에는 멋지고 밝은 박공 장식이 보였다. 집은 한 줄로만 늘어서 있었다. 거리 반대쪽 난간이 딸린 담장 아래로는 강물이 흘렀다. 친근하고 편안하며 밝은 분위기가 물씬 풍겨 나왔다.

가죽 공장 거리가 길고, 넓고, 환한 데다 탁 트이고 위엄 있다면 매의 거리는 정반대였다. 이곳의 집은 삐딱하고 우울했다. 얼룩덜룩하며 회반죽이 바스러지고, 박공은 툭 튀어나왔다.

대문과 창문은 깨진 채 조각조각 덧대어 있었다. 굴뚝은 휘고, 홈통도 부서졌다. 집들은 서로의 공간과 빛을 앗아갔다. 골목은 좁아터진 데다 이상하게 뒤틀려 있었다. 늘 그늘진 골목에는 비가 오거나 해가 지고 나면 축축하며 불길한 어둠이 찾아왔다. 모든 창문 앞에 놓인 장대와 줄에는 늘 빨랫감이 왕창 널려 있었다. 이렇게 작고 형편없는 거리에는 세 들어 사는 사람들과 노숙자 말고도 수많은 사람이 터를 잡았다. 일그러지고 낡아빠진 집의 구석구석에는 사람이 꽉 들어차 발 디딜 틈조차 없었다. 가난과 범죄와 질병도 만연했다. 발진티푸스 전염병이 퍼진다면 이곳에서 시작될 터였다. 살인 사건도 이곳에서 일어날 것이다. 마을에서 도난 사건이 발생하면 사람들은 매의 거리부터 살폈다. 행상인들은 이곳에 세 들어 살았다. 그중에는 우스꽝스러운 가루 세제를 파는 호테호테도 있었다. 아담 히텔은 가위를 갈았는데, 온갖 범죄란 범죄는 다 저지른 사람이라는 말이 돌았다.

한스는 학교에 다니는 첫해 동안 매의 거리를 뻔질나게 드나들었다. 금발 머리에 누더기를 걸친 수상쩍은 아이들 무리와 함께 악명이 자자한 로테 프로뮐러의 살인 이야기를 들었다. 프로뮐러는 자그마한 여관 주인과 이혼한 후 감옥에서 5년을 살았다. 프로뮐러는 소싯적에 외모가 빼어나기로 소문이 자자해 공장 일꾼들과 숱한 연애를 했고 추문에 휘말렸다. 남자들 사이에서 칼싸움도 일어났다. 이제 프로뮐러는 혼자 살았다. 저녁에 공장 문이 닫히면 커피를 끓이고, 이야기보따리를 풀며 지냈다. 프로뮐러네 문은 항상 활짝 열려 있었다. 결혼한 여자와 젊은 일꾼부터 동네 아이들 무리까지 늘 문지방에서 귀를 기울이며 즐거워하기도 하고, 두려움에 떨기도 했다. 까만 석조 난로 위에 놓인 주전자에서 물이 보글보글 끓었다. 그 옆에서는 동물 기름으로 만든 양초가 푸른 석탄불과 함께 자작자작 타며 아슬아슬하게 깜빡였다. 이야기를 듣는 사람들의 그림자가 벽과 천장에 커다랗게 드리워지며 유령처럼 움직였다.

한스는 여덟 살 때 핑켄바인 형제와 알게 되었다. 아버지가 핑켄바인 형제와 놀지 말라고 신신당부했는데도 한스는 그들과 일 년 가까이 친구로 지냈다. 돌프 핑켄바인과 에밀 핑켄바인은 마을의 길거리 소년들 중에서 가장 약삭빨랐다. 과일을 슬쩍하며 자잘한 삼림 보호법을 어기는 것으로 유명하고, 온갖 술수와 장난의 대가이기도 했다. 한편으로는 새알과 납 총알, 새끼 까마귀와 찌르레기와 토끼도 기막히게 잘 팔았다. 밤에는 불법으로 낚시도 했다. 핑켄바인 형제는 마을의 모든 정원을 제집 드나들듯 했다. 이들에게는 끝부분이 너무도 뾰족뾰족한 울타리란 없었고, 깨진 유리가 두툼하게 뒤덮여 쉽게 오르지 못할 담장 역시 없었기 때문이다.

하지만 한스는 매의 거리에 사는 헤르만 레히텐하일과 누구보다도 가까워졌다. 레히텐하일은 고아였다. 병약하고 조숙하며 보기 드문 아이였다. 한쪽 다리가 다른 쪽보다 너무 짧아 지팡이를 짚어야만 절뚝절뚝 걸을 수 있었으니까. 그래서 레히텐하일은 길거리에서 아이들과 함께 놀지 못했다. 레히텐하일은 가냘팠다. 얼굴에는 핏기가 없고, 또래보다 어른스러워 신랄하게 말하는 버릇이 있었다. 턱은 너무도 뾰족했다. 레히텐하일은 손재주가 유난히 뛰어나며 낚시에 열정이 넘쳤다. 그런 열정은 한스에게도 옮겨 붙었다. 그때 한스는 낚시 면허가 없었다. 그런데도 두 사람은 외딴 곳으로 몰래몰래 낚시를 떠났다. 사냥이 재미있다면, 모두가 알다시피 밀렵은 최고로 즐겁다. 다리를 저는 레히텐하일은 딱 맞는 낚싯대를 고르는 법, 말 털을 엮는 법, 낚싯줄을 염색하는 법, 매듭을 묶는 법, 낚싯바늘을 뾰족하게 가는 법을 한스에게 가르쳐 주었다. 날씨를 파악하는 법, 물을 관찰하는 법, 밀기울로 물을 탁하게 하는 법, 적당한 미끼를 골라 제대로 고정하는 법도 가르쳐 주었다. 여러 종류의 물고기를 구별하는 법, 물고기 소리를 듣는 법, 낚싯줄을 적당한 깊이에 두는 법까지 가르쳐 주었다. 레히텐하일은 말 대신 직접 시범을 보였다. 손을 놀리는 방법과 낚싯줄을 꽉 잡아당기고 풀어주는 순간을 알아보는 섬세한 감각을 곁에서 전수해 주었다. 레히텐하일은 가게에서 파는 멋진 낚싯대와 코르크와 투명한 낚싯줄 같은 인공 낚시 장비를 질색하며 아주 우습게 여겼다. 한스를 설득하기도 했다. 직접 만들고 모든 부품을 조립하지 않은 낚싯대로 낚시를 할 수는 없다는 얘기였다.

한스와 핑켄바인 형제는 다툰 뒤로 갈라졌다. 말수가 적고 다리를 절뚝이는 레히텐하일과는 싸우지도 않았는데 이별하게 되었다. 2월의 어느 날, 레히텐하일은 옷을 벗어둔 의자 위에 지팡이를 올려놓고 형편없이 작은 침대 위로 기어 올라갔다. 그러다 열이 오르더니, 금세 소리 없이 세상을 떠나고 말았다. 매의 거리는 레히텐하일을 곧바로 잊어버렸다. 오직 한스만이 친구에 대한 좋은 추억을 오래도록 간직했다.

하지만 레히텐하일이 떠났어도 매의 거리에는 이상한 사람이 많이 살았다. 집배원으로 일하다 알코올 중독으로 해고된 뢰텔러를 모르는 사람이 있었을까? 뢰텔러는 2주에 한 번씩 술에 취해 길바닥에 드러눕거나 밤마다 소란을 피워댔다. 하지만 한편으로는 아이처럼 유순하고 늘 온정을 눈부시게 드러냈다. 뢰텔러는 타원형 코담배 갑에서 담배를 꺼내 한스에게 냄새를 맡게 해 주었다. 그러고는 가끔 물고기를 받았다. 버터를 넣고 생선을 튀겨 같이 먹자고 한스를 초대하기도 했다. 뢰텔러는 배가 빵빵하며 유리 눈이 달린 독수리와 오래된 오르골을 가지고 있었다. 가냘프고 섬세하며 고풍스러운 춤곡이 흘러나오는 오르골이었다. 그리고 나이가 지긋한 기계공 포르슈를 모르는 사람이 있었을까? 포르슈는 맨발로 나갈 때도 늘 커프스를 달고 다녔다. 포르슈는 오래된 시골 학교에서 일하는 엄격한 교사의 아들인데, 성경을 반쯤 달달 외우고 다녔다. 속담과 도덕적 격언도 많이 알았다. 하지만 그런 면이 있거나 머리가 눈처럼 하얗게 세었어도 여자들과 시시덕거리거나 뻔질나게 술에 취했다. 포르슈는 살짝 취기가 돌 때면 기벤라트네 집 모퉁이에 있는 돌 위에 앉아 지나가는 사람마다 이름을 부르며 속담을 퍼붓길 좋아했다.

"한스 기벤라트 2세, 착한 아이야, 내 말 좀 들어 보거라! 집회서에 뭐라고 나왔을까? 그릇된 충고를 하지 않으며 양심이 악에 물들지 않은 자에게 축복이 있도다! 아름다운 나무의 초록빛 잎사귀처럼 몇몇은 떨어지고, 몇몇은 다시 자라리라. 사람 또한 마찬가지이니라. 한 사람이 생을 마감하면 다른 이가 생을 시작하는 법. 자, 이제 가거라, 바다표범 같은 아이야."

나이든 포르슈는 이렇게 경건한 말을 있는 대로 하고 다녔다. 그러면서도 유령 따위와 관련된 음침한 전설을 줄줄이 꿰고 있었다. 유령이 출몰하는 곳도 잘 알고, 언제나 이야기 속에서 믿음과 불신 사이를 아슬아슬 줄타기했다. 보통은 미심쩍으면서도 뽐내는 듯한 말투로 시작해 이야기와 청자 모두를 조롱했다. 하지만 이야기를 풀어나가면서는 불안불안하게 꽉꽉 밀어붙였다. 포르슈는 목소리를 점점 낮추다가, 낮고 집요하며 오싹한 목소리로 속삭이며 이야기를 끝마쳤다.

으스스하고 이해할 수 없으며 은근히 마음을 끄는 것들이 이토록 형편없고 작은 거리에 어쩌나 넘쳐나던지! 자물쇠 제조공 브렌틀리는 사업이 망하고 엉망이 된 작업장도 완전히 못 쓰게 된 후부터 매의 거리에서 살았다. 브렌틀리는 작은 창가에 반나절 동안 앉아 시끌벅적한 골목을 우울한 눈빛으로 쳐다보았다. 때로는 누더기를 걸치고 씻지도 않은 동네 아이들을 붙잡아 귀와 머리카락을 잡아당겼다. 그리고 시퍼런 멍이 들 때까지 꼬집어대며 고소해했다. 그러던 어느 날, 브렌틀리는 아연 철사로 묶인 채 자기 집 계단 위에 매달려 있었다. 어쩌나 흉측해 보이던지, 나이든 기계공 포르슈가 뒤에서 금속을 자르는 가위로 철사를 싹둑 자를 때까지 그 누구도 브렌틀리 곁에 다가서지 못했다. 시체에서 혀가 쑥 튀어나오며 계단을 데굴데굴 굴러 내려갔다. 이는 겁에 질린 구경꾼 한가운데로 뚝 떨어졌다.

한스는 환하고 드넓은 가죽 공장 거리에서 어둑어둑하고 축축한 매의 거리로 발걸음을 내디딜 때마다 묘하게 숨 막히는 공기를 느꼈다. 즐거우면서도 소름 끼치는 압박감에도 짓눌렸다. 호기심과 두려움, 양심의 가책, 행복한 모험심도 한데 어우러졌다. 매의 거리는 동화 속 일이나 기적, 혹은 듣도 보도 못한 무서운 일이 일어날 만한 유일한 곳이었다. 마법과 유령이 있음직한 곳이었다. 영웅 전설이나 악평이 난무하는 로이틀링거 민간 설화를 읽을 때 휩싸일 법한 아주 고통스러우면서도 즐거운 전율을 느낄 수 있는 곳이기도 했다. 선생들은 그런 책을 빼앗곤 했다. 그런 이야기에는 조넨비르틀레, 신데르하네스, 포스트미헬, 토막 살인자 잭 같은 악당뿐 아니라 사악한 영웅과 범죄자와 모험가가 벌인 부도덕한 짓과 그들이 받은 처벌 이야기가 담겨 있었다.

매의 거리 외에도 여느 곳과는 다른 곳이 한 군데 더 있었다. 어두컴컴한 다락방과 색다른 공간에서 경험하고 소리를 들으며 길을 잃을 만한 곳이었다. 바로 근처에 있는 거대하고 오래된 가죽 공장이었다. 어슴푸레한 다락방에는 커다란 동물 가죽이 걸려 있고, 지하 저장고 안에는 숨겨진 굴과 금지된 통로가 있었다. 리제가 저녁에 모든 아이에게 멋진 이야기를 들려주던 곳이기도 했다. 가죽 공장에서 일어나는 일은 매의 거리에서 발생하는 사건보다 더 조용하고 친근하며 인간적이었다. 그래도 신비롭긴 매한가지였다. 무두장이가 구덩이와 지하 저장고, 가죽 공장 마당과 흙바닥에서 하는 일은 이상하며 독특해 보였다. 입을 쩍 벌리고 하품하는 듯 커다란 방은 고요하고 오싹하면서도 마음을 끌었다. 사람들은 체구가 건장하고 심술궂은 주인을 두려워하며 식인종처럼 멀리했다. 리제는 범상치 않은 건물을 이리저리 돌아다녔다. 모든 아이와 새, 고양이와 강아지를 위한 요정이자 보호자이자 어머니처럼 말이다.

다정한 리제는 훌륭한 동화와 노래 가사를 많이 알고 있었다.

　이제 한스의 생각과 꿈은 아주 오랫동안 이방인으로 지낸 이 세상으로 넘어왔다. 큰 실망감과 절망감을 느끼던 한스는 좋았던 과거로 달아나 버렸다. 그 시절에는 희망이 넘쳐흘렀다. 거대하고 마법에 걸린 숲처럼 세상이 눈앞에 펼쳐져 있었다. 소름 끼치는 위험과 마법에 걸린 보물, 에메랄드빛 성이 뚫고 들어갈 수 없을 만큼 깊은 곳에 자리하는 세상이었다. 한스는 이런 야생 속에 살짝 발을 들였다. 하지만 기적을 마주하기도 전에 지쳐 버리고 말았다. 이제 한스는 신비롭고 어슴푸레한 입구 앞에 다시 서 있었다. 이번에는 헛된 호기심을 품은 채 추방당한 신세가 되고 말았다.

　한스는 매의 거리를 몇 번이나 다시 찾아갔다. 익숙한 어둠과 고약한 악취, 오래된 구석구석과 캄캄한 계단이 그대로 있었다. 머리가 하얗게 센 남녀가 여전히 문간에 앉아 있었다. 금발 머리 아이들은 씻지도 않은 채 뛰어다니며 소리를 꽥꽥 질러댔다. 기계공 포르슈는 여느 때보다도 더 나이 들어 보였는데, 이제는 한스를 알아보지 못했다. 한스가 소심하게 인사해도 조롱하듯 비웃기만 했다. 별명이 가리발디인 그로쇼한은 세상을 떠났다. 로테 프로밀러도 마찬가지였다. 집배원 뢰텔러는 아직 살아 있었다. 뢰텔러는 남자애들이 오르골을 망가뜨렸다며 불평을 쏟아냈다. 한스에게 코담배 갑을 쓱 내밀며 돈을 몇 푼 뜯어내려고도 했다. 마지막으로 핑켄바인 형제 이야기도 해 주었다. 한 명은 시가 공장에서 일하는데, 노인만큼 술을 거나하게 마신다고 했다. 다른 한 명은 교회 바자회에서 일어난 칼싸움에 연루된 후 달아났는데, 일 년 동안 들도 보도 못했단다. 한스는 이 모든 이야기가 비참하고 딱하게 느껴졌다.

어느 날 저녁, 한스는 가죽 공장으로 갔다. 마치 어린 시절과 사라진 즐거움이 거대하고 오래된 건물에 숨어 있는 것처럼 대문을 지나 축축한 마당을 가로질렀다.

한스는 구부러진 계단을 올라가 자갈이 깔린 마당을 지나갔다. 어두컴컴한 계단을 더듬더듬 오르고는 다락방에 갔다. 가죽을 쫙 펼쳐 놓고 말리는 곳이었다. 톡 쏘는 듯한 가죽 냄새를 훅 들이마시자, 온갖 기억이 새록새록 되살아났다. 다시 계단을 내려가 뒷마당으로 가 보았다. 무두질을 하는 구덩이와 높고 폭 좁은 지붕이 딸린 틀이 있었다. 가죽 찌꺼기를 말리는 데 쓰는 것이었다. 리제는 늘 앉던 담장 옆 벤치에 앉아 있었다. 앞에는 감자가 한가득 담긴 바구니와 이야기를 듣는 아이들이 있었다.

한스는 어두컴컴한 문간에 멈춰 서서 귀를 쫑긋 세웠다. 황혼에 물든 가죽 공장 정원에 평화가 한껏 감돌았다. 담장 너머로 강물이 희미하게 출렁이는 소리만 빼면, 칼로 서걱서걱 감자를 까는 소리와 이야기를 들려주는 리제의 목소리만 들려왔다. 아이들은 앉아 있거나 조용히 쭈그린 채로 거의 꼼짝도 하지 않았다. 리제는 성 크리스토퍼 이야기를 들려주고 있었다. 한밤중에 어린아이가 개울 건너편에서 성 크리스토퍼를 불렀다는 이야기였다.

한스는 잠시 귀를 기울였다. 그러다가 어두컴컴한 문을 지나 집으로 돌아갔다. 결국 한스는 자신이 다시 어린아이가 되어 저녁에 가죽 공장 정원에서 리제 곁에 있을 수 없다는 사실을 깨달았다. 한스는 그때부터 가죽 공장을 매의 거리만큼이나 멀리했다.

6장

가을이 무르익었다. 외떨어진 활엽수가 거뭇거뭇한 전나무 숲 틈새로 횃불처럼 노랗고 빨간 빛을 내뿜었다. 자욱한 안개는 산골짜기에 더 오래 머물렀다. 강물은 선선한 아침에 김을 모락모락 피웠다.

예전 신학생 한스는 창백한 얼굴로 여전히 바깥을 날마다 돌아다녔다. 무기력한 데다 피곤하기까지 하니 사람들도 멀리했다. 의사는 물약과 대구 간유肝油를 처방하면서, 달걀을 먹고 찬물로 샤워하라고 권했다.

물론 그런 건 아무짝에도 쓸모없었다. 건강한 사람이라면 반드시 삶의 의미와 목표가 있어야 하는 법이다. 하지만 어린 한스는 둘 다 잃고 말았다. 아버지는 이제 아들을 서기로 취직시키거나, 기능공 밑에 수습생으로 들어가게 해야겠다고 마음먹었다. 한스는 여전히 허약해 힘을 좀 더 키워야 했지만, 이제는 진지하게 생각해 봐야 할 때였다.

처음에 느낀 혼란스러운 감정이 사그라들고 자살 생각을 그만둔 뒤부터 한스는 들쑥날쑥한 불안감에 시달렸다. 그러다 한결같은 우울감에 빠져들었다. 한스는 부드러운 늪에 빠진 듯 서서히 쑥 가라앉으며 어쩔 줄 몰라 했다.

이제 한스는 가을날에 물든 들판을 이리저리 헤매며 계절의 힘 앞에 무릎을 꿇었다. 저물어가는 가을, 갈색빛에 물드는 초원, 자욱한 아침 안개, 한껏 무르익어 지치더니 죽어가는 초목. 한스는 그런 모습을 보면서 아픈 사람이 으레 그렇듯 무거운 절망감과 슬픔에 젖어들었다. 사라지고, 잠들고, 죽고 싶었다. 하지만 자신의 청춘이 반기를 들며 삶에 고요하고 끈질기게 매달려 있다는 사실에 힘겨워했다.

한스는 노란 옷을 입었다가 갈색 옷을 걸치더니 이내 헐벗은 나무를 지켜보았다. 뽀얀 우윳빛 안개가 숲과 정원 위로 연기처럼 모락모락 피어올랐다. 정원의 모든 생명체는 마지막 과일을 수확한 뒤에 자취를 싹 감추었다. 하지만 다채롭게 빛을 잃어가는 과꽃에는 아무도 눈길을 주지 않았다. 수영하고 낚시하던 시기가 막을 내리자, 바짝 마른 잎이 강물을 뒤덮었다. 억센 무두장이만이 쌀쌀한 강변을 독차지했다.

지난 며칠간 어마어마한 사과 찌꺼기가 강물을 둥둥 떠내려갔다. 주스 공장과 모든 방앗간에서는 사과 주스를 만드느라 바빴다. 골목마다 과일 주스가 발효되는 향기가 진동했다.

구두장이 플라이크 아저씨는 아래쪽 방앗간에서 자그마한 압착기를 빌렸다. 그러고는 한스에게 일을 좀 거들어달라고 부탁했다.

방앗간 앞마당에는 크고 작은 압착기와 수레, 과일이 한가득 든 바구니와 자루, 작은 통과 물통, 커다란 통이 빼곡했다. 산더미처럼 쌓인 갈색 사과 찌꺼기와 나무 지렛대, 손수레와 텅 빈 수레도 있었다. 압착기는 열심히 움직이며 아작아작 소리를 내고, 끽끽 대며 삐걱거렸다. 압착기는 대부분 초록색 래커로 칠이 되어 있었다. 초록빛이 황갈색 찌꺼기와 바구니에 든 과일 색, 연초록빛 강물과 맨발로 다니는 아이들, 맑은 가을 햇살과 어우러지는 풍경에 다들 기쁨과 열정, 풍요로움을 느꼈다. 아삭아삭 사과를 베어 무는 소리는 뗣으면서도 입맛을 돋우었다. 지나가다 아삭아삭 소리를 들으면 사과에 손을 뻗어 냉큼 한입 베어 물 수밖에 없었다. 갓 짜낸 달콤한 사과 주스가 파이프에서 콸콸 쏟아져 나오며 불그스름한 노란빛이 햇살에 반짝였다. 지나가다 이 광경을 보면 한 잔 달라고 할 수밖에 없었다. 사과 주스를 한 모금 머금은 채 가만히 서 있으면, 온몸을 타고 흐르는 달콤한 맛과 행복감에 눈가가 촉촉해졌다. 달콤한 사과 주스는 즐겁고 진하며 맛깔스러운 향기를 여기저기 퍼뜨렸다.

사과 주스 향은 그야말로 한 해의 꽃이자 무르익은 수확 그 자체였다. 겨울이 찾아올 무렵에 사과 주스를 쭉 들이켜면 근사했다. 근사하며 멋진 수많은 일을 감사하는 마음으로 떠올릴 수 있기 때문이다. 5월에 보슬보슬 내리던 비와 여름에 쏟아지던 폭우, 시원한 가을 아침 이슬, 따사로운 봄 햇살, 이글이글 타오르는 여름의 태양, 하얗거나 장밋빛 나는 꽃, 수확을 앞두고 푹 익어 붉은빛과 갈색빛이 감돌던 과일나무. 모두 한 해가 흐르는 사이에 맛본 아름답고 즐거운 것들이었다.

모두에게 멋진 나날이었다. 부유하며 허세 가득한 사람마저 몸소 모습을 드러냈다. 이들은 탐스러운 사과를 쥔 채 무게를 가늠해 보았다. 사과를 열두 자루가 넘게 사가며 은색 잔에 든 주스도 맛보았다. 그리고 모두가 들을 수 있도록 주스에 물은 단 한 방울도 타지 않겠다고 말했다. 가난한 사람들은 사과를 한 자루만 샀다.

이들은 유리잔이나 도자기에 담긴 물 탄 사과 주스를 맛보며 마찬가지로 뿌듯해하거나 행복해했다. 사정이 있어 사과 주스를 직접 만들지 못하는 사람들은 압착기가 있는 지인이나 이웃집으로 여기저기 찾아가 한 잔 가득 얻어 마셨다. 사과도 한 개 받은 다음, 휘황찬란한 표현을 써 가며 주스에 훤한 사람인 척했다. 아이들은 부유하든 가난하든 간에 모두 작은 잔을 들고 정신없이 쏘다녔다. 반쯤 베어 문 사과와 빵 한 덩이도 꼭 쥐고 있었다. 오래됐지만 근거는 없는 전설에 따르면 갓 짠 사과 주스를 마실 때 빵을 양껏 먹어야 배탈이 나지 않기 때문이다.

수백 명이 한꺼번에 정신없이 소리를 질러댔다. 아이들이 시끌벅적 떠드는 소리도 들려왔다. 다들 분주한 데다 한껏 들떠 있었다. 활기도 넘치며 왁자지껄했다.

"이봐, 하네스, 여기로 와 보게! 여기 말일세! 한 잔만 마셔보게!"

"고맙네. 난 벌써 마셔서 배탈이 날 지경이네."

"45킬로그램에 얼마나 줬나?"

"4마르크였네. 하지만 끝내주더군. 마셔 보게!"

가끔은 자잘한 사고도 일어났다. 자루가 터지더니, 사과가 바닥에 데굴데굴 굴러다닌 것이다.

"망할, 내 사과! 여러분, 나 좀 도와줘요!"

다들 쏟아진 사과를 줍는 걸 돕는데, 장난꾸러기 몇 명은 그 기회를 틈타 사과를 손에 넣으려 했다.

"주머니 속에 넣지 마, 이 녀석들아! 사과를 배불리 먹는 건 괜찮지만, 가져가진 말란 말이다. 구테델, 이 멍청한 녀석아, 가만히 있어라!"

"이보게, 이웃 어르신, 그렇게 거드름 피울 거 없네! 와서 맛이나 좀 보게!"

"꿀맛이네! 완전히 꿀맛일세. 얼마나 만들고 있나?"

"두 통 가득 만들고 있네. 그게 다일세. 그래도 나쁘진 않지."

"사과 주스를 늦여름에 짜지 않아서 다행일세. 그랬다간 몽땅 마셔 버렸을 테니까."

불만투성이 노인들은 올해도 어김없이 나타났다. 노인들은 몇 년간 사과 주스를 짜지 않으면서도 모든 것을 훤히 꿰고 있었다. 과일이 공짜나 다름없던 시절 이야기도 이러쿵저러쿵 늘어놓았다. 그 시절에는 모든 게 훨씬 더 저렴하고, 질도 좋았다. 주스에 설탕을 탈 생각을 아무도 하지 않았다. 어쨌든 그 시절에 나무에 맺힌 열매는 요즘과는 차원이 달랐다.

"그게 바로 진짜 수확이었는데. 내 사과나무는 무게가 총 226킬로그램이나 됐었다네."

하지만 불만에 가득 찬 노인들은 변변찮은 시절에도 부지런히 사과 주스를 맛보러 다녔다. 아직 이가 남아 있는 이들은 다들 사과를 아작아작 갉아먹었다. 어떤 노인은 커다란 배를 억지로 먹다가 배탈이 나고 말았다.

그 노인이 설명했다.

"내가 말했다시피, 난 열 개씩 먹곤 했다네."

노인은 한숨을 푹푹 내쉬며 배탈이 나기 전에 배를 열 개씩 먹던 시절을 돌이켜보았다.

플라이크 아저씨는 북적대는 사람들 한가운데에 압착기를 세워 놓고 나이가 있는 상급 수습생에게 도움을 받고 있었다. 아저씨는 바덴 지역에서 사과를 구해 왔는데, 아저씨 표 사과 주스가 늘 최고였다. 아저씨는 은근히 즐거워하며 누구든지 사과 주스를 '맛보게' 해 주었다. 아저씨네 아이들은 훨씬 더 생기발랄했다. 즐겁게 뛰놀며 사람들 틈을 요리조리 누비고 다녔다. 겉으로 드러나지는 않지만, 가장 생기발랄한 사람은 아저씨의 수습생이었다. 수습생은 숲 위쪽의 가난한 농가에서 온 사람이었다. 그는 탁 트인 공기를 다시 마시면서 일하고, 보람찬 땀을 흘리며 행복해했다. 맛 좋고 달콤한 사과 주스도 입에 착착 감겼다. 농장에서 온 건장한 수습생은 마치 고대 그리스 숲의 신 '사티로스'의 가면을 쓴 것처럼 씩 웃어 보였다. 구두를 만지는 수습생의 손은 여느 때보다도 일요일에 더 말끔했다.

그곳에 처음 갔을 때 한스는 조용히 불안에 떨었다. 오고 싶지 않았기 때문이다. 그런데 첫 번째 사과 주스 압착기 앞을 지나치자마자, 하고많은 사람 중에 나숄트 씨네 리즈가 사과 주스가 듬뿍 담긴 잔을 건넸다. 주스를 꿀꺽 삼키자, 지난 가을날에 웃음 짓던 추억이 달콤하고 진한 사과 주스 맛과 함께 수없이 되살아났다. 함께 어울리며 즐겁게 놀고 싶다는 소심한 열망도 피어올랐다. 지인들이 다가와 유리잔을 쓱 내밀었다. 한스는 플라이크 아저씨네 압착기로 갔다가 즐거운 분위기와 사과 주스에 사로잡혀 확 달라졌다. 아저씨에게 활기찬 인사를 건넨 다음 사과 주스를 두고 의례적인 농담도 몇 마디 던졌다. 아저씨는 깜짝 놀란 마음을 감추며 한스를 쾌활히 반겨 주었다.

30분이 흐른 후, 파란 치마를 입은 여자가 다가오더니 아저씨와 수습생을 보며 활짝 웃었다. 그러고는 두 사람을 거들기 시작했다.

아저씨가 말했다.

"자, 하일브론에서 온 내 조카란다. 물론 우리 조카는 이런 수확 분위기가 낯설 거야. 포도가 많이 나는 곳에서 살거든."

여자는 열여덟이나 열아홉 살쯤 돼 보이고, 활발하며 명랑했다. 키가 크지는 않아도 체격과 몸매는 좋았다. 얼굴은 동그랗고, 눈동자는 짙으며 따뜻했다. 입술은 입을 맞추고 싶을 만큼 예뻤다. 건강하고 활기찬 하일브론 출신 여자 같았다. 하지만 경건한 구두장이의 친척처럼 보이지는 않았다. 여자는 그야말로 이 세상 사람 같았다. 밤중에 그런 눈빛으로 성경과 고스너가 쓴 《보물 상자》를 뚫어지게 들여다볼 것 같지는 않았다.

한스는 문득 슬픔에 다시 젖어 들며 에마가 얼른 떠나길 간절히 바랐다. 하지만 에마는 계속 머물며 까르르 웃고, 재잘재잘 수다를 떨었다. 어떤 농담이든 그 자리에서 맞받아칠 줄도 알았다. 한스는 부끄러운 마음에 입을 꾹 다물었다. 어쨌든 누구누구 '씨'라고 불러야 하는 젊은 여자를 대하는 건 끔찍했다. 게다가 이 여자는 너무도 활기차며 수다스러웠다. 한스가 있든 말든, 수줍어하든 말든 안중에도 없었다. 그래서 한스는 별수 없이 약간 상처를 받고 수레바퀴에 휩쓸린 달팽이처럼 슬금슬금 본모습으로 되돌아갔다. 침묵을 지키며 따분해하는 것처럼 보이려 애쓴 것이다. 하지만 이마저도 영 시원치 않자, 누가 막 세상을 떠나기라도 한 듯한 표정을 지어 보였다.

아무도 이를 눈치챌 틈이 없었다. 에마는 더더욱 그랬다. 알고 보니 에마는 플라이크 아저씨 집에 2주 동안 머물렀을 뿐인데, 온 마을을 잘 알고 있었다. 에마는 부자와 가난한 사람을 넘나들며 찾아가 갓 짠 사과 주스를 맛보았다. 모두에게 농담도 건네며 웃어댔다. 그러다가 다시 돌아와 도와주는 척하더니, 아이들을 번쩍 안아 들고 사과를 나눠 주었다. 웃음소리와 즐거운 분위기도 주위에 한껏 퍼뜨렸다.

에마는 거리를 누비고 다니는 개구쟁이들에게 "사과 먹을래?"라고 물으며 불러 세웠다. 그런 다음 잘 익은 빨간 사과를 등 뒤에 감춘 후, "오른손이게, 왼손이게?"라고 하며 맞혀 보게 했다.

아이들은 사과가 어느 손에 있는지 절대 알아맞히지 못했다. 에마는 아이들이 고래고래 소리를 질러댈 때쯤에야 더 작은 초록 사과를 건네주었다. 에마는 한스 역시 속속들이 아는 것 같았다. 한스에게 늘 두통에 시달리는 사람이 맞느냐고 물어보기까지 했다. 하지만 한스가 대답하기도 전에 에마는 이웃 사람들과 이야기를 나누었다.

한스는 다 그만두고 집에 가고 싶었다. 그때 플라이크 아저씨가 손에 지렛대를 쥐여 주었다.

"자, 이제는 일을 좀 할 수 있겠지. 에마가 널 도와줄 게다. 난 다시 작업장으로 가 봐야 하거든."

아저씨는 자리를 뜨면서, 수습생에게 아내를 도와 수레에서 사과 주스 통을 내려 달라고 부탁했다. 한스와 에마에게는 압착기를 맡겼다. 한스는 이를 악물고 일에 집중했다. 지렛대가 왜 그렇게 무거울까 싶었다. 고개를 들어 보니 에마가 웃음을 터뜨리고 있었다. 장난삼아 지렛대에 기대고 있었던 것이다. 한스가 화난 채로 다시 당길 때도 에마는 다시 지렛대에 기댔다.

한스는 한마디도 하지 않았다. 하지만 여자가 반대쪽에 몸을 기대고 있는데 지렛대를 당기니 문득 무척 어색해졌다. 한스는 지렛대 돌리기를 서서히 멈추었다. 달콤한 두려움이 밀려왔다. 젊은 여자가 눈앞에서 뻔뻔스레 웃어대자, 문득 확 달라 보였다. 더 가까워진 듯하면서도 더 낯선 느낌이었다. 이제는 한스 역시 조금씩 웃으며 어색한 친밀감을 느꼈다.

그러고 나서 지렛대가 완전히 멈추었다. 그때 에마가 말했다.

"우리 너무 진땀 빼지 말자고요."

에마는 자기가 마시던 주스가 반 정도 남은 유리잔을 한스에게 건넸다.

사과 주스를 한 모금 삼키자, 아까보다 훨씬 진하고 달콤한 맛이 감돌았다. 한스는 주스를 쭉 들이켜고 나서 빈 잔을 빤히 바라보았다. 심장이 왜 그리도 쿵쾅쿵쾅 뛰는지, 왜 그리도 숨이 가쁜지 알 수가 없었다.

그러고 나서 두 사람은 다시 일을 좀 했다. 한스는 에마의 치마가 자기에게 스치고 손이 닿도록 서 있었다. 그러면서도 자기가 대체 무슨 짓을 하고 있는지 알지 못했다. 하지만 그렇게 스칠 때마다 불안하고도 행복한 마음에 심장이 멎을 것만 같았다. 기분 좋은 달콤함에 힘이 쭉 빠졌다. 무릎이 달달 떨렸다. 머리도 어지럽게 윙윙 울렸다.

한스는 자기가 무슨 말을 하는지도 모르면서 에마가 묻는 말에 내내 대답했다. 에마가 웃으면 같이 웃기도 하고, 바보 같은 짓을 하면 손가락을 흔들며 겁을 주기도 했다. 에마가 건넨 잔도 두 번 더 비웠다. 동시에 온갖 기억이 머릿속에 꽉꽉 밀려왔다. 하인으로 일하는 여자들이 남자친구와 함께 문간에 서 있던 모습, 이야기 책에 나온 몇 구절, 헤르만 하일너에게 입맞춤 당했던 일, 수많은 단어와 이야기, 학생 시절에 '여자애들'과 '사랑하는 사람이 생기면 어떤지'를 주제로 주거니 받거니 한 비밀 얘기 같은 추억이었다. 한스는 언덕을 오르는 말처럼 숨이 가빠졌다.

모든 것이 확 달라졌다. 사람들과 여기저기에서 북적대는 소리가 알록달록하며 웃음 짓는 구름 속으로 녹아들었다. 따로따로 떨어진 목소리와 욕과 웃음소리가 희미하게 웅웅 울리며 사라졌다. 강과 오래된 다리는 머나먼 그림 같았다.

에마 역시 달라 보였다. 이제 한스는 에마의 얼굴이 보이지 않았다. 짙고 행복에 겨운 눈과 붉은 입술, 새하얗고 뾰족한 치아만 보였을 뿐이다. 에마의 모습은 녹아 버렸다. 세세한 부분만 눈에 들어왔다. 그러다 까만 스타킹과 단화가 보였다가, 목덜미에 흘러내린 곱슬머리가 보였다가, 파란 옷에 쏙 들어간 까무잡잡하게 그을린 둥근 목이 보였다. 탄탄한 어깨, 그 아래에서 숨 쉬며 물결치는 가슴, 불그스름하며 투명한 귀도 보였다.

잠시 후에 에마는 잔을 물통 속에 빠뜨렸다. 몸을 숙여 잔을 꺼내려 하자 에마의 무릎이 물통 끝에 있던 한스의 손목에 닿았다. 한스도 더 천천히 몸을 숙이다가 얼굴이 에마의 머리카락에 스칠 뻔했다. 머리카락에서 희미한 향기가 났다. 그 아래에는 풀린 채 흘러내린 곱슬머리 그림자 속에서 따뜻하고 어여쁜 갈색 목덜미가 빛나며 파란 상의에 들어가 있었다. 끈을 꽉 잡아당긴 틈새 사이로 목덜미가 언뜻언뜻 보였다.

에마가 다시 일어서면서 무릎이 한스의 팔에 미끄러졌다. 머리카락은 뺨에 스쳤다. 에마의 얼굴은 몸을 숙이느라 제법 발그레해졌다. 한스는 온몸에서 강렬한 전율을 느꼈다. 얼굴에서 핏기가 가시며 엄청난 피로감이 잠시 밀려왔다. 한스는 압착기 나사를 꽉 조인 채 정신을 바짝 차려야 했다. 심장이 콩닥콩닥 뛰었다. 팔에 힘이 쭉 빠지고 어깨도 욱신욱신 쑤셨다.

한스는 그때부터 거의 한마디도 하지 않았다. 에마의 시선도 피했다. 하지만 에마가 눈길을 돌리자마자, 한스는 한 번도 느껴 본 적 없던 욕망과 양심의 가책이 뒤죽박죽 섞인 감정을 느끼며 그녀를 빤히 바라보았다. 바로 그때, 무언가가 한스를 뚫고 들어왔다. 새롭고 생경하면서도 매혹이 넘치고, 아득히 먼 파란 해안가도 있는 세계가 영혼 앞에 활짝 열렸다. 한스는 걱정과 달콤한 고통이 어떤 의미를 담고 있는지 알지 못했다. 그저 넘겨짚을 뿐이었다. 고통과 기쁨 중 무엇이 더 강렬한지도 알지 못했다.

하지만 기쁨은 젊은 사랑의 힘이 승리해 강력한 삶을 처음 느꼈다는 의미였다. 고통은 아침의 평화가 와장창 무너지고, 영혼이 어린 시절의 세계를 떠나가서 되찾을 수 없다는 의미였다. 가볍고 자그마한 한스의 배는 첫 재난을 겨우겨우 면했다. 하지만 이제는 새로운 폭풍우가 휘몰아치며 심연과 가파른 절벽이 가까이에서 도사리고 있었다. 그런 곳에서는 가장 술술 따라가던 젊은이도 이끌어 주는 사람을 만날 수가 없었다. 제힘으로 자신을 구해야 했다.

수습생이 돌아와 압착기를 맡아 주어 다행이었다. 한스는 좀 더 머물며 에마와 한 번 더 스치거나, 다정한 말을 듣길 바랐다. 에마는 다른 압착기로 가서 다시 수다를 늘어놓고 있었다. 한스는 수습생이 앞에 있으니 부끄러웠다. 그래서 작별 인사도 건네지 않은 채 집으로 돌아갔다.

모든 것이 묘하게 달라졌다. 아름답고 흥미진진해졌다. 사과 찌꺼기로 배를 채워 살이 통통히 오른 참새가 짹짹대며 하늘을 휙휙 날아올랐다. 하늘이 그토록 드높고 아름다우며 그리울 만큼 파랗게 보인 적은 없었다. 강물이 그토록 순수한 청록빛으로 웃는 거울처럼 보인 적은 없었다. 강둑이 그토록 눈부시게 새하얀 적도, 거세게 울린 적도 없었다. 모든 것이 투명한 새 유리창에 갓 색을 칠한 화려한 그림 같았다. 모든 것이 큰 잔치를 앞두고 기다리는 듯했다. 한스의 가슴 속에 묘하게 대담한 감정과 색다르고 눈부신 희망이 강렬하고 불안하며 달콤하게 엄습해 왔다. 꿈에 불과하기에 절대 이루어지지 않으리라는 소심한 의심과 두려움도 함께 밀려왔다. 양날의 감정은 한껏 부풀어 오르더니 비밀스러운 샘물처럼 솟아올랐다. 내면의 강력한 무언가가 한스를 싹 빠져나와 숨통을 틔우고 싶어 하는 듯했다. 흐느끼거나, 노래하거나, 소리치거나, 깔깔 웃어대면서 말이다. 한스는 집으로 돌아와서야 마음이 좀 가라앉았다. 물론 집에서는 모든 것이 평소와 똑같았다.

"어디 갔다 오는 거냐?"

아버지가 물었다.

"플라이크 아저씨네 방앗간에요."

"주스가 몇 통이나 있든?"

"두 통인 것 같았어요."

한스는 아버지가 사과 주스를 짤 때 플라이크 아저씨네 아이들을 초대해도 되는지 물었다.

아버지는 툴툴대며 말했다.

"당연하지. 다음 주에 짤 거다. 그때 데려와라!"

저녁을 먹기 한 시간 전이었다. 한스는 정원으로 나갔다. 전나무 두 그루를 빼면 초록빛은 거의 남아 있지 않았다. 한스는 개암나무 덤불에서 나뭇가지를 뽑아 허공에 획획 쳤다. 바싹 마른 나뭇잎을 휘휘 젓기도 했다. 해는 벌써 산 뒤로 뉘엿뉘엿 넘어갔다. 새카만 윤곽으로 보이는 산과 머리카락처럼 가느다란 전나무 꼭대기에 청록빛이 감돌며 촉촉한 저녁 하늘을 갈라놓았다. 황갈색에 물든 가늘고 기다란 잿빛 구름이 돌아오는 배처럼 느릿느릿 떠다니며 엷은 황금빛 공기를 타고 골짜기를 술술 넘어갔다.

한스는 무르익고 다채로운 아름다움에 흠뻑 젖은 저녁에 빠진 채 묘하고 낯선 감정을 느끼며 정원을 거닐었다. 순간순간 발걸음을 멈추고 눈을 꼭 감은 채 에마의 모습을 그려보았다. 에마가 압착기 반대쪽에 선 모습과 잔을 건네던 모습, 물통에 몸을 굽혔다 일어서면서 얼굴이 발그레해지던 모습이었다. 머리카락과 딱 달라붙는 파란색 원피스에 드러난 몸매, 목, 목에 갈색으로 드리워진 짙은 곱슬머리 그림자가 눈에 선했다. 이 모든 장면을 떠올리자 욕망이 가득 차오르며 몸이 덜덜 떨렸다. 에마의 얼굴만큼은 아무리 애를 써도 머릿속에 그려지지 않았다.

해가 저물었는데도 시원하지 않았다. 물들어가는 황혼은 꼭 비밀스러운 예감이 넘쳐나며 이름을 알 수 없는 베일 같았다. 하일브론에서 온 여자와 사랑에 빠졌다는 사실을 깨닫긴 했지만, 남성성이 핏속에서 어색하고 피곤하며 짜증 나게 깨어나고 있음을 그저 어렴풋이 이해하는 데 그쳤기 때문이다.

저녁을 먹을 때, 확 달라진 채로 익숙한 환경에 앉아 있으니 기분이 이상했다. 아버지와 나이 든 가정부, 식탁과 식기, 부엌 전체가 갑자기 낡아빠져 보였다. 한스는 기나긴 여행을 마치고 막 집으로 돌아온 사람처럼 깜짝 놀라고, 소외감을 느끼면서 모든 것을 부드러운 시선으로 바라보았다. 자신을 죽음으로 몰고 가는 나뭇가지에 추파를 던지던 시절, 한스는 작별을 고하는 심정으로 아쉬워하고 우월감을 느끼며 똑같은 사람과 사물을 바라보았다. 이제는 다시 돌아와 깜짝 놀라고 미소를 지으며 잃었던 것을 되찾은 셈이었다.

저녁 식사를 마치고 한스가 일어서려던 순간, 아버지가 퉁명스레 말했다.

"한스, 기계공이 되고 싶냐, 서기가 되고 싶냐?"

"무슨 말씀이세요?"

한스는 화들짝 놀라 대답했다.

"다음 주말부터 기계공 슐러 씨 밑에 수습생으로 들어가거나, 그다음 주에 시청에서 일을 배울 수 있거든. 잘 생각해 봐라! 내일 다시 얘기하자꾸나."

한스는 일어서서 밖으로 나갔다. 갑작스러운 질문 때문에 어리둥절하고 혼란스러웠다. 한스와는 상관없던 일상적이고 활기차며 생생한 삶이 뜻밖에도 몇 달 전부터 눈앞에 펼쳐졌다. 그런 삶은 마음을 끌면서도 위협적인 얼굴로 약속하고 요구했다. 정말이지 기계공이나 서기가 되고픈 마음은 눈곱만큼도 없었다. 기계공으로 일하느라 몸이 녹초가 된다고 생각하니 덜컥 겁이 났다. 문득 학교 친구 아우구스트가 떠올랐다. 아우구스트는 기계공이 되었으니까 그 애에게 물어보면 될 터였다.

진로 문제를 곰곰이 생각해 보는 사이에 생각이 점점 더 멍해지며 흐릿해졌다. 더는 그 문제가 그렇게 급하고 중요하게 느껴지지 않았다. 한스는 다른 생각에 사로잡혔다. 안절부절못하며 복도를 이리저리 서성거렸다. 모자를 홱 움켜쥐고 집에서 나가 거리로 천천히 걸어갔다. 오늘 에마를 한 번 더 봐야겠다는 생각이 들었다.

이미 어두컴컴해지고 있었다. 가까운 여관에서 고함과 목이 쉰 노랫소리가 흘러나왔다. 몇몇 창가에는 불이 켜져 있었다. 여기저기에서 불이 하나둘 켜지자, 희미한 붉은 빛이 어둑어둑한 분위기를 밝혀 주었다. 젊은 여자 여럿이 쭉 팔짱을 긴 채 까르르 웃고 수다를 떨면서 골목을 즐겁게 걸어갔다. 여자들은 가물가물한 불빛에 흔들리며 청춘과 욕망이 따사롭게 넘실거리듯 잠든 골목을 걸어갔다. 한스는 여자들을 한참 바라보았다. 심장이 쿵쾅쿵쾅 뛰었다. 커튼이 드리워진 창문 너머로 바이올린 소리가 들려왔다. 어떤 여자는 우물에서 양상추를 씻고 있었다. 남자 두 명이 애인과 함께 다리 위에서 산책했다. 한 남자는 여자 친구의 손을 살짝 잡은 채 팔을 이리저리 흔들며 시가를 피웠다. 두 번째 연인은 천천히 거닐며 서로 손을 꼭 붙잡았다. 남자는 여자의 허리를 감싸 안고, 여자는 남자의 가슴에 어깨와 머리를 폭 기대었다. 한스는 이런 광경을 수없이 봤지만, 깊이 생각해 본 적은 없었다. 이제 그런 모습에는 비밀스러운 의미가 담겨 있었다. 또렷하지는 않지만, 도발적이며 달콤한 의미였다. 한스는 연인 무리에게서 눈을 떼지 않았다. 이를 금방이라도 이해할 수 있도록 애쓰며 상상의 나래를 펼쳤다. 한스는 두려움에 떨었다. 마음이 혼란스러웠다. 대단한 비밀에 바짝 다가선 느낌이었다. 그 끝이 즐거울지, 끔찍할지 알 수는 없었다. 하지만 한스는 떨리는 마음으로 그런 감정을 미리 맛보았다.

한스는 플라이크 아저씨네 집 앞에 멈춰 섰다. 안으로 들어갈 용기가 나지는 않았다. 안에 들어서면 무엇을 하고, 무슨 말을 해야 할까? 아저씨 집에 자주 들렀던 열한두 살 때가 떠올랐다. 그때 아저씨는 성경 속 이야기를 들려주었다. 지옥과 악마와 유령을 두고 호기심 어린 질문을 꼬치꼬치 캐물어도 한결같이 답해 주었다. 불편한 기억이 떠오르자 한스는 죄책감이 들었다. 자신이 무엇을 하고 싶은지, 무엇을 원하는지조차 알지 못했다. 하지만 꼭 비밀스럽고 금지된 것 앞에 선 기분이었다. 안으로 들어가지도 않으면서 어둠 속에서 아저씨 집 앞에 서 있는 건 옳지 않은 듯했다. 아저씨가 보게 되거나 문밖으로 나온다면 꾸짖지도 않고 그저 웃음만 터뜨릴 터였다. 한스는 그게 가장 두려웠다.

한스는 집 뒤로 살금살금 걸어갔다. 정원 울타리에서 불을 환히 밝힌 거실이 보였다. 아저씨는 보이지 않았다. 아저씨의 아내는 바느질이나 뜨개질을 하고 있는 것 같았다. 큰아들은 아직도 잠자리에 들지 않고 탁자 앞에 앉아 책을 읽는 것 같았다. 에마는 이리저리 움직였다. 분명 청소하느라 바쁜 듯했다. 에마의 모습은 언뜻언뜻 보일 뿐이었다. 쥐 죽은 듯 고요했다. 머나먼 거리에서 뚜벅뚜벅 걷는 발걸음 하나하나와 강물이 정원 너머로 흐르며 출렁대는 소리가 귓가에 뚜렷이 들려왔다. 어둠과 밤의 한기가 금세 짙게 드리워졌다.

거실 창문 옆에는 자그마하며 어두컴컴한 복도 창문이 있었다. 그곳에서 얼마간 기다리자, 흐릿흐릿한 형체가 나타나더니 고개를 내밀며 어둠 속을 바라보았다. 체형을 보아하니 에마였다. 걱정되는 마음에 가슴이 철렁 내려앉았다. 에마는 창가에 선 채 한스 쪽을 가만히 처다보았다. 하지만 한스를 알아봤는지, 혹은 보기나 했는지조차 알 수 없었다. 한스는 꼼짝도 하지 않았다. 그저 에마 쪽을 뚫어지게 바라보았다. 한스는 에마가 자신을 알아볼지 모른다는 기대감과 불안감을 느끼며 벌벌 떨었다.

그러다 희미한 형체가 창가에서 싹 사라져 버렸다. 곧이어 정원에 있는 작은 문이 딸깍 열리더니 에마가 밖으로 나왔다. 처음에 한스는 너무도 두려운 나머지 도망쳐 버리고 싶었다. 하지만 우물쭈물하다 울타리에 기대어 섰다. 한스는 어두컴컴한 정원에서 에마가 자신을 향해 천천히 다가오는 모습을 지켜보았다. 에마가 한 걸음씩 내디딜 때마다 한스는 달아나고픈 충동을 느꼈다. 하지만 더 강렬한 무언가가 그를 붙잡았다.

이제 에마는 바로 앞에 서 있었다. 두 사람은 반걸음도 채 떨어지지 않았다. 둘 사이에는 낮은 울타리만 있었다. 에마는 주의 깊고 묘한 시선으로 한스를 바라보았다. 둘 다 한참 동안 한마디도 하지 않았다. 이윽고 에마가 물었다.

"무슨 일이야?"

"아무것도 아니야."

한스가 대답했다. 에마가 반말하자 어루만져 주는 듯한 느낌이 들었다.

에마는 울타리 너머로 손을 쭉 뻗었다. 한스는 소심하고 부드럽게 손을 잡았다. 그러다 살짝 꼭 잡았다. 에마는 뿌리치려는 기색을 보이지 않았다. 한스는 용기를 얻었다. 따스한 손을 부드럽고 조심스럽게 어루만졌다. 에마가 여전히 놓지 않자, 이번에는 자기 뺨에 에마의 손을 얹었다. 욕망과 묘한 온기, 행복한 노곤함이 온몸을 타고 흘러넘쳤다. 공기는 뜨뜻미지근하며 촉촉했다. 이제 거리와 정원은 눈에 들어오지 않았다. 바짝 가까이 붙은 눈부신 얼굴과 뒤엉킨 짙은 색 머리카락만 보일 뿐이었다.

에마가 아주 살며시 물었을 때였다. 아득히 먼 밤하늘에서 목소리가 들려오는 기분이 들었다.

"나랑 키스하고 싶어?"

눈부신 얼굴이 바짝 다가오며 체중이 실리자, 울타리 판자가 밖으로 살짝 휘었다. 헝클어지고 희미한 향기가 나는 머리카락이 한스의 이마를 스쳤다. 꼭 감은 눈과 하얗고 큰 눈꺼풀, 짙은 속눈썹이 바짝 다가왔다. 수줍게 입술을 포개자, 강렬한 전율이 온몸에 찌릿찌릿 흘렀다. 한스는 바로 덜덜 떨며 뒷걸음질 쳤다. 하지만 에마는 한스의 머리를 꼭 붙들었다. 얼굴을 바짝 붙인 채 입술을 떼지 않았다. 한스는 에마의 입술이 타오르는 것을 느꼈다. 에마는 한스의 생명을 집어삼키려는 듯 입술을 꼭 누르며 탐욕스레 빨아들였다. 한스는 힘이 쭉 빠져 버렸다. 낯선 입술을 떼어내기도 전에 바들바들 떨리던 욕망은 죽을 것 같은 피로감과 고통으로 바뀌고 말았다. 에마가 놓아 주었을 때, 한스는 휘청거리느라 손가락으로 울타리를 꼭 붙들어야 했다.

"내일 저녁에 또 와."

에마는 말하고 나서 냉큼 집으로 들어가 버렸다. 5분 좀 넘게 같이 있었는데, 몇 시간이 흐른 느낌이었다. 한스는 에마의 뒷모습을 멍하니 바라보았다. 아직도 울타리를 꼭 붙들고 있었다. 발걸음을 떼기에는 너무도 피곤했다. 피가 심장에서 나와 뇌에서 제멋대로 콸콸 흐르며 고통스럽게 확 솟구치다가 다시 나오는 소리에 꿈을 꾸듯 귀를 기울였다. 숨이 턱턱 막혔다.

이제 거실 안쪽에서 문이 열리는 모습이 창문으로 보였다. 플라이크 아저씨가 안으로 들어갔다. 지금껏 작업장에 있었으리라. 눈에 띌지 모른다는 걱정이 갑자기 머릿속을 스쳤다. 한스는 자리를 떴다. 마지못해 천천히 걸으며 살짝 취한 사람처럼 비틀거렸다. 발걸음을 뗄 때마다 무릎을 꿇고 털썩 주저앉고 싶었다. 나른한 박공과 어둑어둑한 붉은 빛이 새어 나오는 창문이 딸린 캄캄한 골목이 흐릿한 무대 배경처럼 한스를 지나쳤다. 다리와 강, 마당과 정원도 스쳤다. 가죽 공장 거리의 분수대가 묘할 만큼 큰 소리를 내며 물을 후두두 튀기는 소리가 울려 퍼졌다. 한스는 꿈결 속에서 문을 열었다. 칠흑같이 어두운 복도를 지나 계단을 올랐다. 문을 하나둘 여닫고 방에 있던 탁자에 앉았다. 얼마 후에야 집에 와서 방에 들어왔다는 사실이 실감 났다. 한참 뒤에야 옷을 벗어야겠다는 생각이 들었다. 한스는 멍하니 옷을 벗고 창가에 앉았다. 문득 가을밤의 한기가 느껴지고 나서야 이불 속으로 들어갔다.

한스는 바로 잠들 줄 알았다. 하지만 누워서 몸을 좀 덥히자마자 심장이 다시 고동쳤다. 피가 제멋대로 흐르며 거칠게 솟구쳤다. 눈을 꼭 감으면 에마의 입술이 아직도 꼭 달라붙어 있는 듯했다. 한스의 영혼을 집어삼키며 고통스러운 열기를 불어넣는 것 같았다.

한스는 밤이 깊은 뒤에야 잠이 들었다. 내내 이 꿈에서 저 꿈으로 획획 옮겨 다녔다. 한스는 무서울 만큼 짙은 어둠 속에서 에마의 팔을 더듬더듬 붙들었다. 에마는 한스를 꼭 껴안았다. 두 사람은 따뜻하고 깊은 물속으로 천천히 가라앉았다. 별안간 플라이크 아저씨가 나타나 왜 자기를 만나러 오지 않느냐고 물었다. 한스는 웃음을 터뜨릴 수밖에 없었다. 그 말을 한 사람은 아저씨가 아닌 헤르만 하일너였으니까. 하일너는 마울브론 신학교 예배당 창가에 한스와 앉아 우스갯소리를 하고 있었다. 하지만 이 장면 또한 한순간에 싹 사라졌다. 이제 한스는 압착기 옆에 서 있었다. 에마는 지렛대에 몸을 기대고, 한스는 죽어라 진땀을 뺐다. 에마는 물통 너머로 몸을 숙이더니 한스의 입술을 더듬더듬 찾았다. 고요한 분위기가 흐르며 칠흑같이 어두워졌다. 이제 한스는 따뜻하며 어두컴컴한 심연으로 쑥 가라앉았다. 죽을 만큼 어지러웠다. 동시에 교장이 연설을 읊는 소리가 들려왔다. 하지만 한스는 그게 자기를 두고 하는 말인지 알지는 못했다.

한스는 늦잠을 잤다. 눈부시며 화창한 날이었다. 한스는 정원에서 한참을 왔다 갔다 하며 정신을 바짝 차리려 했다. 나른하며 짙은 안개에 휩싸인 기분이었다. 가장 늦게까지 정원에 피어 있는 보랏빛 과꽃이 눈에 들어왔다. 과꽃은 아직도 8월인 것처럼 햇살 속에서 아름답게 핀 채 활짝 웃고 있었다. 사랑스럽고 따사로운 빛이 시들시들한 덤불과 나뭇가지와 잎사귀를 벗어던진 덩굴에 다정히 알랑대며 한껏 쏟아졌다. 마치 초봄인 것 같았다. 하지만 눈으로 보기만 했을 뿐, 직접 느낀 건 아니었다. 그래서 한스는 별 감흥이 없었다. 한스는 뚜렷하며 강렬한 추억에 문득 사로잡혔다. 토끼가 정원에서 여전히 깡충깡충 뛰놀고, 물레방아와 맷돌이 빙빙 돌아가던 시절이었다. 3년 전 9월의 어느 날을 돌이켜보았다. '스당 전투(1870년에 프로이센과 프랑스 사이에 일어난 전쟁으로, 프랑스가 참패했다-역주)의 날' 하루 전이었다. 아우구스트가 한스를 보러 오며 담쟁이덩굴을 좀 가져왔다. 두 사람은 윤이 번쩍번쩍 나도록 깃대를 닦아 담쟁이덩굴을 황금빛 꼭대기에 질끈 동여맸다. 다음 날을 두고 이야기를 나누며 손꼽아 기다렸다. 별다른 일이 일어나지는 않아도 둘 다 기대감에 부풀어 축제를 기다리며 한껏 기뻐했다. 아나는 자두 케이크를 구워 주었다. 그날 밤에는 높은 바위에서 스당 전투의 날을 기념하는 불을 밝힐 예정이었다.

한스는 왜 그날 저녁의 기억이 지금 되살아나는지 알지 못했다. 그 기억이 그토록 아름답고 강렬한 이유를 알지 못했다. 그 생각을 하니 너무도 비참하고 슬퍼지는 이유도 알지 못했다. 한스는 알지 못했다. 유년 시절과 소년 시절이 추억의 옷을 입고 다시 한번 앞에 나타나 행복하게 웃음 지으며 큰 행복이라는 상처를 남기고 다시는 돌아오지 않으리라는 것을. 그런 추억은 에마를 향한 생각과 전날 밤에 일어난 일과는 어울리지 않았다. 예전에 느낀 행복과는 어울리지 않는 무언가가 한스의 내면에서 샘솟았다. 깃발의 황금빛 꼭대기가 다시금 반짝이는 듯했다. 아우구스트의 웃음소리도 들리는 것 같았다. 갓 구운 케이크 냄새도 났다. 모두 즐겁고 유쾌한 추억인데, 너무도 멀리 떨어지고 낯선 느낌이 들었다. 한스는 커다란 가문비나무의 울퉁불퉁한 몸통에 기대어 절망에 빠진 채 흐느꼈다. 그러자 잠시나마 위안이 되며 마음이 놓였다.

한스는 정오 즈음에 아우구스트를 찾아갔다. 아우구스트는 막 상급 수습생이 되었다. 살이 오르고, 키도 훌쩍 커 있었다. 한스는 진로 이야기를 꺼냈다.

아우구스트는 세상 물정에 훤한 표정으로 말했다.

"문제가 있어. 그래, 문제가 있다고…. 넌 약해빠졌잖아. 대장간에서는 처음부터 온종일 망치를 휘둘러대는데, 그건 수프 뜨는 국자처럼 가볍지 않거든. 묵직한 쇠를 내내 질질 끌고 다니다가 저녁에는 청소도 해야 해. 줄질할 때도 힘이 좋아야 해. 줄질을 잘하게 되기 전까지는 제일 오래된 줄밖에 못 쓰는데, 그런 줄로는 아무것도 못 잘라. 원숭이 엉덩이만큼 보드랍거든."

한스는 바로 자신감이 뚝 떨어졌다.

"그럼 난 그냥 접어야 할까?"

한스는 소심하게 물었다.

"얘 봐라, 그런 뜻이 아니잖아! 지레 겁먹지 마! 작업장이 처음엔 춤이나 추는 무도회장 같진 않다는 얘기였어. 근데 한편으로는, 음, 기계공으로 일하는 건 꽤 괜찮아. 머리도 좋아야 해. 안 그러면 한낱 대장장이밖에 안 되거든. 자, 한 번 봐봐!"

아우구스트는 작고 정교한 기계 부품을 몇 개 꺼냈다. 윤이 나는 강철로 만든 것이었다. 아우구스트는 한스에게 부품을 보여 주었다.

"그래, 0.5밀리미터도 놓치면 안 된다니까. 나사만 빼고 다 수작업한 거야. 눈을 번쩍 떠야 한다는 얘기지! 이제 박박 광을 내고 담금질만 하면 돼. 그럼 끝이야."

"그래, 멋지다. 내가 할 줄 안다면…."

아우구스트는 웃음을 터뜨렸다.

"겁나는 거야? 그래, 수습생은 호되게 혼날 때가 많아. 어쩔 수 없지. 하지만 내가 옆에서 도와줄게. 네가 다음 주 금요일에 시작하면 그때는 내가 2년 차를 마무리하는 날이야. 토요일에 첫 급료를 받게 되지. 그럼 일요일에 같이 맥주도 한잔하고, 케이크 같은 것도 먹으면서 축하를 해 보자고. 그럼 너도 여기가 어떻게 돌아가는지 알게 될 거야. 그래, 잘 봐 둬! 게다가 우린 예전에 친했잖아."

한스는 식사하면서 아버지에게 기계공이 되고 싶다고 말했다. 그리고 일주일 뒤에 일을 시작해도 될지 물었다.

"그래, 좋다."

아버지가 말했다. 아버지는 오후에 한스를 슐러 기계공의 작업장으로 데려가 등록했다.

한스는 어둑어둑해질 무렵에 새로운 일자리를 깜빡할 뻔했다. 머릿속에는 저녁에 에마를 만날 생각만 그득했다. 숨이 턱턱 막혔다. 시간이 너무도 천천히 흐르다가도 너무도 후다닥 지나갔다. 한스는 급류에 마구 휩쓸리는 뱃사람처럼 자기도 모르게 에마를 만나러 갔다. 오늘 저녁에는 식사 따위는 안중에도 없었다. 한스는 우유 한 잔을 벌컥벌컥 마시고 집을 나섰다.

어두컴컴하며 나른한 거리부터 붉은 창문, 어둑어둑한 등불, 느릿느릿 걷는 연인들까지, 모든 것이 전날 밤과 똑같았다.

한스는 플라이크 아저씨네 정원 울타리에서 마음이 불안해졌다. 소리가 들려올 때마다 움찔댔다. 그곳에 선 채 어둠 속에서 귀를 쫑긋 세우니 도둑이 된 기분이었다. 기다린 지 1분도 채 되지 않았는데, 에마가 눈앞에 나타났다. 에마는 한스의 머리를 살살 어루만졌다. 그런 다음 정원 문을 열어 주었다. 한스는 조심조심 들어갔다. 에마는 한스를 데리고 가장자리에 덤불이 늘어선 길을 따라 조용히 뒷문으로 갔다. 그리고 어두컴컴한 복도로 들어갔다.

두 사람은 지하 저장고 계단 맨 꼭대기에 앉았다. 어둠 속에서 서로의 모습이 눈에 보이기까지는 시간이 좀 걸렸다. 에마는 기분이 아주 좋았다. 재잘재잘 수다 떨며 소곤거렸다. 에마는 키스도 많이 해 보고, 사랑이 무엇인지도 좀 알았다. 이렇게 부끄러움을 많이 타며 다정한 남자는 에마에게 안성맞춤이었다. 에마는 두 손으로 한스의 가냘픈 얼굴을 붙잡고 이마와 눈과 뺨에 입을 맞추었다. 입을 맞출 차례가 되었을 땐 너무도 오랫동안 빨아들이며 키스했다. 한스는 어질어질해졌다. 기운이 쭉 빠진 나머지 자기도 모르게 에마에게 기댔다. 에마는 살며시 웃으며 한스의 귀를 잡아당겼다.

에마는 쉴 새 없이 수다를 떨었다. 한스는 무슨 소린지 알아듣지도 못하면서 귀담아들었다. 에마는 한스의 팔과 머리카락, 목과 손을 쓰다듬었다. 그러더니 뺨을 맞대고 어깨에 머리를 기댔다. 한스는 침묵을 지키며 가만히 있었다. 달콤한 떨림과 깊고 행복한 불안감이 가득 차올랐다. 한스는 그저 열병에 걸린 사람처럼 이따금 살짝살짝 움찔거렸다.

에마는 웃음을 터뜨렸다.

"뭐 이런 남자친구가 다 있어! 아무것도 안 하려고 하잖아."

에마는 한스의 손을 잡고 자기 목과 머리카락을 어루만졌다. 그런 다음 손을 자기 가슴에 대고 꼭 눌렀다. 한스는 부드러운 가슴과 달콤하고도 낯선 들썩거림을 느꼈다. 눈을 꼭 감고 무한한 심연으로 빠져들었다.

"안 돼! 그만!"

에마가 다시 입을 맞추려 하자, 한스는 피하며 말했다. 에마는 웃음을 터뜨렸다.

에마는 한스를 바짝 끌어당기며 두 팔로 꽉 끌어안았다. 에마의 몸이 느껴지자, 한스는 정신을 차리지 못했다.

"너도 나를 좋아하지?"

에마가 물었다.

한스는 사랑한다고 말하고 싶었다. 하지만 고개만 끄덕여졌다. 그래서 얼마간 계속 고개만 끄덕였다.

에마는 한스의 손을 한 번 더 잡았다. 그리고 까르르 웃으며 상의 속에 손을 집어넣었다. 다른 생명체의 심장박동과 숨소리가 너무도 가까이에서 뜨겁게 느껴지자, 심장이 멎을 것 같았다. 한스는 자기가 죽어간다는 생각에 숨을 마구 헐떡였다. 그리고 손을 뿌리치고 끙끙대며 말했다.

"이제 집에 가 봐야겠어."

한스는 일어서려다 휘청댄 바람에 지하 저장고 계단에서 굴러 떨어질 뻔했다.

"대체 왜 그래?"

에마는 화들짝 놀라며 물었다.

"나도 모르겠어. 너무 피곤해."

한스는 에마가 찰싹 달라붙어 부축하며 정원 울타리로 데려간 것을 느끼지 못했다. 잘 자라고 인사하며 뒤에서 쪽문을 쿵 닫는 소리도 듣지 못했다. 한스는 어떻게 왔는지도 모르게 거리를 따라

집으로 돌아왔다. 마치 엄청난 폭풍에 휩쓸리거나, 거센 파도에 이리저리 실려 간 느낌이었다.

좌우에서 흐릿흐릿한 집이 보였다. 그 위로는 산등성이와 전나무 꼭대기, 캄캄한 밤하늘과 쉬고 있는 커다란 별이 눈에 들어왔다. 바람이 휙휙 불어왔다. 강물이 교각을 지나며 졸졸 흐르는 소리가 들려왔다. 정원과 흐릿흐릿한 집, 캄캄한 밤하늘, 등불과 별빛이 강물에 아른아른 비쳤다.

한스는 다리 위에 앉을 수밖에 없었다. 너무도 피곤해 집에 돌아가지 못할 것 같았다. 한스는 난간 위에 털썩 앉았다. 물이 말뚝에 부딪히고 둑 위에서 포효하며 물레방아에서 콸콸 쏟아지는 소리에 귀를 기울였다. 한스의 손은 차가웠다. 가슴과 목에서 피가 솟구치며 눈앞이 캄캄해졌다. 피가 다시 심장에서 요동쳤다. 머리가 어질어질했다.

한스는 집으로 돌아가 방에 들어갔다. 눕자마자 잠이 들었다. 드넓은 공간을 타고 깊은 곳 여기저기로 뚝뚝 떨어지는 꿈을 꾸었다. 자정 무렵에는 고통 속에서 진이 쭉 빠졌다. 아침까지 비몽사몽이었다. 한스는 목마른 그리움에 사로잡혔다. 억누를 수 없는 힘에 이끌리며 이리저리 뒤척였다. 그러다 새벽이 되자 모든 고통과 압박감이 확 터져 나왔다. 한스는 오랫동안 눈물을 주룩주룩 흘렸다. 그리고 눈물에 흠뻑 젖은 베개에 머리를 기댄 채 다시 잠이 들었다.

7장

기벤라트 씨는 품위 있게 압착기를 다루며 부산을 떨었다. 한
스는 일을 도왔다. 플라이크 아저씨네 아이들 두 명이 초대에 응
했다. 아이들은 과일을 만지작대며 작은 맛보기용 유리잔에 담긴
주스를 나눠 마셨다. 커다랗고 까만 빵 덩어리도 손에 꼭 쥐고 있
었다. 하지만 에마는 같이 오지 않았다.

아버지가 통 만드는 사람과 함께 30분간 자리를 비운 뒤에야
한스는 에마의 행방을 물었다.

"에마는 어디 갔어? 안 오고 싶대?"

아이들이 음식을 꿀꺽 삼키고 말을 하기까지 시간이 좀 걸렸다.

"갔어요."

아이들이 고개를 끄덕이며 말했다.

"갔다고? 어디로 갔는데?"

"집에요."

"가 버렸다고? 기차 타고 갔어?"

아이들은 열심히 고개를 끄덕였다.

"언제?"

"오늘 아침에요."

아이들은 다시 사과에 손을 뻗었다. 한스는 압착기를 만지작거리며 주스 통을 빤히 바라보았다. 그러다가 진실을 스멀스멀 깨달았다.

아버지가 돌아오자, 다들 일하며 웃음을 터뜨렸다. 아이들은 감사 인사를 하고는 줄행랑쳤다. 해가 저물자 다들 집으로 돌아갔다.

한스는 저녁을 먹고 방 안에 홀로 앉아 있었다. 열 시가 되고, 열한 시가 되도록 불을 켜지 않았다. 그러다 깊은 잠에 푹 빠져들었다.

평소보다 더 늦게 눈을 떠 보니 속상한 마음과 상실감이 막연히 들었다. 그러고 나서 에마 생각이 났다. 에마는 말도 없이, 작별 인사도 없이 떠나 버렸다. 어젯밤에 같이 있을 때, 분명 떠날 날을 알고 있었으리라. 한스는 에마의 웃음소리와 입맞춤, 능수능란하던 모습을 떠올렸다. 에마는 한스를 조금도 진지하게 대하지 않았다.

분노와 고통은 그칠 줄 모르는 흥분과 채워지지 못한 사랑의 힘과 함께 암울한 번민으로 자리 잡고 말았다. 한스는 집에서 정원으로, 거리에서 숲으로 이리저리 헤매다 집으로 돌아갔다.

한스는 이처럼 자기 몫의 사랑의 비밀을 너무도 일찍 깨달아 버렸다. 단맛은 거의 없고, 쓴맛만 가득한 셈이었다. 헛된 한탄과 그리운 추억, 암담한 사색에 잠긴 나날이 펼쳐졌다. 밤에는 심장이 쿵쿵 뛰며 불안해져 잠을 이루지 못했다. 숨이 턱턱 막히는 데다 끔찍한 꿈에도 빠졌다. 이해받지 못한 피가 꿈속에서 끓어오르며 무시무시하고 소름 끼치는 장면을 연출했다. 목숨을 앗아갈 듯 졸라매는 팔, 눈빛이 이글이글 타오르는 상상 속 괴물, 어질어질한 심연, 활활 타오르는 커다란 눈 등이었다. 눈을 떠 보면 한스는 방에 홀로 누워 시원한 가을밤의 고독에 휩싸여 있었다. 한스는 여자 친구를 향한 그리움에 괴로워했다. 눈물로 얼룩진 베개 속에 끙끙 앓는 소리를 파묻었다.

기계공 작업장에 들어갈 금요일이 성큼 다가왔다. 아버지는 파란색 리넨 작업복과 모가 섞인 파란 모자를 사 주었다. 한스는 옷을 입어 보았다. 기계공 작업복을 입으니 참 우스꽝스러워 보였다. 학교와 교장이나 수학 선생의 사택, 플라이크 아저씨네 작업장이나 목사관을 지나칠 때마다 퍽 비참했다. 그토록 애쓰고 열심히 공부하며 땀을 쏟아내고, 소소한 즐거움도 많이 내려놓으며 자부심과 야망과 희망찬 꿈에 부풀었는데, 다 헛수고였다. 그 모든 일을 한 끝에 옛 동창들보다 뒤처져 모두에게 비웃음을 사고, 기계공 작업장에서 하급 수습생이 되었으니까!

하일너가 이 사실을 안다면 뭐라고 할까?

한스는 파란색 기계공 작업복을 입은 자신을 서서히 받아들였다. 일을 시작할 금요일이 조금 기다려지기도 했다. 적어도 무언가를 다시 경험할 테니까!

하지만 이런 생각은 먹구름 틈새로 잠깐잠깐 번쩍이는 섬광일 뿐이었다. 한스는 떠난 에마를 잊을 수 없었다. 더구나 한스의 피는 그토록 들떴던 나날을 잊지도, 이겨내지도 못했다. 피는 한스를 가만히 내버려 두지 않았다. 피는 더 들뜨게 해 달라고, 깨어난 욕망을 해소해 달라고 재촉하며 아우성쳤다. 시간은 그토록 고통스럽고 더디게 흘러갔다.

가을은 여느 때보다 훨씬 아름다웠다. 은은한 햇살과 은빛 새벽, 생기를 머금고 환하게 웃는 한낮과 맑은 저녁으로 가득 찼다. 머나먼 산에서는 아주 진하며 부드러운 파란 빛이 감돌았다. 밤나무에서는 황금빛이 빛났다. 야생 포도 덩굴은 담장과 울타리를 보랏빛으로 물들였다.

한스는 자신에게서 쉴 새 없이 도망쳤다. 낮에는 마을과 들판을 이리저리 떠돌았다. 실연당한 티가 날까 봐 사람도 피해 다녔다. 하지만 저녁에는 거리로 나가 지나가는 하녀마다 힐끔힐끔 쳐다보거나 양심의 가책을 느끼며 연인들의 뒤도 살금살금 밟았다. 원하던 것과 마법 같은 삶이 모두 에마와 함께 가까이 다가왔다가 배신하며 슬그머니 사라진 것 같았다. 이제 한스는 에마 때문에 찾아온 고통과 두려움을 떠올리지 않았다. 지금 에마가 곁에 있다면 소심하게 굴지 않을 생각이었다. 에마의 비밀을 한 겹 한 겹 벗겨내고 싶었다. 마법에 걸린 사랑의 정원을 완전히 뚫고 들어갈 생각이었다. 정원 문은 지금 한스의 눈앞에서 쾅 닫히고 말았다. 한스의 상상은 후덥지근하며 위험한 숲속에 단단히 얽히고설켜 버렸다. 낙담한 채 이리저리 헤매며 고집스럽게 자신을 학대하고 있었다. 좁아터진 마법의 원 밖에 아름답고 넓으며 밝고 친근한 곳이 있다는 사실을 받아들이려 하지도 않았다.

벌벌 떨며 기다리던 금요일이 드디어 찾아왔다. 한스는 오히려 기분이 좋아졌다. 한스는 아침 일찍 파란색 새 작업복을 입고 모자를 썼다. 그런 다음 살짝 소심하게 가죽 공장 거리를 따라 슐러 씨 작업장으로 걸어갔다. 몇몇 지인이 호기심을 품고 한스를 바라보았다. 한 명은 이렇게 물어보기까지 했다.

"무슨 일이래. 자물쇠 제조공이라도 된 거야?"

작업장은 이미 활기차게 돌아가고 있었다. 주인은 단조 작업을 하느라 바빴다. 주인은 빨갛고 뜨거운 쇳덩이를 모루 위에 올리고, 기능공은 무거운 망치를 휙휙 휘둘렀다. 주인은 정교하게 모양을 잡는 작업을 하고 있었다. 집게를 이리저리 다루며 쓰기 편한 망치로 모루를 중간중간 탕탕 쳤다. 맑고 기운찬 소리가 활짝 열린 창문을 타고 아침 공기 속으로 퍼져나갔다.

기름과 줄밥에 새카매진 기다란 작업대 앞에 나이 든 기능공이 서 있었다. 옆자리는 아우구스트였다. 두 사람은 자기 바이스(가공하고 조립한 물건을 끼워 고정하는 기구 - 역주)에서 바쁘게 일했다. 천장에서 벨트가 윙윙 소리를 내며 쌩쌩 돌아갔다. 선반과 숫돌, 풀무와 천공기를 나르는 수력 벨트였다. 한스가 안에 들어서자 아우구스트는 고개를 끄덕이며 손짓했다. 주인이 짬이 날 때까지 문 앞에서 기다리라는 뜻이었다.

한스는 용광로와 선반, 윙윙 돌아다니는 벨트와 도르래를 소심하게 쳐다보았다. 주인은 단조 작업을 마치고 한스에게 다가왔다. 그런 다음 큼직하고 단단하며 뜨끈뜨끈한 손을 내밀었다.

"모자는 저기에 걸어 둬라."

주인이 벽에 박힌 빈 못을 가리키며 말했다.

"따라와라. 저기에 네 자리와 바이스가 있다."

주인은 맨 뒤쪽 바이스로 한스를 데려갔다. 우선 바이스를 사용하는 법과 작업대와 도구를 정리하는 법도 가르쳐 주었다.

"너희 아버지가 넌 힘이 장사가 아니라고 미리 언질을 주더니만, 딱 맞는 말이구먼. 그래, 좀 더 튼튼해지기 전까지 단조 작업은 하지 마라."

주인은 작업대에 손을 뻗어 주철 톱니바퀴를 꺼냈다.

"이거부터 시작해라. 이 톱니바퀴는 아직 주물이 울퉁불퉁하단다. 자잘한 요철이랑 튀어나온 부분이 군데군데 있지. 이걸 싹 다듬어야 해. 안 그러면 나중에 정교한 도구를 망치게 되거든."

주인은 톱니바퀴를 바이스에 꽉 조이더니 오래된 줄을 들어 올렸다. 그런 다음 다듬는 방법을 보여 주었다.

"자, 네가 계속해 봐라. 그나저나 내 줄은 하나도 쓰면 안 된다! 점심시간까지 이 일만 해도 충분할 거다. 그다음에 나한테 보여 주면 돼. 일하는 동안에는 지시한 내용 말고 딴생각은 절대 하지 마라. 수습생은 생각할 필요가 없는 법이니까."

한스는 줄질을 시작했다.

"그만!"

슐러 씨가 소리쳤다.

"그게 아니지. 왼손을 이렇게 줄 위에 두라고. 혹시 왼손잡이냐?"

"아닙니다."

"그럼 됐다. 잘될 거다."

주인은 자기 바이스로 돌아갔다. 문에서 가장 가까운 자리였다. 한스는 최선을 다해 보려 했다.

처음 줄질을 해 보니 놀랍게도 튀어나온 곳이 아주 무르고 쉽게 떨어졌다. 그때 맨 꼭대기에 있는 약한 코팅만 벗겨지고, 정작 벗겨내야 하는 오돌도톨한 철은 아래에 있다는 사실을 깨달았다. 한스는 정신을 바짝 차리고 부지런히 일했다. 장난스러운 어린 시절 이후로 눈에 보이며 쓸모 있는 무언가의 형태를 손으로 빚어내는 기쁨을 맛본 적은 없었다.

"천천히 해라!"

주인이 버럭 소리쳤다.

"줄질할 땐 박자를 딱딱 맞춰야 해. 하나, 둘, 하나, 둘. 그리고 꾹 눌러라. 안 그럼 줄이 뚝 끊긴다고."

가장 나이 든 기능공은 선반에서 일하고 있었다. 한스는 그쪽을 힐끔힐끔 엿볼 수밖에 없었다. 기능공은 강철 축을 원반에 꽉 조이고 벨트를 작동시켰다. 축이 번쩍이며 빠르게 윙윙 돌아갔다. 기능공은 머리카락처럼 얇고 윤이 나는 강철 조각을 탈탈 털어냈다.

공구와 쇳덩이, 강철과 놋쇠, 하다 만 작업, 광이 나는 톱니바퀴, 끌과 드릴, 각양각색의 드릴 촉과 송곳이 사방팔방에 널려 있었다. 용광로 옆에는 망치와 코킹 해머, 모루 뚜껑과 집게, 납땜용 인두가 걸려 있었다. 벽에는 일반 줄과 절단용 줄이 줄지어 걸려 있었다. 선반에는 기름 닦는 천, 작은 빗자루, 금강사 줄, 쇠톱, 기름이 든 깡통, 납땜용 용액, 못과 나사가 든 상자가 놓여 있었다. 숫돌도 그때그때 쓰였다.

한스는 벌써 거뭇거뭇해진 손을 보고 뿌듯해졌다. 작업복도 얼룩덜룩해졌으면 했다. 새카맣게 얼룩진 작업복을 입은 이들 옆에 서니 자기 옷만 터무니없이 새파래 보였다.

아침이 지나며 밖에서 사람들이 들어오자 작업장에 활기가 돌았다. 가까운 편물 공장에서 온 일꾼들은 작은 기계 부품을 갈거나 수리하길 바랐다. 한 농부가 와서 압착 롤러가 수리되었는지 물었다. 아직 고치지 못했다는 말을 듣자, 농부는 상스러운 욕을 퍼부었다. 그때 품위 있는 공장주가 왔다. 주인은 옆방에서 그 사람과 협상했다.

그 와중에도 사람들과 바퀴와 벨트는 한결같이 일을 해나갔다. 한스는 노동의 노래를 난생처음 이해했다. 적어도 이 초보는 그 노래를 듣고 감동하며 기분 좋게 취했다. 한스는 자신의 작은 존재와 작은 인생이 큰 리듬과 하나로 어우러진다는 느낌을 받았다.

9시가 되자 15분간 쉬는 시간이 생겼다. 다들 빵 한 덩이와 사과 주스 한 잔을 받았다. 아우구스트는 이제야 새로운 수습생 한스를 반겨주었다. 아우구스트는 한스를 격려하며 다가올 일요일 이야기로 또다시 열변을 토했다. 그날 친구들과 첫 급료를 쓰겠다는 얘기였다. 한스는 자기가 줄질하던 톱니바퀴가 무슨 부품인지 물었다. 아우구스트는 탑시계에 들어가는 부품이라고 말해 주었다. 아우구스트는 나중에 톱니바퀴가 어떻게 돌아가는지 보여 주려 했다. 하지만 그때 상급 기능공이 다시 줄질을 시작했다. 그러자 다들 후다닥 제자리로 돌아갔다.

한스는 10시에서 11시 사이에 피곤해졌다. 두 무릎과 오른팔이 콕콕 쑤셨다. 발을 한쪽씩 바꿔 가며 무게 중심을 다시 잡았다. 팔다리도 슬쩍 뻗어 보았다. 하지만 별 도움이 되지는 않았다. 그래서 줄을 잠시 내려놓고 바이스에 기대어 쉬었다. 아무도 한스를 신경 쓰지 않았다. 그렇게 기댄 채 쉬다 보니 윙윙 도는 벨트 소리가 들려왔다. 한스는 살짝 어지러워져 잠시 눈을 살포시 감았다. 바로 그때 주인이 한스 뒤에서 나타났다.

"아니, 뭐 하는 건가? 벌써 지쳤나?"

"네, 조금요."

한스는 실토했다.

기능공들이 푸하하 웃음을 터뜨렸다.

"괜찮아질 거다. 이제 납땜질하는 법을 봐라. 따라와라!"

주인은 차분히 말했다.

한스는 호기심을 품고 납땜질을 지켜보았다. 우선 인두를 뜨겁게 달군 다음, 납땜할 자리에 납땜 용액을 쫙 발랐다. 그러자 하얀 금속이 뜨거운 인두에서 똑똑 떨어지며 쉭쉭 소리가 부드럽게

났다.

"천을 가져와서 박박 닦아라. 금속은 납땜 용액에 부식되니까, 하나도 남아 있으면 안 돼."

한스는 다시 바이스 앞에 서서 톱니바퀴를 줄로 싹싹 긁었다. 줄을 꾹 누를 때 쓴 팔과 왼손이 아파왔다. 빨개지면서 욱신욱신 쑤시기도 했다.

정오 무렵에는 상급 기능공이 줄을 치우고 손을 씻으러 갔다. 그때 한스는 작업물을 주인에게 가져갔다. 주인은 대강대강 훑어 보았다.

"괜찮네. 이렇게 하면 된다. 네 자리 밑 상자 속에 똑같은 바퀴 가 또 있다. 오늘 오후엔 그 작업을 해라."

이제 한스도 손을 씻고 집으로 갔다. 점심시간은 한 시간이 었다.

상점에서 일하는 라틴어 학교 동창 두 명이 길에서 한스를 따라 오며 비웃어댔다.

"주 시험에 합격한 기계공이다!"

한 명이 소리쳤다.

한스는 발걸음을 재촉했다. 자신이 정말로 만족하는지, 그렇지 않은지 확신이 서지 않았다. 작업장 자체는 마음에 들었다. 다만 너무 피곤해졌을 뿐이다. 아무것도 못 할 만큼 피곤했다.

현관에 서자 앉아서 점심을 먹을 생각에 기분이 좋아졌다. 그때 문득 에마 생각이 났다. 아침 내내 에마를 까맣게 잊고 있었다. 한 스는 슬며시 방으로 올라갔다. 침대에 몸을 던지고는 깊은 고통에 빠져 끙끙댔다. 펑펑 울고 싶은데, 눈물은 흐르지 않았다. 한스는 또다시 절망감에 휩싸인 채 에마를 애타게 그리워했다. 머리가 쾅쾅 울리며 지끈지끈했다. 흐느낌을 꾹 참자 목도 따끔거렸다.

점심시간은 괴롭기 그지없었다. 아버지가 묻는 말에 대답도 하고, 일 이야기도 해 줘야 했다. 기분 좋은 아버지가 줄줄이 던지는 농담도 받아 줘야 했다. 한스는 점심을 먹자마자 정원으로 쌩 달려갔다. 그런 다음 15분간 햇볕을 쬐며 반쯤 꿈결 속에 빠졌다. 그러다 작업장으로 돌아갈 시간이 되었다.

아침나절부터 손이 빨갛게 부어오르더니 쿡쿡 쑤시기 시작했다. 저녁에는 퉁퉁 부풀어 올랐다. 무언가를 집을 때마다 통증이 느껴졌다. 집에 가기 전에는 아우구스트가 시키는 대로 작업장 전체를 싹싹 청소해야 했다.

토요일은 더 심각했다. 두 손이 불에 타는 듯 화끈거렸다. 부어오른 곳에 물집도 잡혔다. 주인은 심기가 불편했다. 별것 아닌 일에도 욕을 퍼부었다. 아우구스트는 한스를 위로하려 했다. 물집은 며칠 뒤면 말끔히 나을 테고, 굳은살이 박이면 아무렇지 않으리라는 얘기였다. 하지만 한스는 비참했다. 온종일 시계를 힐끔힐끔 쳐다보았다. 그리고 자포자기하는 심정으로 톱니바퀴를 싹싹 긁어 댔다.

저녁 청소 시간, 아우구스트는 다음 날에 동료 몇 명과 빌라흐에 갈 거라고 소곤거렸다. 끝내주게 놀 생각이니 한스도 꼭 와야 한다고 했다. 아우구스트가 2시에 한스를 데리러 오기로 했다. 알겠다고는 했지만, 한스는 일요일 내내 침대에 누워 있고 싶었다. 너무도 비참하고 피곤했으니까. 집에 가니 아나가 상처 난 손에 바를 연고를 주었다. 한스는 8시에 잠자리에 들고는 아침까지 푹 잤다. 아버지와 교회에 가려면 후딱후딱 움직여야 했다.

한스는 점심때 아우구스트 이야기를 꺼냈다. 오늘 아우구스트와 함께 들판에 놀러가고 싶다고 말했다. 아버지는 말리지 않았고 오히려 50페니히까지 주었다. 다만 저녁은 꼭 집에 와서 먹으라고 했다.

한스는 아름다운 햇볕을 내리쬐며 거리를 느릿느릿 걸었다. 몇 달 만에 처음으로 일요일이 즐거웠다. 평일에 손이 새카매지고 팔다리가 노곤해질 만큼 일해야 거리가 더 신성해 보이고, 태양이 더 밝게 빛나며, 모든 것이 더 화려하고 아름답게 보이는 법이다. 이제 한스는 고깃간 주인과 무두장이, 제빵사와 대장장이가 햇볕 쏟아지는 집 앞 벤치에 앉은 모습이 그렇게나 당당하며 생기 넘쳐 보인 이유를 알게 되었다. 더는 그 사람들을 비참한 속물로 여기지 않았다. 한스는 일꾼과 기능공과 수습생이 일요일에 줄지어 산책하거나 술집에 들르는 모습을 지켜보았다. 그들은 모자를 살짝 비스듬히 쓴 채, 흰 깃이 달려 있고 잘 손질한 나들이옷을 입고 있었다. 늘 그런 건 아니지만, 기능공은 끼리끼리 다녔다. 목수는 목수끼리, 미장이는 미장이끼리 어울렸다. 기능공들은 딱 붙어 다니며 자기가 속한 직업의 명예를 지켰다. 모든 직업 중에서 자물쇠 제조공이 가장 존중받고, 기계공은 최고 대우를 받았다. 이 모든 것에는 편안한 구석이 있었다. 약간 순진하며 우스꽝스러운 부분도 있기는 했다. 하지만 수공업에는 아름다움과 자부심이 깃들어 있었다. 오늘날까지도 수공업은 즐거움과 유능함을 드러냈다. 그래서 가장 보잘것없는 재단사의 수습생마저 희미한 자부심을 품고 있었다.

젊은 기계공들은 슐러 작업장 앞에 차분하며 당당하게 서 있었다. 지나가는 사람에게 고개를 까딱하며 인사하고, 자기들끼리 수다도 떨었다. 그 모습을 보면 기계공들이 서로 신뢰하며 똘똘 뭉친다는 사실을 알 수 있었다. 그들에게 낯선 사람은 필요하지 않았다. 일요일에 놀 때도 마찬가지였다.

한스도 그 사실을 잘 알았다. 그래서 무리에 끼게 되어 기뻤다. 하지만 일요일에 놀기로 한 건 좀 걱정스러웠다. 기계공들이 한바탕 놀길 좋아한다는 사실을 잘 알았기 때문이다. 어쩌면 춤을 출수도 있었다. 한스는 춤을 출 줄 몰랐다. 하지만 술에 살짝 취하는 위험을 무릅쓰더라도 남자로 거듭나야겠다고 마음먹었다. 한스는 맥주를 진탕 마시는 데 익숙지 않았다. 괴로워하거나 망신스러운 모습을 보이지 않고 시가를 다 태우는 데도 애를 먹었다.

아우구스트는 한스를 반갑게 맞이했다. 나이 든 기능공이 안 오는 대신 다른 작업장 동료가 오기로 했다고 전해 주었다. 그러면 적어도 네 명은 되기에 온 마을을 다 뒤집어 놓을 수 있다고 했다. 오늘은 다들 맥주를 부어라 마셔라 할 수 있었다. 아우구스트가 한턱내는 날이었으니까. 아우구스트는 한스에게 시가를 권했다. 그러고 나서 네 사람은 천천히 길을 나섰다. 느긋하고 당당하게 마을을 걷다가 린덴플라츠에서만 발걸음을 재촉했다. 빌라흐에 제때 도착해야 했기 때문이다.

거울 같은 강물에서 파란빛과 황금빛, 하얀빛이 반짝였다. 거의 헐벗다시피 한 길가의 단풍나무와 아카시아 사이로 포근한 10월의 햇살이 쏟아졌다. 하늘은 드높고, 구름 한 점 없는 하늘색이었다. 고요하고 순수하며 친근한 가을날이었다. 이런 날에는 지난여름에 아름다웠던 모든 것이 슬픔 없이 방긋 웃는 추억처럼 포근한 공기를 가득 메운다. 아이들은 어떤 계절인지도 깜빡하고 꽃을 꺾으려 한다. 노인들은 수심에 가득 찬 얼굴로 창밖을 내다보거나, 집 앞 벤치에 앉아 하늘을 빤히 올려다본다. 노인들에게 친근한 추억이란 그해뿐 아니라 지나간 일생이기도 한데, 그런 추억이 맑고 파란 하늘을 훨훨 날고 있기 때문이다. 젊은이들은 기쁜 마음으로 아름다운 날을 찬양한다. 타고난 소질과 기질에 따라 술을 올리거나 고기를 바치고, 노래하거나 춤추고, 술을 진탕 마시거나 싸움을 한바탕 벌인다. 곳곳에서 과일 케이크를 구워대고, 지하 저장고에서 갓 짠 사과 주스나 포도주가 발효되며, 바이올린이나 하모니카가 술집 앞과 보리수나무 광장에서 아름다웠던 지난해를 기념하면서 춤추고, 노래하고, 사랑을 나누도록 유혹하기 때문이다.

젊은 기계공들은 빨리빨리 걸어 나갔다. 한스는 아무렇지 않게 시가를 피우는 척했다. 생각보다 몸에 꽤 잘 받아 깜짝 놀랐다. 기능공은 떠돌아다니던 시절 이야기를 풀어나갔다. 다들 그가 뽐내거나 말거나 아랑곳하지 않았다. 늘 그런 식이었으니까. 가장 겸손한 기능공이라고 해도 밥벌이를 하고 있는 데다 과거를 목격한 사람도 없다면, 떠돌던 시절 이야기를 대단하며 기운찬 어조로 전설처럼 풀어나가는 법이다. 장인의 인생이라는 경이로운 시詩는 사람들이 함께 나누는 자산이기 때문이다. 예로부터 전해 내려온 모험은 개개인 안에서 다시 태어나며, 새로운 아라베스크 무늬가 더해진다. 모든 숙련공이 이야기를 풀어놓게 되면, 불멸의 오일렌슈피겔(14세기경에 독일에 실존했다고 전해지는 익살에 능한 장난꾸러기로, 15세기 이후 대중소설 등에 많이 등장했다–역주)과 불후의 부랑자 브루터 스트라우빙거 같은 구석이 살짝 드러나게 마련이다.

"그러니까 내가 프랑크푸르트에 있을 때였어. 빌어먹을, 활기가 넘치는 곳이었지! 한 번도 말한 적 없는 얘긴데, 돈깨나 많고 비열한 원숭이 같은 상인이 공장주 딸이랑 결혼하고 싶어 했거든. 근데 그 여자가 그놈을 퇴짜 놨어. 나를 더 좋아했거든. 난 그 집 딸이랑 녘 달을 사귀었어. 내가 공장주 노인네랑 안 좋게 얽히지만 않았어도 지금까지 프랑크푸르트에 머물면서 그 집 사위가 됐을 거라고."

기능공은 비열한 주인이 얼마나 못살게 굴었는지 쭉 늘어놓았다. 야비하게 영혼을 팔아넘기려던 공장주는 감히 손을 번쩍 들어올리기까지 했다. 하지만 기능공은 한마디도 하지 않았다. 대장간 망치만 휘둘러대며 눈을 흘겼다. 그러자 공장주는 머리를 얻어맞기 싫어서 슬그머니 꽁무니를 빼 버렸다. 그러고 나서 비겁하게도 서면으로 해고 통보를 했다. 기능공은 오펜부르크에서 한판 붙은 이야기도 이어나갔다. 기능공을 포함한 자물쇠 제조공 세 명은 공장 직원 일곱 명이 반 죽은 상태가 되도록 흠씬 두들겨 팼다. 기능공은 오펜부르크에 가면 꺽다리 쇼르슈에게 물어보라고 했다. 쇼르슈는 아직도 거기에 사는데, 그때 한패였기 때문이다.

기능공은 냉랭하며 인정사정없는 어조로 이야기를 풀어나갔다. 하지만 열정을 내뿜으며 재미나게 말했다. 다들 무척 즐거워하며 귀를 기울였다. 언젠가 다른 곳에서 동료에게 이 이야기를 들려줘야겠다는 마음도 남몰래 먹었다. 모든 자물쇠 제조공은 공장주 딸과 최소 한 번은 연애하고, 사악한 공장주에게 망치를 획획 휘둘러도 보고, 공장 직원 일곱 명을 죽도록 팬 적이 있었으니까. 이야기의 배경이 바덴이나 헤센, 혹은 스위스인 적도 있었다. 망치가 아닌 줄이나 빨갛고 뜨거운 쇳덩이인 적도 있었다. 공장 직원이 아닌 제빵사나 재단사를 상대할 때도 있었다. 이야기는 늘 거기서 거기였다. 그래도 사람들은 이야기를 또 듣고 싶어 했다. 전통 깊고 훌륭한 이야기인 데다 숙련공의 명예도 드높여 주기 때문이다. 떠돌아다니는 남자 중에 경험이 풍부하거나 이야기를 잘 지어내는 사람이 지금까지도 없다는 얘기는 아니다. 사실 경험과 지어낸 이야기는 원래 똑같은 셈이다.

아우구스트는 유난히 푹 빠져들며 재미있어했다. 내내 웃음을 터뜨리며 맞장구쳤다. 벌써 숙련공이 되기라도 한 듯이 황금빛에 물든 허공에 담배 연기를 뻑뻑 뿜어댔다. 쾌락주의자처럼 오만한 표정도 지었다. 이야기를 들려주는 기능공은 제 역할을 톡톡히 해냈다. 기능공이 함께 어울린다는 것 자체가 마음씨 좋게 배려해 주는 인상을 풍겨야 했기 때문이다. 사실 기능공은 일요일에 함께 다니는 수습생 무리에 속하지 않았다. 그래서 수습생이 첫 급료로 한턱내는 데 얻어먹는다는 건 부끄러운 일이었다.

기계공 무리는 시골길을 따라 꽤 멀리 걸어갔다. 이제는 서서히 높아지며 완만하게 올라가는 차도와 가파르며 거리가 반 정도 짧은 오솔길 중 하나를 택해야 했다. 더 멀고 먼지투성이긴 해도 기계공 무리는 차도를 택했다. 오솔길은 출근하는 날과 산책하는 신사를 위한 길이었다. 하지만 보통 사람은 특히 일요일에는 평범한 시골길을 좋아했다. 시골길에는 시적인 맛이 아직 남아 있었다. 가파른 오솔길을 오른다는 건 농부나 도시에서 온 자연 애호가에게나 어울렸다. 그건 일이나 운동이었다. 보통 사람에게는 즐겁지 않았다. 하지만 시골길에서는 편하게 발걸음을 내디디며 이야기를 나눌 수 있다. 신발이나 나들이옷을 못 쓰게 되지도 않는다. 수레와 말이 보이기도 하고, 산책하는 사람을 마주하며 따라잡기도 한다. 한껏 멋을 부린 여자들과 무리 지어 노래하는 남자들을 마주칠 수도 있다. 사람들이 농담을 건네면 웃으며 맞받아치면 된다. 멈춰 서서 수다를 떨 수도 있다. 달리 할 일이 없으면 여자들을 쫓아다니며 같이 웃으면 된다. 저녁에는 다퉜던 친한 동료에게 마음을 표현하고 화해하면 된다!

그래서 기계공들은 시골길을 따라 걸었다. 그 길은 시간이 많고
땀 흘리기 싫어하는 사람을 위해 큰 곡선을 그리며 은근하고 완
만하게 경사져 있었다. 기능공은 재킷을 벗어 지팡이에 걸고 어깨
에 매달았다. 그리고 이제는 이야기를 들려주는 대신 완전히 대담
하며 유쾌하게 휘파람을 불어댔다. 한 시간 뒤에 빌라흐에 도착할
때까지 휘파람 소리는 내내 끊이질 않았다. 한스는 놀림을 좀 받
았다. 그래도 마음이 그렇게 상하지는 않았다. 한스에게 쏟아지는
공격은 본인보다는 아우구스트가 열변을 토하며 받아쳤다. 이제
기능공들은 빌라흐에 도착했다.

가을에 물든 과일나무 사이로 붉은 기와지붕과 은회색 초가지
붕이 있는 마을이 쭉 펼쳐졌다. 뒤에는 거무스름하며 나무가 울창
하게 우거진 산이 우뚝 솟아올랐다.

기능공들은 어느 술집으로 들어갈지 정하지 못했다. 맥주는
'닻' 술집이 최고인데, 케이크는 '백조' 것이 가장 맛있었다. '뾰족
뾰족 모퉁이'에는 예쁘장한 주인집 딸이 있었다. 마침내 아우구스
트가 '닻'에 먼저 가자고 제안했다. 아우구스트는 눈짓했다. 그러
면서 맥주를 몇 잔 마시는 사이에 '뾰족뾰족 모퉁이'가 사라질 일
은 없다고 내비쳤다. 아무도 반대표를 던지지 않자, 기계공들은 마
을로 들어갔다. 마구간과 제라늄에 뒤덮인 낮은 농가 창문을 지나
'닻'으로 향했다. 황금빛 표지판이 어리고 동글동글한 밤나무 두
그루 위에서 햇볕에 반짝이며 유혹했다. 기능공은 안에 앉고 싶어
했다. 하지만 아쉽게도 술집에는 이미 사람이 바글바글해 정원에
앉을 수밖에 없었다.

손님들에게 '닻'은 최고급 술집이었다. 그러니까 오래된 시골 술

집이 아니라는 얘기였다. '닻'은 현대풍의 네모난 벽돌 건물이었다. 창문도 무척 많고, 나무 벤치 대신 의자가 있었다. 알록달록한 양철 광고판도 많았다. 게다가 여종업원은 도시풍 옷을 입었다. 주인이 셔츠 소매를 보이는 법도 절대 없었다. 주인은 늘 유행하는 갈색 정장을 갖춰 입었다. 사실 주인은 파산한 적이 있었다. 그래도 큰 맥주 공장을 운영하는 주 채권자에게 이 집을 빌린 뒤부터는 형편이 괜찮아졌다. 정원에는 아카시아와 큰 철망이 있었다. 지금은 반쯤 제멋대로 자라버린 야생 포도나무도 보였다.

"건강을 위하여!"

기능공이 나머지 세 명과 건배하며 외쳤다. 그런 다음 패기를 보여 주겠답시고 맥주잔을 단숨에 벌컥벌컥 비웠다.

"이봐요, 예쁜 아가씨. 잔이 텅 비었어요. 한 잔 더 줘요!"

기능공은 여종업원을 불러 탁자 너머로 맥주잔을 건넸다.

맥주 맛은 끝내주고 시원했다. 너무 씁쓸하지도 않았다. 한스는 즐겁게 술을 마셨다. 아우구스트는 전문가 냄새를 풍기며 맥주를 마셨다. 혀로 쩝쩝 음미하고, 고장 난 난로처럼 담배 연기를 뻑뻑 내뿜었다. 한스는 조용히 감탄했다.

즐거운 인생을 사는 사람들과 그럴 만한 자격이 있는 사람처럼 술집에 앉아 일요일을 흥겹게 보내는 것도 그리 나쁘지 않았다. 함께 껄껄 웃으며 가끔 농담도 툭툭 던져 보니 좋았다. 맥주잔을 싹 비운 후 탁자에 탁 내려놓으며 태평스레 "아가씨, 한 잔 더요!"라고 무심히 외치는 것도 좋고, 남자답게 느껴졌다. 다른 탁자에 앉은 지인과 건배하고, 왼손에 식어 빠진 시가 꽁초를 달랑달랑 쥔 채 다른 이들처럼 모자를 목 뒤로 넘기는 것도 좋았다.

다른 작업장 동료도 분위기를 띄우며 이야기를 들려주었다. 울름에서 일하는 자물쇠 제조공을 안다고 했다. 그 제조공은 질 좋은 울름 맥주를 스무 잔씩 마시는 사람이었다. 잔을 비우고 나면 입을 쓱 닦고는 이렇게 말했단다.

"이제 질 좋은 포도주를 마시자고!"

다른 작업장 동료는 칸슈타트에서 일하는 화부(기관이나 난로에 불을 때거나 조절하는 일을 하는 사람 - 역주)도 알고 지냈다. 그 화부는 짧고 통통한 독일산 크낙부어스트 소시지를 열두 줄이나 먹고 내기에서 이겼단다. 하지만 비슷한 두 번째 내기에서는 지고 말았다. 그 남자는 작은 술집 메뉴에 오른 음식을 모조리 먹어치울 수 있다고 호언장담했었다. 하지만 다 먹어갈 때쯤 치즈 네 종류가 상에 올랐다. 남자는 세 번째 치즈를 먹다 말고 접시를 쓱 밀며 말했다.

"한 입 더 먹느니 차라리 죽고 말지!"

이런 이야기 역시 반응이 아주 좋았다. 분명 이 세상에는 끈질기게 마시고 먹어대는 사람이 여기저기 차고 넘쳤다. 다들 그런 영웅과 그가 해낸 일을 알고 있었으니까. 어떤 사람은 '슈투트가르트에 있는 남자' 이야기를, 또 다른 사람은 '루드비히스부르크에 있는 걸로 아는 용기병' 이야기를 했다. 어떤 이야기에서는 감자가 열일곱 개였다. 또 다른 이야기에서는 팬케이크 열한 개와 샐러드였다. 이야기꾼은 사실적이며 진지한 어조로 이야기를 풀어나갔다. 사람들은 세상에 재능이 뛰어나고 별난 사람이 많으며, 그중에는 기인도 있다는 사실을 기분 좋게 받아들였다. 이런 즐거움과 사실은 모든 단골손님에게서 전해 내려오는 오래되고 존경할 만한 유산이다. 젊은이들은 술을 마시고, 정치 이야기를 나누고, 담배를 피우며, 결혼하고 죽어가는 그런 풍습을 모방한다.

세 번째 잔을 마실 때였다. 일행 중 하나가 케이크가 있는지 물었다. 여종업원이 다가와 케이크가 없다는 말을 전했다. 다들 길길이 날뛰었다. 아우구스트는 벌떡 일어서더니 이곳이 케이크 하나 없는 집이라면 다른 술집에 가야겠다고 말했다. 다른 작업장 기능공은 형편없다며 욕했다. 남길 원하는 사람은 프랑크프루트 출신 기능공뿐이었다. 여종업원과 좀 가까워지더니 몸을 마구 더듬었기 때문이다. 한스도 그 장면을 보았는데, 취기까지 오르니 묘하게 흥분되었다. 술자리를 옮기게 되어 다행이었다.

술값을 내고 다들 거리로 나서자마자, 한스는 맥주 석 잔에 술기운이 살짝 돌았다. 기분이 좋았다. 피곤하면서도 모험을 해 보고 싶었다. 얇은 막 같은 것이 눈앞에 있는 것 같았다. 모든 것이 멀리 떨어져 있는 듯했다. 비현실적이었다. 꼭 꿈에 나올 법한 모습이었다. 한스는 계속 웃음을 터뜨릴 수밖에 없었다. 모자를 좀 더 대담하고 삐딱하게 써 보았다. 대단하며 유쾌한 사나이가 된 기분이 들었다. 프랑크푸르트 출신 기능공이 다시 휘파람을 거칠게 불어댔다. 한스는 발로 박자를 딱딱 맞추려 했다.

'뾰족뾰족 모퉁이' 술집은 퍽 조용했다. 농부 몇 명이 새 포도주를 마시고 있었다. 생맥주는 없고, 병맥주만 있었다. 다들 바로 맥주를 받았다. 기능공은 통이 크다는 걸 보여 주려고 다 같이 먹을 애플파이를 주문했다. 한스는 별안간 엄청난 허기를 느끼며 여러 조각을 후딱후딱 먹어치웠다. 오래된 갈색 술집에서 딱딱하고 벽에 붙은 넓은 벤치에 앉으니 어둑어둑하면서도 편안했다. 구닥다리 음식 진열대와 거대한 난로는 어둑어둑한 분위기 속에서 거의 눈에 띄지 않았다. 나무 장대로 지은 커다란 새장 속에서 박새 두 마리가 푸드덕푸드덕 날갯짓했다. 장대 사이에는 빨간 열매가 맺힌

마가목 가지가 새 먹이로 꽂혀 있었다.

주인이 잠시 자리로 다가와 반갑게 맞이해 주었다. 그리고 나서 시간이 좀 흐른 뒤에야 대화의 물꼬가 터졌다. 한스는 톡 쏘는 병맥주 몇 모금을 벌컥벌컥 마셨다. 병을 다 비워낼 수 있을까 싶었다.

프랑크푸르트 출신 기능공은 라인란트 포도 축제와 떠돌아다니며 부랑 생활을 했던 이야기를 엄청나게 떠벌렸다. 다들 재미있어하며 귀를 기울였다. 한스마저 내내 웃음을 터뜨렸다.

한스는 문득 정신이 이상해졌다는 생각이 들었다. 술집과 탁자, 병과 유리잔, 동료들이 부드러운 갈색 구름으로 매 순간 어우러졌다. 정신을 바짝 차려야만 형체가 다시 보였다. 가끔 대화와 웃음꽃이 한껏 피어오르면 한스는 푸하하 웃음을 터뜨렸다. 뭐라고 말하기도 했다. 하지만 자기가 한 말을 금세 잊고 말았다. 같이 병을 짠 부딪치며 건배도 했다. 한 시간 후에는 텅 빈 자기 병을 보고 화들짝 놀라기도 했다.

"꽤 많이 마시네. 한 병 더 마실래?"

아우구스트가 물었다.

한스는 웃음을 터뜨리며 고개를 끄덕였다. 그동안은 이렇게 술을 퍼마시는 게 훨씬 더 위험하리라고 생각했었다. 프랑크푸르트 출신 기능공은 이제 노래를 읊조렸다. 다들 함께 노래했다. 한스 역시 고래고래 노래를 불러댔다.

그사이에 손님이 꽉 들어찼다. 술집 주인의 딸이 나와 여종업원을 거들었다. 주인집 딸은 키가 크고 아리따웠다. 건강하고 힘 있는 얼굴에, 눈동자는 차분한 갈색이었다. 여자는 한스 앞에 새 맥주병을 놓아 주었다. 옆에 앉은 기능공은 곧바로 근사한 칭찬 세례를 쏟아부었다. 하지만 여자는 아랑곳하지 않았다. 관심 없다는 티를 내려던 것일 수도 있고, 잘생긴 한스의 얼굴이 마음에 들어 그랬을 수도 있다. 여자는 한스를 돌아보더니 그의 머리카락을 손으로 휙 쓰다듬었다. 그런 다음 음식 진열대로 되돌아갔다.

기능공은 벌써 맥주를 세 병째 마시다 여자를 따라갔다. 말을 섞어 보려 애썼지만, 아무 소용 없었다. 훤칠한 여자는 기능공을 무심히 바라보며 한마디도 하지 않았다. 그러고는 휙 돌아서 버렸다. 그리고 나서 기능공은 자리로 돌아와 탁자 위에 놓인 빈 병을 탕탕 쳐 댔다. 그러고는 갑자기 신이 나서 외쳤다.

"얘들아, 재미나게 놀자. 건배!"

그런 다음 여자를 두고 음란한 이야기를 하기 시작했다.

한스의 귀에는 뒤섞인 목소리만 희미하게 들려왔다. 두 번째 병을 거의 다 마셔갈 때쯤에는 말이 잘 나오지 않았다. 웃기도 힘들었다. 새장으로 가 박새에게 장난을 좀 쳐 보고 싶었다. 하지만 두 걸음을 걷고 나자 어질어질해져 넘어질 뻔했다. 한스는 조심조심 자리로 돌아갔다.

활기차며 흥겹던 기분은 그때부터 점점 더 사그라들었다. 한스는 자기가 취했다는 사실을 깨달았다. 이제 술 마시는 게 재미있지 않았다. 온갖 불행이 머나먼 곳에서 자신을 기다리는 듯했다. 집으로 돌아가는 길, 아버지와의 다툼, 아침에 다시 대장간에 나가는 일 등이었다. 머리가 서서히 아파 왔다.

다른 사람들도 술을 진탕 먹었다. 아우구스트는 정신이 말짱할 때 술값을 내려고 했다. 1탈러(옛 유럽 은화로, 3마르크에 해당한다-역주)를 냈는데, 잔돈은 얼마 되지 않았다. 한스 일행은 수다를 떨고 껄껄 웃어대며 거리로 나왔다. 저녁 빛이 너무도 눈부셔 앞이 잘 보이지 않았다. 한스는 몸을 제대로 가누지 못했다. 아우구스트에게 기댄 채 비틀거리며 질질 끌려갔다.

다른 작업장 기능공은 감상에 푹 젖었다. "난 내일 이곳을 떠나야 한다네"라며 노래를 불러댔다. 눈에는 눈물이 그렁그렁 고였다.

실은 다들 집에 가고 싶어 했다. 하지만 '백조' 술집을 지나치던 순간, 기능공이 잠깐만 들렀다 가자며 고집을 부렸다. 한스는 문 앞에서 일행을 뿌리쳤다.

"전 집에 가야 해요."

한스가 말했다.

"혼자 걷지도 못하잖아."

기능공이 웃음을 터뜨렸다.

"아니, 갈 수 있어요. 전… 꼭… 집에 가야 해요."

"화주 딱 한 잔만이라도 마셔라, 얘야! 그럼 다시 두 발로 말짱히 걷게 될 테니까. 속도 가라앉을 거야. 그렇고말고. 두고 보라고."

한스는 작은 유리잔을 손에 쥐었다. 술을 왕창 쏟긴 했지만, 나머지 술을 꿀꺽꿀꺽 마시자 목구멍이 불처럼 화끈거렸다. 속이 너무도 메스꺼워 몸이 바들바들 떨렸다. 한스는 앞쪽 계단에서 혼자 휘청대다 자기도 모르게 마을을 빠져나왔다. 집과 울타리와 정원이 뒤틀린 채 빙빙 돌며 한스를 뒤죽박죽 지나쳤다. 한스는 사과나무 아래의 축축한 초원에 철퍼덕 드러누웠다. 메스꺼운 느낌과 고통스러운 공포심, 하다 만 생각 때문에 잠을 이루지 못했다. 더럽혀진 기분이었다. 수치스러웠다. 집에는 어떻게 갈까? 아버지한테는 뭐라고 해야 할까? 내일은 어떻게 되는 걸까? 한스는 낙담했다. 비참한 마음이 들었다. 푹 쉬고 잠자리에 들어야 할 것 같았다. 앞으로 영원토록 부끄러워하며 여생을 보내야 할 듯했다. 머리와 눈이 지끈지끈했다. 다시 일어나 걸어갈 힘조차 없었다.

아까 느낀 흥겨움이 때늦은 파도처럼 순간 확 밀려왔다. 한스는
얼굴을 찡그리며 노래했다.

사랑스러운 아우구스틴,
아우구스틴, 아우구스틴,
사랑스러운 아우구스틴,
다 사라졌네.

노래를 끝마치기도 전에 가슴 깊은 곳이 아파왔다. 흐릿한 생각
과 기억, 수치심과 자책감이 홍수처럼 밀려들었다. 한스는 끙끙대
며 잔디에 털썩 주저앉아 흐느꼈다.

한 시간이 흐르자 이미 어두컴컴해졌다. 한스는 벌떡 일어나 휘
청휘청 걸었다. 그리고 언덕을 내려가느라 안간힘을 썼다.

아들은 저녁을 먹으러 오지 않았다. 아버지는 구시렁구시렁 욕
을 퍼부어댔다. 9시가 되어도 여전히 코빼기도 보이지 않았다. 아
버지는 오랫동안 쓰지 않은 튼튼한 지팡이를 꺼내 들었다. 녀석이
이제는 아버지한테 맞을 나이가 아니라고 생각하나 보네? 집에 들
어오기만 해 봐라! 혼쭐을 내줄 테니까!

아버지는 10시에 현관문을 딸깍 잠가 버렸다. 밤새 나다닐 생각
이라면 묵을 곳도 있겠지. 그런데도 아버지는 잠을 이루지 못했다.
화가 점점 더 치미는 와중에도 아들이 문손잡이를 돌리고 종을
소심하게 잡아당기길 몇 시간씩 기다렸다. 아버지는 장면을 머릿
속에 그려 보았다. 밤중에 싸돌아다니는 놈은 당해 봐야 한다! 녀

석이 술에 취하긴 했어도 깼을 것이다.

파렴치하고 엉큼하며 비열한 녀석! 그놈의 뼈를 마디마디 분질러 줘야 할 텐데.

아버지와 분노는 밀려오는 잠 앞에서 꼼짝도 하지 못했다.

같은 시각, 이 모든 협박의 주인공 한스는 서늘하게 식은 채 어두컴컴한 강물을 따라 골짜기 아래로 조용히, 그리고 천천히 떠내려가고 있었다. 메스꺼움과 수치스러움과 고통은 모두 지나가 버렸다. 쌀쌀하며 푸르스름한 가을밤이 음울하게 둥둥 떠내려가는 가냘픈 시신을 내려다보았다. 새까만 강물이 한스의 손과 머리카락과 핏기 없는 입술을 어루만졌다. 동이 트기도 전에 사냥하러 나선 겁 많은 수달만 빼면 아무도 한스를 보지 못했다. 수달은 한스를 교활하게 쳐다보며 미끄러지듯 조용히 쓱 지나갔다. 한스가 어쩌다 물에 빠졌는지 아는 사람은 아무도 없었다. 길을 잃었다가 비탈진 곳에서 미끄러졌을지도 모른다. 목을 축이려다 중심을 잃었을 수도 있다. 아름다운 강물에 사로잡혀 몸을 숙였는지도 모른다. 밤과 흐릿한 달빛이 너무도 평화로워 보이며 깊은 안식을 안겨 준 나머지 피로와 두려움에 이끌리고, 죽음의 그림자 속으로 조용히 빨려 들어갔을 수도 있다.

한스의 시신은 낮에 발견되어 집으로 운구되었다. 깜짝 놀란 아버지는 지팡이를 치우고 쌓였던 분노를 내려놓아야 했다. 아버지는 눈물을 뚝뚝 흘리지도, 감정을 거의 드러내지도 않았다. 하지만 그날 밤을 지새웠다. 그리고 깨끗한 시트에 조용히 누워 있는 아들을 문 틈새로 힐끔힐끔 바라보았다. 고운 이마와 창백하며 총명해 보이는 얼굴 덕에 한스는 여전히 특별한 사람 같은 인상을 풍겼다. 남과는 다른 삶을 살 운명을 타고난 것처럼 보였다. 이마와 손은 살짝 푸르뎅뎅하며 울긋불긋하게 긁혀 있었다. 잘생긴 이목구비는 잠들어 있었다. 하얀 눈꺼풀은 꼭 감겼다. 입술은 벌어져 있었다. 만족스러우면서도 거의 기분이 좋아 보였다. 한스는 꽃을 한창 피워야 할 시기에 갑자기 싹이 잘린 것 같았다. 즐거운 삶의 길에서 동떨어진 듯했다. 피로와 고독한 슬픔에 젖은 아버지 역시 아들이 미소를 짓고 있다는 착각에 빠져들고 말았다.

장례식에는 사람들과 호기심 많은 구경꾼이 많이 찾아왔다. 한스 기벤라트는 또다시 모든 이의 관심을 받는 유명 인사가 되었다. 선생들과 교장과 마을 목사는 한스의 운명에 다시금 엮였다. 다들 프록코트를 입고 예를 갖춘 중산모를 썼다. 장례식 행렬을 뒤따르다 잠시 묘지에 멈추고 소곤거리기도 했다. 라틴어 선생은 유난히 슬퍼했다. 그러자 교장이 살며시 말했다.

"그래요, 교수님. 기벤라트는 정말 대단한 인재가 될 수도 있었습니다. 누구보다도 불운을 많이 겪었다는 게 너무도 안타깝지 않습니까?"

플라이크 아저씨는 아버지와 늙은 아나와 함께 무덤에서 서 있었다. 아나는 눈물을 그치지 못했다.

아저씨는 동정심 어린 어조로 말했다.

"참으로 가혹한 일입니다, 기벤라트 씨. 저도 한스를 좋아했습니다."

아버지는 한숨을 푹 내쉬었다.

"이해가 안 갑니다. 한스는 참 뛰어난 아이였습니다. 모든 일이 잘 돌아갔죠. 학교도 그렇고, 주 시험도요…. 그러다 갑자기 불운이 찾아오더니, 줄줄이 뒤따랐습니다!"

아저씨는 프록코트를 입은 남자들이 교회 묘지 정문으로 빠져

나가는 모습을 가리키며 조용히 말했다.

"저기에 보이는 신사 몇 분이 한스가 이렇게 되는 데 일조한 겁니다."

"무슨 말씀입니까? 아니, 세상에, 어떻게요?"

아버지는 흥분했다. 의심스럽고 놀란 눈초리로 아저씨를 바라보았다.

"진정하세요, 어르신. 선생들 얘기였을 뿐입니다."

"왜죠? 어쨌다는 겁니까?"

"아, 아무것도 아닙니다. 저도, 아버님도 여러모로 한스에게 잘 대해주지 못했겠지요. 그렇게 생각하시지 않습니까?"

작은 마을에 맑고 파란 하늘이 펼쳐졌다. 골짜기에서 강물이 반짝였다. 전나무가 우거진 산은 그리움에 빠진 듯 머나먼 곳으로 푸르고 부드럽게 뻗어 나갔다. 아저씨는 슬픔 어린 미소를 지으며 아버지의 팔을 붙잡았다. 아버지는 고요하며 묘하게 고통스러운 그 시간의 생각에서 벗어났다. 그리고 멋쩍어하며 늘 자리를 지키던 터전으로 머뭇머뭇 걸어 내려갔다.

작가 연보

1877년   7월 2일, 독일 뷔르템베르크의 소도시 칼프에서 개신교 선교사이던 아버지 요하네스 헤세와 어머니 마리 군데르트 사이에서 장남으로 태어나다.

1881년   양친과 함께 스위스 바젤로 이사하여 거주하다.

1883년   스위스 국적을 얻다(그전에는 러시아 국적).

1886년   9세에 다시 칼프로 돌아와 1889년까지 김나지움에 다니다.

1890년   신학교 시험 준비를 위해 괴핑겐의 라틴어 학교에 다니다. 뷔르템베르크 국가시험에 합격, 신학자가 되기 위한 첫 관문을 통과하다.

1891년   명문 신학교이자 수도원인 마울브론 기숙신학교에 입학하다. '시인이 되지 못하면 아무것도 되지 않겠다'며 도망쳐 나오다.

1892년   4~5월에 블룸하르트 목사가 있는 바트볼에서 지내다. 6월에 자살을 시도하다. 6~8월에 슈테텐에서 신경쇠약 치료를 받다.

1893년   에슬링겐에서 서점원으로 일하다 사흘 만에 그만두다.

1894년   시계부품공장 견습공으로 일하다. 2년간 방황, 튀빙겐에서 서점원으로 일하며 글을 쓰면서부터 비로소 삶의 안정을 찾다.

1898년   첫 시집《낭만적인 노래들》을 출간하다.

1899년   산문집《자정이 지난 뒤의 한 시간》을 출간하다. 가을에 바젤의 서점으로 옮기다.

1901년   첫 이탈리아 여행.《헤르만 라우셔의 유고와 시》를 발표하다.

1902년 《시집》출간, 어머니가 사망하다.

1903년 서점을 그만두고, 두 번째로 이탈리아를 여행하다.

1904년 《페터 카멘친트》를 출간하다. 출세작으로 경제적 안정 속에서 문
학의 길에 전념하다. 마리아 베르누이와 결혼 후 보덴 호숫가 가이
엔호펜으로 이주하다.

1905년 첫아들 브루노가 태어나다.

1906년 《수레바퀴 아래서》를 출간하다.

1907년 중단편 소설집 《이편에서》를 출간하다.

1908년 단편집 《이웃들》을 출간하다.

1909년 3월에 둘째 아들 하이너가 태어나다.

1910년 《게르트루트》를 출간하다.

1911년 셋째 아들 마르틴이 태어나다. 화가 한스 슈트르체네거와 함께 인
도를 여행하다.

1913년 《인도에서》를 출간하다.

1914년 《로스할데》를 출간하다. 1차 세계대전 발발 후 입대 자원했으나
군무 불능 판정을 받다. 베른의 독일군 포로 후생사업 가담, 극단
적 애국주의를 비판하는 글로 매국노 비난을 받다.

1915년 《크놀프》, 《길에서》, 《고독한 자의 음악》, 《청춘은 아름다워라》를
출간하다.

1916년 아버지의 죽음, 막내아들 마르틴의 중병, 아내의 정신병 악화와
입원, 자신의 신병 등이 겹쳐 정신적 위기에 빠지다. 정신분석학
자 C. G. 융의 제자인 베른하르트 랑의 치료를 다음 해까지 받다.

1919년 싱클레어라는 가명으로 《데미안》을 출간하고, 이 작품으로 폰타
네상을 수상하다.

1920년 시화집 《화가의 시》를 출간하다. 정신적 안정을 위해 수채화를 많
이 그리다. 단편집 《클링조어의 마지막 여름》을 발표하다.

1922년 《싯다르타》를 출간하다. 부인 마리아와 정식으로 이혼 후 스위스
국적을 재취득하다.

1924년 스무 살 연하 루트 벵거와 결혼하다.

1925년 《요양객》을 출간하다.

1926년 《그림책》을 출간하다. 프로이센 예술원 회원에 선출되었으나 1931년 탈퇴하다.

1927년 《황야의 이리》,《뉘른베르크 여행》 출간, 루트 벵거와 이혼하다.

1928년 《관찰》,《위기. 일기 한 편》을 출간하다.

1929년 시집 《밤의 위로》,《세계 문학 도서관》을 출간하다.

1930년 《나르치스와 골드문트》를 출간하다.

1931년 니돈 돌빈과 결혼 후 몬타뇰라의 새집으로 이사하다.

1932년 《동방순례》를 출간하다.

1933년 단편집 《작은 세계》를 출간하다.

1934년 시선집 《생명의 나무》를 출간하다.

1935년 《우화집》을 출간하다.

1936년 《정원에서 보낸 시간》을 출간하다.

1939년 헤세의 작품이 독일에서 불온서적으로 간주되어 출판되는 것이 금지되다. 1942년부터 취리히에서 전집으로 펴내다.

1943년 《유리알 유희》를 출간하다.

1945년 단편 동화 모음집 《꿈의 여행》, 미완성 소설 《베르톨트》를 출간하다.

1946년 《유리알 유희》로 노벨 문학상을 수상하다. 정치평론집 《전쟁과 평화》를 출간하다.

1947년 고향 칼프시의 명예 시민이 되다.

1954년 《헤르만 헤세와 로맹 롤랑이 주고받은 편지들》을 출간하다.

1955년 독일 서적협회로부터 평화상을 수상하다.

1956년 헤르만 헤세 문학상을 제정하다.

1962년 8월 9일 뇌출혈로 몬타뇰라에서 사망, 이틀 후 아본디오 묘지에 안치되다.

수레바퀴 아래서

초판 1쇄 인쇄 2024년 7월 8일
초판 1쇄 발행 2024년 7월 15일

지은이 헤르만 헤세
옮긴이 정다은
펴낸이 이효원
편집인 음정미
마케팅 추미경
디자인 이용석(표지), 이수정(본문)
펴낸곳 올리버
출판등록 제395-2022-000125호
주소 경기도 고양시 덕양구 삼송로 222, 101동 305호(삼송동, 현대헤리엇)
전화 070-8279-7311   **팩스** 02-6008-0834
전자우편 tcbook@naver.com

ISBN 979-11-93130-76-6 03850

* 값은 뒤표지에 있습니다.
* 잘못된 책은 구입하신 서점에서 바꾸어 드립니다.

* 도서출판 올리버는 탐나는책의 교양서 브랜드입니다.

올리버 세계교양전집 목록